Über die Autorin

Menschen liegen Tara Riedman am Herzen. Bereits in jungen Jahren entdeckte sie ihre Leidenschaft für den asiatischen Kampfsport und den damit verbundenen Lehren der inneren Stärke. Sie ist überzeugt, dass in jedem etwas Großes schlummert, deshalb unterstützt sie Frauen und Mädchen im Bereich der Persönlichkeitsentwicklung und des Selbstschutzes.

Darüber hinaus ist Tara Riedman als freie Online-Redakteurin, Texterin und Buchautorin tätig. Zuvor verbrachte sie einige Jahre im Projektmanagement eines Großunternehmens, doch glücklich war sie dort nicht. 2014 kehrte sie der Konzernwelt endgültig den Rücken und arbeitet seitdem in ihrem Wunschberuf. Sie ist der Erkenntnis gefolgt, dass in jeder Veränderung eine Chance steckt, selbst wenn der Sprung über den eigenen Schatten manchmal ordentlich Anlauf braucht. Viele Menschen sehnen sich nach Freude und Lebenssinn. Den Suchenden spricht sie Mut zu. Mut, ihren persönlichen Weg zu finden – und ihn dann auch wirklich zu gehen.

Tara Riedman wurde im Herbst 1974 geboren und lebt gemeinsam mit ihrer Familie im schönen Rheinland.

Website: tarariedman.de
instagram.com/tarariedman
twitter.com/tarariedman
facebook.com/mission2yourself
pinterest.de/mission2yourself

Und *heute fällt* der erste *Schnee*

Impressum

5. Auflage
Copyright © 2021 by Tara Riedman

Tara Riedman
info@tarariedman.de

Umschlaggestaltung: Tara Riedman
Copyright © 2021 by Tara Riedman
Stockfotos: colourbox / pixabay

Herstellung und Verlag:
BoD – Books on Demand
Norderstedt

ISBN 978-3-7412-7404-6

Alle Rechte vorbehalten. Dieses Werk ist urheberrechtlich geschützt. Jede Verwertung ist ohne Zustimmung der Autorin unzulässig. Dies gilt insbesondere für die elektronische oder sonstige Vervielfältigung, Übersetzung, Verbreitung und öffentliche Zugänglichmachung.

Alle handelnden Personen sind frei erfunden. Ähnlichkeiten mit lebenden oder verstorbenen Personen wären rein zufällig.

MIX
Papier aus verantwortungsvollen Quellen
Paper from responsible sources
FSC® C105338

Für Joseph

Die Liebe ist stark, sie hat mich getragen durch Raum und Zeit,

das Warten endet jetzt, der Friede kehrt ein – es ist so weit.

Wir sehen uns wieder, nicht hier, sondern dort, du und ich,

die Erde dreht sich, doch wir sind gemeinsam unendlich.

Und ein Zauber legt sich über meine Welt,

wie jedes Jahr, wenn der erste Schnee fällt.

Josefine Lindbergh

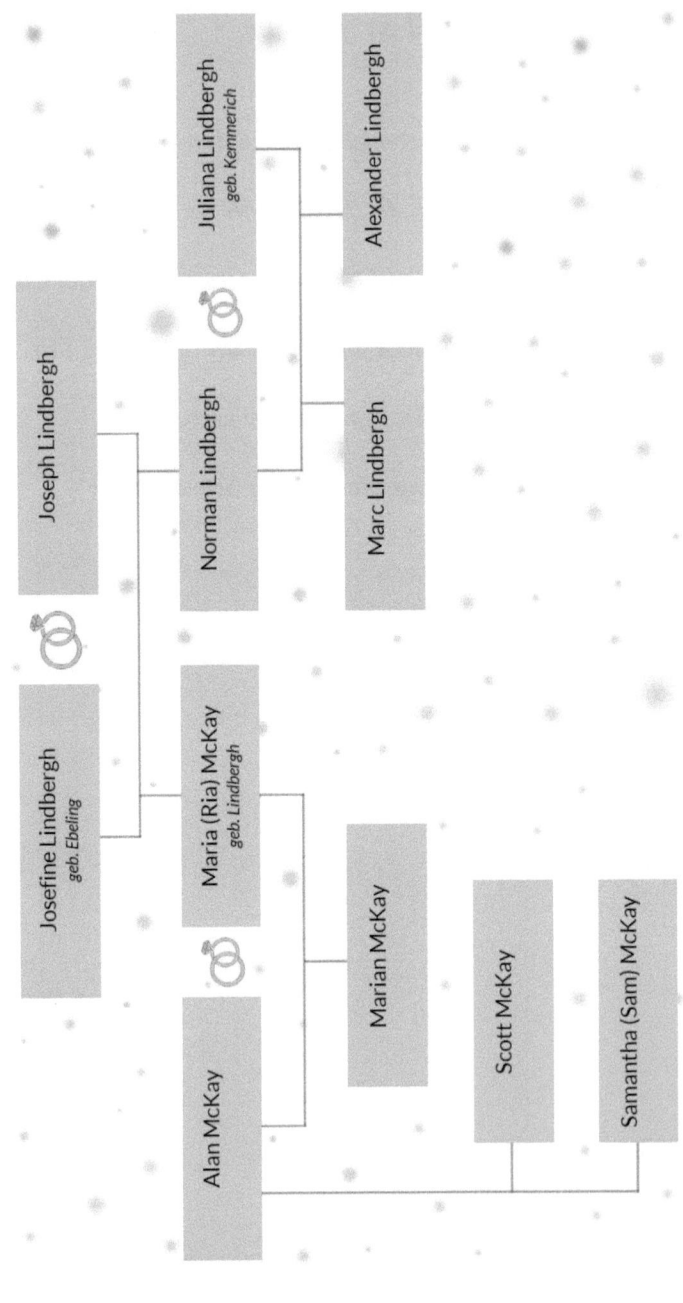

1
Anfang Dezember

Sam schaut zum Himmel hinauf. Die dicke Wolkendecke liegt wie ein steinerner Deckel über dem Rollfeld und taucht das Leben darunter in tristes Grau. Trotzdem wirkt alles friedlich – drinnen wie draußen. Das zusammengeknüllte Stück Papier neben dem Fahrgestell des Passagierflugzeugs, das sie nach Köln bringen soll, bewegt sich nicht. Es ist vollkommen windstill. Fragt sich nur, wie lange dieser Zustand noch anhält. Der Wetterbericht vom Morgen hat nichts Erfreuliches versprochen und ein Blick aus den bodentiefen Fenstern der Abflughalle in Edinburgh unterstreicht diese Prognose. Zumindest war die Anfahrt störungsfrei verlaufen – auch wenn sie lange gedauert hat und von der latenten Sorge begleitet war, dass der vorhergesagte Schneesturm jeden Moment einsetzen könnte.

Sam gähnt. Um kurz nach vier hatte der Wecker das Ende ihrer Nachtruhe verkündet. Obwohl sie unzweifelhaft zu den Frühaufstehern gehört, ist das selbst für ihre Verhältnisse zeitig gewesen. Eigentlich gibt es nichts Schöneres für sie, als den Sonnenaufgang von ihrem Lieblingsfelsen aus zu beobachten. Dabei zu sein, wenn die leuchtende Kugel unaufdringlich aus dem Meer steigt und die Landschaft mit sanften Farben flutet. Damit ist Schottlands Ostküste etwas gelungen, das Sam nach ihrem unfreiwilligen Umzug dorthin niemals für möglich gehalten hätte: Sie hat ihr Herz im Sturm erobert. Doch heute konnte sich das morgendliche Naturschauspiel gegen die Wolkenmassen nicht durchsetzen. Es musste seinen mystischen Zauber ohne Publikum vollziehen – hinter verschlossenem Vorhang.

Sams Blick wandert quer über das Rollfeld zurück zu dem wartenden Flugzeug. Die Innenkabine ist hell erleuchtet und gibt durch die ovalen Fenster Ausschnitte des regen Treibens im Rumpf der Maschine preis. Menschen drängen zu ihren Sitzplätzen und verstauen das Handgepäck in den dafür vorgesehenen Fächern. Sam kennt sie gut, diese geschäftige Atmosphäre – es dauert, bis jeder seinen Platz gefunden und sich eingerichtet hat. Klappende Deckel, scharrende Taschen, Leute unterhalten sich, lachen oder schimpfen. Bei ihr am Gate dagegen ist es still. Kaum jemand hat sich an diesem Samstag im Dezember um acht Uhr in der Früh hierher verirrt und diejenigen, die es ebenfalls nach Köln zieht, sind bereits an Bord. Sams Magen knurrt. Das Frühstück ist eine gefühlte Ewigkeit her, doch selbst wenn sie etwas Essbares dabei hätte, würde sie vor Aufregung keinen Bissen herunterbekommen. Wie soll der Pilot sie bloß unbeschadet durch die Wolken bringen? Der Zugang in den klaren Himmel, dorthin wo immer die Sonne scheint, ist versperrt. Der Durchbruch durch die düstere Fläche scheint geradezu ausgeschlossen – andererseits: Würde überhaupt eine Starterlaubnis erteilt werden, wenn die Aussicht auf einen erfolgreichen Flugverlauf derart schlecht wäre?

Eine Hand legt sich von hinten auf ihre Schulter. »Samantha McKay?«

Die fremde Stimme erlöst Sam aus der Grübelei. Sie nickt, ohne sich umzusehen.

»Das war der letzte Aufruf. Wenn Sie mitfliegen möchten, müssen Sie jetzt bitte einsteigen.«

Sam reißt sich von dem unheilvollen Bild am Horizont los und dreht sich zu der jungen Frau herum, die sie erwartungsvoll anschaut.

»Natürlich. Es tut mir leid, ich war in Gedanken.«

Die Stewardess lächelt. »Kein Problem. Ich komme morgens auch nicht so schnell in Gang und bei dem Wetter heute ist es mir besonders schwergefallen. Wahrscheinlich habe ich meinen Job verfehlt, die ständigen Schichtwechsel bringen mich noch um.« Mit beiden Händen rückt sie ihr Hütchen zurecht und lacht so unerwartet laut auf, dass Sam zusammenzuckt. »Na ja, besser *wir* haben Startschwierigkeiten als der Flieger, oder?«

Sam schluckt. Diese Art von Humor ist wirklich das Letzte, was sie gerade braucht. Als ob ihre Sorge darüber, dass der Vogel vorzeitig vom Himmel fällt, nicht schon groß genug wäre. Sie greift nach ihrer Umhängetasche, die sie während der Wartezeit zwischen ihren Beinen auf dem Boden abgestellt hatte, und folgt der Stewardess zur Gangway. Der schmale Schlauch kommt ihr länger vor als üblich – er will gar kein Ende nehmen. Entschlossen strafft Sam die Schultern und beschleunigt ihre Schritte. Sie wird nicht umkehren! Nicht die dreieinhalb Stunden zurückfahren und damit ihre Großmutter Josefine enttäuschen, die sich seit Wochen auf den Besuch ihrer Enkelin freut. Außerdem hat sie sich diesen vorweihnachtlichen Ausflug im Vorfeld gut überlegt. In der Vergangenheit war ihre Oma jedes Quartal für ein paar Tage zu ihr nach Dornoch gereist, in das kleine

Küstendorf in den schottischen Highlands, das während der letzten 20 Jahre zu Sams Heimat geworden ist. Entgegen aller Gewohnheit ist deren letzter Besuch nun schon Monate her und Sam ist sich sicher, dass diese Tatsache nichts mit mangelndem Interesse zu tun hat. So sehr sie die Begegnung mit ihrer Granny auch herbeisehnt, das Unbehagen darüber, in welchem gesundheitlichen Zustand sie die alte Dame antreffen wird, trübt ihre Vorfreude. Die letzten Telefonate haben Sams Stiefmutter Ria in Sorge versetzt, aber die Arbeit in der Bed&Breakfast-Pension beanspruchte ihre volle Aufmerksamkeit. Es war eine weite Durststrecke, bis der Geschäftsbetrieb sich damals etabliert hatte. Nach dem Kauf des sanierungsbedürftigen Farmhauses musste sie gemeinsam mit Sams Vater Alan um jeden einzelnen Gast kämpfen. Doch das ist lange her. Mittlerweile hat die Pension sich zu einem echten Geheimtipp entwickelt und ist zur Anlaufstelle für viele stressgeplagte Großstädter geworden. Was bis vor zwei Jahren bestens funktioniert hat, ist Ria nach Alans plötzlichem Tod jedoch immer mehr über den Kopf gewachsen. Üblicherweise lässt der Gästeandrang Ende Januar saisonbedingt etwas nach, erst dann wird auch sie sich die Zeit nehmen können, ihre Mutter Josefine in Köln zu besuchen. Köln – die Stadt, in der Ria gemeinsam mit ihrem Bruder Norman aufgewachsen ist und die ihrer Erzählung nach nicht nur schöne Erinnerungen wachruft.

Auf Sams Schulter wird es leicht, und das darauf folgende dumpfe Geräusch verheißt nichts Gutes. Sie schaut hinab auf ihre Tasche, die mit gerissenem Gurt zu ihren Füßen liegt und die Hälfte des Inhalts auf dem Boden der

Gangway verteilt hat. Taschentücher, Bonbons, eine Mütze, ihr Mobiltelefon und die Geldbörse warten darauf, wieder aufgehoben zu werden. Wenigstens hat der Reißverschluss des Portemonnaies sie nicht ebenso im Stich gelassen wie der ihrer Umhängetasche, sonst könnte sie nun jede Münze einzeln aus den Ritzen fischen.

Die Stewardess bückt sich und hilft Sam beim Einsammeln, wobei ihr Hütchen ein Stück nach links rutscht. »Das scheint nicht Ihr Tag zu sein«, bemerkt sie. »Hoffentlich ist es kein schlechtes Omen, wenn Sie mit an Bord sind. Und dann noch das Wetter ...«

Sam schließt die Augen und hält mit einem der Bonbons in der Hand inne. Wird diesen Flugbegleitern in der Schule kein diplomatisches Geschick im Umgang mit den Passagieren beigebracht? Die Frau ist hilfsbereit, keine Frage. Aber ein Minimum an Gespür dafür, was man sagen kann und was nicht, sollte eine Grundvoraussetzung in dieser Branche sein. Kurzentschlossen wickelt Sam das Naschwerk aus dem Papier und schiebt es sich in den Mund. Alles, was sie von der bevorstehenden Tortur ablenkt, kann nur gut sein.

Die Stewardess räuspert sich, ihre Hände zittern. »Wir müssen uns beeilen. Ed hat heute das Sagen und er wird stinksauer, wenn wir uns verspäten, weil ich meine Schäfchen nicht rechtzeitig zusammengetrieben habe.«

Sam zieht die Augenbrauen hoch und starrt ihr Gegenüber ungläubig an. Sie hat Angst! Sie, die den ganzen Tag nichts anderes macht, als mit dem Flugzeug von A nach B zu reisen, hat tatsächlich Angst!

»Das ist erst mein fünfter Einsatz nach der Ausbildung«, plappert die Flugbegleiterin weiter. »Vor zwei Tagen sind wir in ein Unwetter gekommen. Ich konnte keinen klaren Gedanken mehr fassen, geschweige denn die Passagiere beruhigen. Das hat vielleicht Ärger gegeben! Was, wenn sie mich rausschmeißen? Wenn es heute noch schlimmer wird und wir ... gar nicht ankommen?« Mit jedem Wort wird ihre Stimme schriller. Sanft legt Sam ihr die Hand auf den Oberarm. Es kommt häufiger vor, dass wildfremde Leute ihr ungefragt das Herz ausschütten. Ihr Vater hat sie auch gehabt, diese besondere Aura. Ganz anders als Sams leibliche Mutter, die das Leben eher nüchtern und Probleme analytisch betrachtet hatte. Ihr früher Tod stürzte Sam damals in tiefe Verzweiflung, aber der drängende Wunsch, sie hätte mehr Zeit mit ihr verbringen können, rückte im Laufe der Jahre immer weiter in den Hintergrund. Ein natürlicher und gesunder Selbstschutz nach allem, was sie mitmachen musste, sagte der Psychologe. Es hat lange gedauert, bis ihr Verstand das genauso sehen konnte. Doch mittlerweile kann Sam der Sache sogar etwas Gutes abgewinnen, denn ohne diese Tragödie hätte sie Ria niemals kennengelernt. Und sie ist für Sam inzwischen weit mehr als eine Ersatzmutter. Von Anfang an hat sie ihre Stieftochter unterstützt, gefördert und geliebt – viel mehr also, als man sich von einer eigentlich fremden Person erhoffen kann. Sams Vater hat recht gehabt: Für jede Tür, die zufällt, öffnet sich eine neue. Manchmal dauert es nur etwas länger, bis sie sich einem offenbart.

Die Stewardess starrt Sam mit schreckgeweiteten Augen an und drückt ihre Hand dabei fester als nötig. Normalerweise stellt diese Art von Seelenstriptease, den die Flugbegleiterin betreibt, für Sam kein Problem dar, denn sie leiht anderen Menschen gerne ein offenes Ohr. Außerdem kommt ihr ein wenig Zerstreuung in diesem Moment nicht ungelegen, nur leider ist dieses Thema zur effektiven Ablenkung von ihrer eigenen Furcht denkbar ungeeignet. Im Gegenteil: Es lässt sie mehr und mehr daran zweifeln, ob diese Reise wirklich die richtige Entscheidung gewesen ist.

»Wie heißen Sie?«, fragt Sam.

»Diana.«

»Machen Sie sich keine Sorgen, Diana. Niemand wird Sie entlassen.« Sam schluckt. Hoffentlich klingen ihre Worte überzeugender, als sie sich anfühlen. Sie klaubt ihre restlichen Habseligkeiten zusammen und lässt sie in den Untiefen ihrer Tasche verschwinden. Der Kampf mit dem Reißverschluss erweist sich als wenig erfolgversprechend. Direkt nach dem ersten Versuch gibt sie ihn wieder auf und knotet aus dem gerissenen Gurt stattdessen eine provisorische Befestigung zusammen.

»Und *natürlich* werden wir heil in Deutschland landen«, fährt Sam fort. »Die Lotsen und der Pilot haben jede Menge Erfahrung. Wäre es zu gefährlich, würden sie gar nicht erst starten.« Sie lächelt aufmunternd, doch tief in ihrem Inneren hofft sie, dass die soeben erwähnten Personen nicht ebenfalls Berufsanfänger sind.

»Wahrscheinlich haben Sie recht.« Die Stewardess schüttelt den Kopf und schaut betreten nach unten, wobei sie ein Steinchen am Rande der Gangway fixiert. »Ich habe das vorhin ernst gemeint, auch wenn es sich vielleicht anders angehört hat. Womöglich ist es wirklich der falsche Beruf für mich.« Ihr Blick huscht unruhig zwischen der geöffneten Flugzeugtür und Sam hin und her.

Einerseits will sie ihre letzte Passagierin nun schleunigst an Bord bekommen, andererseits wäre es ihr deutlich lieber, an Ort und Stelle stehenzubleiben – mit sicherem Boden unter den Füßen. Sam kann diesen Zwiespalt gut nachempfinden und spielt für den Bruchteil einer Sekunde ebenfalls mit dem Gedanken umzukehren, doch dieses Bedürfnis ist schnell niedergerungen. Nein! Sie wird zu ihrer Großmutter fliegen, versprochen ist schließlich versprochen. Kurzentschlossen gibt Sam sich einen Ruck und schiebt Diana behutsam, aber bestimmt vor sich her. Am Eingang wartet bereits eine Kollegin auf die beiden Nachzügler. Dem Gesichtsausdruck nach zu urteilen, ist sie alles andere als glücklich über die Verspätung, was den endgültigen Schritt über die Schwelle nicht erleichtert.

»Wo hast du gesteckt, verdammt noch mal?«, zischt sie Diana an. »Ed ist außer sich. Das Wetter wird immer schlechter. Wenn wir noch lange warten, war es das mit unserer Starterlaubnis.« Die Aussage verfehlt ihre Wirkung nicht, denn Diana sackt unter dem scharfen Ton sichtlich in sich zusammen. Tränen schimmern in ihren Augenwinkeln.

Sam seufzt. »Es ist meine Schuld«, sagt sie aus dem Impuls heraus. Diana ist zwar denkbar ungeeignet für ihren Job und hat nicht gerade dafür gesorgt, dass Sam sich an Bord aufgehoben fühlt, aber trotzdem tut ihr die junge Frau leid. »Ich habe fürchterliche Flugangst. Es ist nicht einfach für sie gewesen, mich an Bord zu holen.«

Die Augen der Stewardess verengen sich zu schmalen Schlitzen, letztendlich tritt sie jedoch beiseite und lässt Sam passieren. »Nehmen Sie eine Tablette dagegen«, ruft sie ihr hinterher. »Wir haben schon Sachen mit Leuten

wie Ihnen erlebt, das würden Sie mir nicht glauben.«
Sam fährt sich mit der Hand über die Stirn. »Und ob«, murmelt sie. »Bei *dieser* Crew kann ich mir einiges vorstellen.«

Alle Mitreisenden haben ihre Plätze bereits eingenommen und schauen Sam vorwurfsvoll entgegen. Eilig geht sie zu ihrem Sitz in der sechsten Reihe, die Menschen um sich herum versucht sie, zu ignorieren. Die Kabinentür fällt mit einem schmatzenden Geräusch ins Schloss und die Metallteile des Sicherheitsgurtes um ihre Taille rasten klickend ineinander. Damit kehrt auch das flaue Gefühl zurück. Sams Sitznachbarin ergeht es allem Anschein nach nicht besser, denn die Fingernägel der korpulenten Frau graben sich hilfesuchend in die Polster. Ihr Blick ist stur auf die Rückenlehne des Vordermanns gerichtet. Sam holt tief Luft, beim Ausatmen blasen ihre Wangen sich zu doppelter Größe auf. Was für ein Höllentrip! Da hilft nur eins: ein Buch, Musik und Bonbons. Viele Bonbons! Die aus Karamell, alle anderen erfüllen ihren Zweck bestenfalls halbherzig. Karamellbonbons haben sie schon durch so manche Notsituation begleitet und entwickeln bei ihr stets eine unerklärlich beruhigende Wirkung. Der Geschmack vermittelt Sam ein Gefühl von Geborgenheit, das sie im Alter von acht Jahren für immer verloren geglaubt hatte. Sie befreit eine weitere der süßen Kugeln aus dem Papier, legt das Buch, das sie rezensieren soll, auf den Oberschenkeln ab und setzt ihre Kopfhörer auf. Die Musikbibliothek des Mobiltelefons ist prall gefüllt und hat für jede Gemütslage das passende Album parat. Sams Zeigefinger wischt über das Display, doch gerade als sie einen ihrer liebsten Gute-Laune-Titel antippen will, landet ein Ellbogen unsanft in ihrer Seite. Sie schreckt hoch. Der Blick der Frau zu ihrer Rechten ist wirr und toppt den der verunsicherten Stewardess um Längen. Sam wendet sich ab und startet das nächstbeste Lied. Egal wie, eine Barriere muss her, bevor diese Person sie mit ihren Ängsten überschütten kann, die offensichtlich im Überfluss vorhanden sind. Noch mehr dieser psychischen Hilferufe kann sie an diesem Morgen wirklich nicht verkraften. Kaum ist der Song ausgewählt, legt die rhythmische Melodie sich wie eine schützende Hülle um sie herum. Das Gemurmel der restlichen Fluggäste verstummt, die angespannte Atmosphäre löst sich auf und nimmt die bedrückende Last von ihrem Herzen mit. Sam schließt die Augen. Sie lehnt sich im Sitz zurück und konzentriert sich ganz auf den Klang der Musik – bis ein zweiter Hieb sie trifft. Diesmal landet der Ellbogen ihrer Sitznachbarin seitlich auf ihrem Arm. Sam atmet tief durch, zählt innerlich bis drei und lüftet anschließend den Kopfhörer.

»Kann ich Ihnen helfen?«, fragt sie mit einem untypisch ärgerlichen Unterton in der Stimme.

Die Frau schaut sich nach allen Seiten um, dann beugt sie sich langsam zu ihr hinüber. Eine leichte Alkoholfahne liegt in der Luft und lässt Sam an den äußersten Rand ihres Platzes rutschen.

»Oh, mein Gott!« Die Dame schlägt sich die Hand vor den Mund. »Sie riechen es, oder?« Ihr Gesicht läuft tiefrot an. »Normalerweise trinke ich nicht. Wirklich nicht! Aber wenn ich fliegen muss, geht ohne einen kleinen Brandy gar nichts.« Sie wedelt mit den Fingern vor ihrem Gesicht herum, wobei der Geruch sich eher weiter verteilt als verflüchtigt. »Wir fliegen eingeschlossen in dieser Konservenbüchse übers Meer – allein die Vorstellung macht mich verrückt. Wir können nicht aussteigen, sind dem Piloten hilflos ausgeliefert.«

Brandy! Obwohl Sam eher nach Heulen zumute ist, huscht ein Lächeln über ihr Gesicht. Allerdings steigt dabei nicht das Bild einer Flasche Alkohol, sondern das eines Hundes in ihr auf. Nie wird sie vergessen, wie die gefleckte Mischlingsdame eines Tages jaulend vor ihrer Pension gesessen und um Einlass gewinselt hat. Ihr Vater Alan hatte es sich gerade mit einem Glas Brandy in seinem alten Ohrensessel bequem gemacht, als Sam die Tür öffnete und das kleine Fellknäuel wie ein Tornado durch den Wohnbereich fegte. Nachdem die Hündin eines der Tischbeine gerammt hatte, ergoss sich der Glasinhalt in einem Schwung über ihren Rücken. Den Gestank trug sie tagelang mit sich herum und besiegelte damit ihr Namensschicksal. 17 Jahre lang war Brandy daraufhin ein fester Bestandteil der Familie McKay, ging mit ihnen gemeinsam als treue Freundin durch Höhen und Tiefen. Alan und Brandy: Zwei Weggefährten, deren Verlust auch Ria schwer zugesetzt hatte. Die Aussicht auf einen neuen Partner löst bei ihr bis heute eher Panik als Freude aus – sehr zum Bedauern ihres Nachbarn Joe.

Die aufgebrachte Dame neben Sam gestikuliert weiterhin wild mit allen ihr zur Verfügung stehenden Gliedmaßen. »Wie können Sie so ruhig dasitzen?«, japst sie. Nach jedem Wort ringt sie um Atem. Allein vom Zuhören bilden sich feine Schweißperlen auf Sams Stirn. »Haben Sie mal aus dem Fenster geguckt? Draußen ist alles schwarz«, legt die Frau nach. »Wie sollen wir bei dem Wetter in die Luft, geschweige denn heil wieder runterkommen?«

»Vermutlich gar nicht«, würde Sam am liebsten antworten. Stattdessen zieht sie die Kopfhörer ganz aus und legt sie zu dem Buch auf ihren Schoß. »Machen Sie Urlaub oder zieht es Sie beruflich nach Köln?« Angesichts des abrupten Themenwechsels verstummt Sams Sitznachbarin und ihr panischer Ausdruck weicht Überraschung. »Ich ... ähm ... beruflich«, stammelt sie. »Ich bin Fachbesucherin auf der Messe.« Aus den Augenwinkeln beobachtet Sam, wie ihre bebenden Finger allmählich ruhiger werden und die verkrampfte Haltung sich etwas entspannt.

»Wie schön! Auf welcher denn? Ich dachte, im Dezember finden in Köln gar keine Messen mehr statt.«

Die Frau richtet sich auf, wobei ihre ausladenden Hüften rechts und links gegen die Armlehnen des Sitzes stoßen. »Die Brandschutzmesse ist tatsächlich die letzte im Jahr. Mein Mann und ich führen eine kleine Firma in Glasgow. Wir bieten die Wartung von Brandschutzanlagen an, Risikobewertungen und Konzepte zur Neuinstallation.«

»Erzählen Sie mir darüber?«

»Nun, unsere Zielgruppe sind Produktions- und Verkaufsstätten, aber natürlich auch Privathaushalte und ...«

Sam lächelt. Die Dame scheint ganz in ihrem Element, worüber sie offenbar vergisst, wo sie sich gerade befindet. Sie redet und redet, erzählt von Feuerlöschern, Sprinkleranlagen und Brandschutzbeauftragten. Für einen kurzen Moment flammt die Frage in Sam auf, ob das ganze Regelwerk wohl auch in diesem Flugzeug korrekt umgesetzt worden ist. Langsam ruckeln sie auf die Startbahn zu und eine der Stewardessen gibt Anweisungen zum Verhalten an Bord. Doch nichts davon dringt zu der

Feuerfachfrau durch, sie schwebt durch ihr eigenes Universum aus Rauch- und Wärmeabzugsanlagen. Erst als der Motor aufheult und die jähe Beschleunigung alle Passagiere unsanft in ihre Sitze drückt, erwacht sie aus ihrem Rederausch. Mit einem Schlag jagt die Realität ihr eine Ladung Adrenalin nach der anderen durch die Blutbahn. Ihre eingefrorene Körperhaltung gleicht der einer griechischen Statue, was ihrem durchdringenden Organ allerdings keinen Abbruch tut. Sie schreit. Ein Mädchen zwei Reihen hinter ihnen beginnt, zu weinen.

»Ich arbeite in der Bibliothek in Inverness«, ruft Sam gegen den Lärm an. Die Erschütterungen werden immer stärker, je höher sie steigen, und schütteln ihre Körper gnadenlos durch. Das letzte Karamellbonbon rutscht unzerkaut durch Sams Speiseröhre und verabschiedet sich damit aus dem aktiven Leben. Die schwarze Wolkenwand am Himmel rast unaufhaltsam auf sie zu. Eine flatternde Stimme, die sie als Dianas identifiziert, scheppert durch den Lautsprecher und bittet die Fluggäste, Ruhe zu bewahren – die Ruhe, die ihr selbst nicht vergönnt ist.

»Ich habe auch einen eigenen Bücherblog, schreibe Rezensionen und …«, fährt Sam fort, doch die Frau übertönt mit ihrem Gejammer jede einzelne Silbe. Details zum Personenschutz und zur Katastrophenprävention sind wohl die einzigen Themenbereiche, die sie zuverlässig ablenken.

»Wissen Sie, warum die Fenster in Flugzeugen oval und nicht eckig sind?«, startet Sam das nächste Ablenkungsmanöver.

Wieder der überraschte Ausdruck auf dem rundlichen Gesicht. Das Wehklagen geht in ein Wimmern über. Die Frau schüttelt den Kopf.

»Zu unserer Sicherheit«, erklärt Sam. »Je höher wir fliegen, desto niedriger wird der Luftdruck. Deshalb wird er in der Kabine künstlich erhöht. Der Unterschied zwischen drinnen und draußen wird immer größer, dadurch dehnt sich der Durchmesser des Flugzeugrumpfes minimal aus. An rechteckigen Fenstern könnten die dabei entstehenden Kräfte nicht ohne Weiteres vorbeifließen, was bei ovalen Fenstern dagegen reibungslos funktioniert. Sie sehen also: Die Ingenieure haben sich viele Gedanken gemacht, damit uns nichts passieren kann.«

Die Dame hört sich Sams Ausführungen an, ohne dazwischenzuschreien – kein Zieleinlauf, aber zumindest ein Etappensieg für den Frieden an Bord.

»Da ist ein Loch im Fenster«, röchelt sie kaum hörbar. Ihr Zeigefinger presst sich so fest auf die kleine Öffnung am unteren Ende der Scheibe, dass Sam um deren Stabilität fürchtet. Gut, dass sie die Diplomarbeit ihres drei Jahre älteren Bruders Scott gegengelesen hat. Damals, am Ende seines Studiums der Fahr- und Flugzeugtechnik, bevor er nach Amerika zog. Vom Inhalt dieser Ausarbeitung ist einiges hängen geblieben und manchmal ist Sam nicht ganz sicher, ob sie das gut oder schlecht finden soll – ob diese Diplomarbeit nicht erst der Auslöser für ihre Flugangst war. Denn je mehr sie darüber erfuhr, desto bewusster wurde ihr die Anzahl der möglichen Risikofaktoren. Einerseits fasziniert sie das exakt abgestimmte Zusammenspiel der verschiedenen Vorgänge bis heute, andererseits führt es ihr immer wieder vor Augen, was durch ein wenig Unachtsamkeit alles schiefgehen kann.

»Jedes Fenster hat ein kleines Loch, und das ist gut so«, antwortet Sam trotz ihres rasenden Herzschlags so ruhig wie möglich. »Sie bestehen aus drei Scheiben. Die Innere, die wir anfassen können, ist nur eine Plexiglas-Verkleidung. Die Äußere ist am dicksten und als einzige mit dem Maschinenrumpf verbunden. Das Loch ist eine Art Entlüftungsventil, es hält den Luftdruck zwischen den Scheiben im Gleichgewicht und sorgt dafür, dass er im Kabineninneren immer ausgeglichen bleibt. Im Steigflug strömt die Luft aus dem Zwischenraum heraus, im Sinkflug wieder rein.«

Die Konzentration auf Sams Erklärung kostet die Frau scheinbar übermenschliche Kräfte. Ihre Augäpfel hüpfen unnatürlich auf und ab, die rosige Haut verliert jegliche Farbe. Es hilft alles nichts. Sam greift nach ihren Kopfhörern und stülpt sie der Frau ungefragt über die Ohren. Laut Handydisplay ist das Gerät mittlerweile bei einer schottischen Meditationsmelodie angekommen. Perfekt! Sam dreht die Lautstärke voll auf. Angespannt wartet sie auf eine Reaktion, während die Nase des Flugzeuges in wabernde Wolkenmassen eintaucht, die den Flieger schließlich vollständig verschlucken.

2

Noch vor wenigen Minuten hat Sam sich nicht vorstellen können, jemals wieder einen blauen Himmel zu sehen – strahlender Sonnenschein schien surreal und endlos weit entfernt. Doch kaum hat das Flugzeug die finstere Barriere durchbrochen, die Licht und Schatten voneinander trennt, erstreckt sich vor ihr ein ganzer Horizont voller Möglichkeiten. Die Chance auf einen Neubeginn hat sich Sam nie deutlicher offenbart als hier, wo hell und dunkel nur einen Wimpernschlag auseinander liegen. Durch die Wolkendecke können Außenstehende Schottlands raue Schönheit nicht einmal ansatzweise erahnen. All das satte Grün, das nur von einigen malerischen Ortschaften und kleinen Seen unterbrochen wird, bleibt ihnen an diesem Morgen verborgen. Sam dagegen weiß, wie es unter der dunklen Fläche aussieht – für sie ist die Flugroute Richtung Deutschland nicht neu. Während ihres Literaturstudiums in Erfurt ist sie regelmäßig hin und her gependelt. Zwischen dem Land, in dem ihre Stiefmutter aufgewachsen ist, und der britischen Insel, auf der Sam selbst den Großteil ihrer Kindheit verbracht hat. Fünf Jahre ist ihr Abschluss inzwischen her und die Flugangst zu ihrem Verdruss wieder auf dem gleichen Level angekommen wie zu Beginn des Studiums. Alles eine Sache der Gewohnheit.

Sam schaut nach rechts. Zu der Frau, die mit hochgezogenen Schultern völlig paralysiert auf die gegelten Haare ihres Vordermannes starrt, die Kopfhörer immer noch auf den Ohren. In exakt diesem Zustand würde Sams Halbschwester Marian sich wohl nach einer rasanten Achterbahnfahrt befinden. Mal davon abgesehen, dass nichts und niemand sie zu solch einer Mutprobe überreden könnte. Ihr sanftes Gemüt verträgt schnelle Bewegungen genauso wenig wie übermäßig laute Worte. Selbst wenn sie innerlich kocht, bleibt sie ruhig – was aber keineswegs bedeutet, dass sie sich nicht durchsetzen kann. Genau so ist es auch bei ihrem gemeinsamen Vater Alan gewesen. Ohne den Rückzug in seinen Hobbykeller und die Herstellung seiner Handwerksarbeiten hätte er nicht leben können. Er brauchte die Abgeschiedenheit und Einsamkeit in der Werkstatt wie andere die Luft zum Atmen. Eine klassische Alltagsflucht war es aber nie. In Ria fand er nach seiner ersten Ehefrau, Sams leiblicher Mutter, endlich eine Seelenverwandte und seine drei Kinder liebte er von Herzen. Auch der Pensionsbetrieb bereitete ihm Freude. Seine ruhige Art wirkte auf die erholungssuchenden Gäste ansteckend und erdete sie vom ersten Urlaubstag an. In der handwerklichen Tätigkeit konnte sich seine kreative Ader voll entfalten und besserte die Haushaltskasse als schönen Nebeneffekt nicht unerheblich auf. Seine Kunstwerke waren beliebt und mit den von ihm individuell angefertigten Schneekugeln machte er sich im Laufe der Jahre sogar überregional einen Namen. Zum Ende hin ist er mit den Auftragsarbeiten kaum mehr nachgekommen.

Sams Aufmerksamkeit richtet sich wieder auf die Dame neben ihr, die weiterhin in unveränderter Stellung verharrt. Soll Sam sie ansprechen? Sie nochmals in ein Gespräch über Sicherheitstechniken verwickeln oder den aktuellen Status lieber genießen, solange er andauert? Sie entscheidet sich für die letztere Variante, auch wenn sie dafür ihr Handy mit der dazugehörigen Musik abtreten muss. Diesen Preis ist die ruhig gestellte Nachbarin allemal wert. Bleibt nur zu hoffen, dass die Landung weniger dramatisch ausfällt als der Start.

Die Wetterverhältnisse in Köln stehen denen in Edinburgh auf den ersten Blick in nichts nach. Der Landeanflug gleicht einem Ritt auf der Rasierklinge und zwischenzeitlich fürchtet Sam ernsthaft um den Zustand ihres Handys, das in den verkrampften Händen der beleibten Frau keine sonderlich gute Figur macht. Doch was sich ihnen nach dem Durchbruch durch die Wolkenschichten präsentiert, macht Sam sprachlos und lässt sie ihre technischen Gerätschaften vergessen. Sie reckt den Hals und beugt sich zum Fenster hinüber, um mehr von der wunderschön weißen Landschaft sehen zu können. Auch hier ist der Himmel tiefgrau, aber die Schneeflocken, die dicht gedrängt an den Scheiben vorbei in Richtung Erde wirbeln, lassen einen Anflug von weihnachtlicher Vorfreude in Sam aufkommen – die Dunkelkammer weicht einem Wintertraum. Nun müssen sie nur noch heil auf dem Rollfeld ankommen, dann steht ein paar entspannten Tagen mit ihrer Großmutter nichts mehr im Weg. Die Weihnachtsmärkte in Deutschland haben es Sam von Anfang an angetan – gerade bei den kleinen alternativen Ständen kann sie sich stundenlang verlieren.

Der Rest der Reise verläuft weitgehend reibungslos. Auch Sams Handy und die dazugehörige Frau haben die Tortur entgegen aller Erwartung überlebt. Vor dem Flughafengebäude kramt Sam ihre Mütze aus der Tasche und zieht sie über die dunkelblonden Locken. Es ist klirrend kalt. Trotz des Schneetreibens fährt die S-Bahn pünktlich auf dem Gleis ein und entlässt sie kurz darauf an ihrer

Zielstation in der Kölner Südstadt. Bis zur Hausnummer 33 ist es nicht weit.

Der Schnee knirscht unter Sams Schuhsohlen. Der Menge nach zu urteilen, müssen die Flocken bereits die ganze Nacht hindurch gefallen sein. Außer ihren eigenen Spuren und denen ihres Reisetrolleys sind etliche weitere auf dem Gehweg erkennbar. Kleine und große, schmale und breite Abdrücke, dazwischen die Tapsen verschiedener Hundepfoten. Sam bleibt stehen, stellt den Kragen ihres Mantels auf und klemmt sich die Handtasche fester unter den Arm. Dass der Tragegurt sich wieder zuverlässig daran befestigen lässt, bezweifelt sie. Aber auf einem der zahlreichen Märkte wird sie sicher einen würdigen Ersatz für das in die Jahre gekommene Stück finden.

Schon von Weitem kann Sam den imposanten Altbau erkennen, in dem ihre Großmutter seit einer halben Ewigkeit wohnt. Würdevoll wölben sich die halbrunden Erker vom Erdgeschoss hoch bis in die zweite Etage und bilden damit die harmonische Schnittstelle zweier Straßenzüge. Wie ein verwunschener Märchenturm läuft die Bedachung über dem oberen Erker spitz zu – es würde Sam nicht wundern, wenn das Fenster sich öffnen und eine Prinzessin ihr goldenes Haar herunterlassen würde. Ohne Frage ist dies das Haus mit der faszinierendsten Architektur in der Südstadt. Obwohl auch viele andere mit wunderbaren stuckverzierten Fassaden aufwarten, sucht das Gebäude mit der Nummer 33 seinesgleichen. Sam legt ihren Kopf in den Nacken und schaut zu den Dächern empor. Hinter dem schmiedeeisernen Gitter des Balkons im zweiten Obergeschoss stehen vier Terrakottatöpfe, aus denen nur vereinzelte grüne Zipfel herausragen, der Rest ist von einer feinen Schneedecke verhüllt. Eine Kette mit roten Perlen sowie kleine blassgelbe Lichter zieren die Brüstung und schlängeln sich um die Pflanzen herum. Was für ein wohltuender Kontrast zu den bunt blinkenden Weihnachtsdekorationen, die sie auf dem Weg hierher in einigen Fenstern entdeckt hat. Ihre Großmutter hat einen treffsicheren Geschmack – so viel steht fest. Immer wieder aufs Neue ist Sam von der prächtigen Kulisse beeindruckt. Es ist lange her, seit sie das letzte Mal hier gewesen ist, viel verändert hat sich seitdem nicht. Vom ersten Moment an hat sie sich diesem Ort verbunden gefühlt. Auch wenn das Großstadtleben im krassen Gegensatz zu Dornochs ländlichem Flair steht, kann sie beiden Lebensmodellen etwas abgewinnen, so unterschiedlich sie auch sein mögen.

Sam tritt ein paar Schritte zurück und betrachtet die Fensterfront des Cafés im Erdgeschoss. Im Rückwärtsgang stößt sie gegen eine Straßenlaterne. Die Birne im Inneren des Gehäuses präsentiert sich ähnlich grau wie das Wetter, obwohl eine zusätzliche Beleuchtung bei der Witterung auch tagsüber angebracht wäre. Kritisch zieht Sam die Nase kraus, während ihr Blick über den Schriftzug auf der Glasscheibe schweift. »Bistro & Café« steht dort in nüchternen Lettern geschrieben. Durch Einfallsreichtum bei der Namensgebung sticht der Betreiber nicht gerade heraus. Auch die Innenausstattung lässt auf keinen allzu kreativen Geist schließen: Die Sitzplätze wirken steril, die Wände erdrückend dunkel und das Ambiente in seiner Gesamtheit wenig einladend. Es als Schandfleck inmitten des historischen Gebäudecharmes zu bezeichnen, wäre vielleicht übertrieben – aber weit entfernt von der Wahrheit ist es nicht.

Sam zieht den Trolley die zwei Stufen zum überdachten Eingang hinauf. Sie wirft einen Blick auf ihre Armbanduhr. Es ist kurz vor halb zwölf und ihr Magen macht sich inzwischen lautstark bemerkbar. Ein Sandwich oder Baguette könnte sie jetzt gut vertragen. Laut der Tafel mit den Öffnungszeiten sollte der Geschäftsbetrieb bereits seit einer halben Stunde laufen, doch die Tür zum Bistro ist verschlossen und es macht nicht den Eindruck, als würde sich dieser Zustand in absehbarer Zeit ändern. Sam seufzt. Es ist ihr unangenehm, ihre Oma direkt bei der Begrüßung mit der Bitte nach etwas Essbarem zu überfallen, aber daran wird sie wohl nicht vorbeikommen. Sie klopft den Schnee von ihrem Mantel und wendet sich der anderen Tür zu, die in den Flur des Wohnhauses führt. Auf der Klingelplatte befinden sich drei Knöpfe, neben denen die entsprechenden Familiennamen der Bewohner vermerkt sind. Wenige Sekunden nachdem sie geschellt hat, schrillt der Öffner und Sam betritt den Korridor, an dessen Ende eine hölzerne Treppe nach oben führt. Ihr Trolley hinterlässt feuchte Spuren auf den eindrucksvollen Ornamenten der Bodenfliesen. Die Verlegung hat den damaligen Handwerker vermutlich an den Rand der Verzweiflung getrieben. Sie geht an den Briefkästen vorbei und zieht aus dem mit der Aufschrift »J. Lindbergh« die aus der Klappe ragende Wochenzeitung hervor. Von ihrem letzten Besuch weiß sie, dass diese Ausgabe immer mittwochs ausgeliefert wird, und heute ist bereits Samstag. Sam runzelt die Stirn. Bedeutet das etwa, dass ihre Großmutter die Wohnung in den letzten drei Tagen nicht verlassen hat? Sollte das tatsächlich der Fall sein, muss es schlechter um ihre Gesundheit stehen, als sie Ria gegenüber am Telefon zugegeben hat. Das flaue

Gefühl in Sams Körpermitte verstärkt sich, und das ist nicht mehr ausschließlich dem Hunger geschuldet. Josefine ist ein geselliger Typ. Da sie allein lebt, hat sie den zwischenmenschlichen Kontakt bisher außerhalb ihrer vier Wände gesucht. Sei es beim Einkaufen oder beim Spaziergang im Park – irgendeinen ihrer zahlreichen Bekannten hat sie immer für das ein oder andere Schwätzchen gewinnen können.

Sams Herz schlägt schneller als nötig. Ganz sicher ist sie sich nicht, ob es an den vielen Stufen liegt, die sie eben hinter sich gebracht hat, oder an der Ungewissheit, was sie erwartet. Sie biegt um die letzte Ecke. Ihre Großmutter steht auf der Türschwelle und ihr strahlendes Lächeln lässt Sams Bedenken im Nu verpuffen. Schnell stellt sie ihr Gepäck ab, eilt auf die alte Dame zu und schließt sie in ihre Arme. Gott, wie hat sie das vermisst! Den dezenten Lavendelgeruch, die wohlige Wärme, die diese Frau selbst im tiefsten Winter ausstrahlt. Allein für diesen Augenblick hat sich die mühevolle Anreise gelohnt.

»Granny«, haucht Sam dicht an ihrem Ohr. »Wie schön, dich zu sehen!«

Ein glucksendes Lachen fährt durch Josefines zierlichen Körper, während sie vorsichtig versucht, sich aus der Umarmung ihrer Enkelin zu lösen. Ohne Frage genießt auch sie die herzliche Begrüßung in vollen Zügen. Zwar ist Sam keine Blutsverwandte, dennoch hat sie nie einen Zweifel daran aufkommen lassen, dass sie genauso vollwertig zur Familie gehört wie alle anderen auch.

»Und wie *ich* mich erst freue«, sagt sie. »Auch wenn du mir meine alten Knochen gerade ordentlich durchschüttelst.«

Widerwillig gibt Sam sie frei und streicht ihr liebevoll über die Wange. »Entschuldige, ich weiß gerade gar nicht wohin mit meiner Freude. Am besten halte ich einen Sicherheitsabstand ein, bis ich mich wieder beruhigt habe.«
»Ach was!« Josefine winkt ab. »Ich kann mehr vertragen, als du glaubst. Außerdem weißt du doch, wie sehr ich deine Emotionsausbrüche liebe. Immer raus damit! Das zeigt mir, dass ich am Leben bin.«
Sam lacht. »Oh ja, das bist du definitiv.«
»Sicher hast du einen Bärenhunger mitgebracht, Liebes. Wie wäre es mit einem Snack und einer Tasse Kaffee?«
»Unbedingt! Offensichtlich bist du nicht nur hart im Nehmen, sondern kannst auch noch Gedanken lesen.«

Kurz darauf sitzt Sam in der Küche am Esstisch. »Das Laufen macht dir Probleme, oder?«, stellt sie fest. Ihre Oma humpelt unübersehbar, jede Bewegung wirkt wohl überlegt. Kein Wunder, dass sie mit diesem Handicap Schwierigkeiten hat, die Treppen aus der zweiten Etage hinunter- und wieder heraufzukommen. Sam hebt den Kopf. Hat sie ihre Frage nicht gehört, oder wägt sie die Antwort darauf ebenso genau ab wie jeden Schritt, den sie vor den anderen setzt?
»Das macht das Alter«, antwortet sie zögernd. »Wer springt schon mit 81 Jahren wie ein junges Reh über die Wiese?«
Sam räuspert sich. Zwischen einem jungen Reh und ihrem jetzigen Zustand gibt es eine große Bandbreite, die sie bis vor einigen Monaten noch ziemlich gut abdecken konnte. Doch diese Betrachtungsweise behält Sam besser

für sich. Tief in ihrem Inneren ahnt sie, dass ihre Großmutter sich dessen voll bewusst ist und die ungeschminkte Wahrheit schmerzhafter als jeder Gehversuch wäre. Sie beugt sich tief über ihre Kaffeetasse und fährt mit dem Löffel wieder und wieder durch die dunkle Flüssigkeit.

Josefine schürzt die Lippen. »Wenn du noch lange darin herumrührst, ist er bald verdunstet«, bemerkt sie. Ihre Stimme ist sanft, der Blick ihrer hellbraunen Augen liebevoll.

»Wann bist du das letzte Mal vor die Tür gekommen?«, fragt Sam, ohne darauf einzugehen. Eigentlich will sie nicht weiter herumstochern. Am liebsten würde sie das Thema ruhen lassen und die Tage mit ihrer Granny sorgenfrei und unvoreingenommen genießen. Aber so leicht ist es nicht. Wegducken ist zwar die einfachste, aber nicht immer die richtige Lösung.

»Gestern«, antwortet Josefine.

Sam tippt mit dem Zeigefinger auf die Zeitung, die sie mit heraufgebracht hat. »Die ist drei Tage alt und steckte in deinem Briefkasten.«

»Ach, diese Zeitungsboten werden immer unzuverlässiger. Manchmal bekomme ich überhaupt nichts, und dann kriege ich plötzlich drei identische Ausgaben auf einmal.«

Schweigend sieht Sam ihre Großmutter an.

»Wirklich, Kind«, bekräftigt Josefine. »Rose bringt mir die Post jeden Morgen hoch. Diese Zeitung kann erst heute früh gekommen sein.«

»Wer ist Rose?«

»Rosella Mazzini. Sie wohnt nebenan.«

»Nebenan? In deinem Nähzimmer?« Sam kann kaum glauben, dass sie ihr »Heiligtum« an jemand anderen abgetreten hat.

»Nähzimmer ist gut. Es ist ein eigenständiges Appartement mit separatem Eingang, Kochnische und Bad.«
»Dann hattest du es zusätzlich zu deiner Wohnung angemietet? Das habe ich gar nicht gewusst.«
Josefine räuspert sich. »So kann man es sehen.« Sam steht auf und geht zu einem der weiß lackierten Sprossenfenster hinüber. Sind die Holzrahmen ursprünglich nicht dunkel gewesen? Sie ist zu sehr damit beschäftigt, all die neuen Eindrücke zu sortieren, als dass sie sich über die ausweichende Formulierung ihrer Großmutter wundern würde. »Wo hast du deine Nähmaschine, die Schneiderpuppe und die Stoffe gelassen?«
»Mach dir nicht so viele Sorgen um mich. Es geht mir gut. Ein Teil der Sachen steht im Schlafzimmer, der Rest ist auf dem Dachboden. Für die Kleinigkeiten, die ich noch nähe, brauche ich keinen ganzen Raum mehr. Ich bin froh, dass Rose eingezogen ist. Nach der Trennung von ihrem Mann brauchte sie dringend eine neue Bleibe – sein italienisches Temperament ist wohl einmal zu oft mit ihm durchgegangen. Kinder hat sie nicht und auch sonst keine nennenswerte Verwandtschaft. Für südländische Verhältnisse wohl ziemlich untypisch. Sie ist eine angenehme Frau, wir verbringen viel Zeit miteinander.« Ein schelmisches Zucken umspielt Josefines Mundwinkel, bevor sie fortfährt. »Außerdem hat sie ein noch ausgeprägteres Helfersyndrom als du.«
Sam grinst. »So, so. Und ist das gut oder schlecht?«
»Es könnte mich schlimmer treffen, würde ich sagen«, antwortet Josefine lachend. »Aber Spaß beiseite: Ich mag Rose wirklich – der Himmel hat sie geschickt.« Sie klopft auf den leeren Sitzplatz neben sich. »Jetzt setz dich wie-

der hin und iss. Ein paar Pfund mehr auf den Rippen machen dich widerstandsfähiger.«

Sam lässt sich zurück auf den Stuhl fallen und greift zu. Ihre Erkältungen häufen sich in letzter Zeit tatsächlich, aber an mangelnder Ernährung kann es gewiss nicht liegen, wie der offenstehende Jeansknopf unter ihrem Pulli zweifelsfrei bestätigt. Was sie einerseits ärgert, ist andererseits ein untrügliches Indiz dafür, dass es ihr gut geht, denn wenn Sorgen sie plagen, vergeht ihr jeglicher Appetit.

»Wie läuft es in der Bibliothek?«, erkundigt Josefine sich. Zufrieden beobachtet sie, wie ihre Nichte einen Bissen der köstlichen Häppchen nach dem anderen vertilgt.

»Gut«, antwortet Sam kauend. Der Hunger lässt sie ihre Tischmanieren für den Moment vergessen. »Der Job ist okay, aber irgendetwas fehlt mir dort. Seit ein paar Wochen bin ich nebenberuflich selbstständig. Einen eigenen Blog habe ich ja schon länger, schreibe Buchrezensionen, aber jetzt biete ich auch einen Lektoratsservice für Selbstverleger an.«

Mit einem Löffel fischt Josefine ihren Teebeutel aus der Tasse und legt ihn auf dem dazugehörigen Unterteller ab.

»Selbstverleger? Was es heutzutage alles gibt ...« Sam nickt. Ungeachtet des Alters hat ihre Oma sich seit jeher für die Fortschritte des Internets interessiert und ist mit dem Thema vertrauter als die meisten anderen ihrer Generation.

»Was ist mit deinen Plänen für das Buchcafé?«

Sam reckt ihre Arme in die Luft. Die Stärkung hat gutgetan. »Es ist wohl eher ein Traum als ein Plan«, sagt sie.

Josefine hebt die Augenbrauen. »Warum das? Sind Träume nicht dafür da, gelebt zu werden? Das hat dein Vater immer gesagt und er war ein sehr kluger Mann.«

»Mmh.« Während Sam nach einer zufriedenstellenden Antwort sucht, vertiefen sich die Falten auf der Stirn ihrer Großmutter.

»Wovor hast du Angst?«

»Ich habe keine Angst.«

»Doch, hast du. Das Konzept ist schon so lange in deinem Kopf und es ist gut – mehr als gut. Es wird funktionieren.«

»Ich habe den richtigen Ort noch nicht gefunden.«

»Hast du denn danach gesucht?«

Sam rutscht unruhig auf dem Sitzpolster hin und her. Das Gespräch nimmt eine Wendung, die sie nachdenklich stimmt. Wie sooft hat die alte Dame mitten ins Schwarze getroffen – ihre Bemühungen, ein passendes Objekt zu finden, haben mit einem ernsthaften Versuch bisher tatsächlich wenig zu tun gehabt. Und die Frage nach dem Warum beantwortet Josefine schneller, als ihr lieb ist.

»Du fürchtest, es könnte schief gehen und die schöne Illusion zerstören, die du davon hast«, stellt sie fest. »Aber ohne den Mut, es auszuprobieren, wirst du das Glücksgefühl nie erleben, etwas wirklich Wichtiges in deinem Leben zu erschaffen. Dein Traum wird ein Traum bleiben, nicht mehr und nicht weniger. Irgendwann auf deinem Sterbebett wirst du zurückblicken und dich fragen, wieso du dich mit dem Durchschnitt zufriedengegeben und nicht nach den Sternen gegriffen hast.«

Sams Augen weiten sich. »Auf meinem Sterbebett? Granny, das ist makaber.«

»Ich weiß.« Unbeeindruckt zuckt Josefine mit den Schultern. »Solange es hilft, dich zu überzeugen, ist mir jedes Mittel recht. Wie war noch gleich der Name, den du für dein Buchcafé ausgesucht hast?«

Sam legt den Kopf schräg. Jetzt spielt sie wirklich jede Trumpfkarte aus, die in ihrem Ärmel steckt – als ob sie den Namen vergessen hätte!

»Sam's coffee tales.«

»Sams Kaffeegeschichten, natürlich! Rose kommt uns heute Abend besuchen. Ich hoffe, das ist in Ordnung. Sie ist eine erstklassige Köchin, die Häppchen waren übrigens von ihr. Unfassbar, was sie aus der winzigen Kochnische alles herausholt. Sie kann es kaum erwarten, dich kennenzulernen.«

»Du hast ihr von mir erzählt?«

»Oh, ja. Von dir und all deinen wunderbaren Ideen.«

3

Josefine umklammert den Haltegriff neben dem Waschbecken so fest sie kann und lässt sich vorsichtig auf den verschlossenen Toilettendeckel sinken. Mit zittrigen Fingern drückt sie eine Tablette aus der Blisterverpackung. Nur diese eine noch, dann ist die maximale Dosis erreicht. Meist sind die Schmerzen in ihren Knochen morgens am schlimmsten und regulieren sich im Laufe des Tages auf ein erträgliches Maß. Aber heute läuft es anders. Der Krankheitsverlauf ist nicht kalkulierbar – manchmal ist es einfach zum Verzweifeln. Könnte Marc jetzt hier sein, hätte sie weniger Furcht vor der Treppe und vor dem Weg in den Park. Nicht, dass sie Sam nicht vertrauen würde. Irgendwie werden sie es schon heil nach unten schaffen, nur ist deren schlanke Statur in keiner Weise mit dem kräftigen Körperbau ihres Enkels vergleichbar. Begleitet er sie hinab, berühren ihre Füße kaum den Boden. Und ausgerechnet jetzt, wo Sam zu Besuch ist, zitiert Norman ihn zur Objektakquise nach New York. Josefine würde gern an einen Zufall glauben, doch dafür ist das Timing zu offensichtlich. Norman hat immer alles daran gesetzt zu verhindern, dass einer seiner Söhne auf Rias Familie trifft. Und bis heute hat er in der Tat jeglichen Kontakt erfolgreich unterbunden. Wenn sie nur wüsste, was damals zwischen den beiden vorgefallen ist. Ihr Verhältnis ist nie einfach gewesen und daran trägt sie eine klare Teilschuld. Warum die Lage jedoch so eskaliert ist, darüber will weder Ria noch Norman mit irgendjemandem reden. Lange Zeit hat Josefine die Situation nicht akzeptieren können und das Thema immer wieder angesprochen. Aber der Schmerz in Rias Augen und die Kälte in Normans haben sie irgendwann dazu gebracht, die Angelegenheit auf sich beruhen zu lassen. Sie sind erwachsen und müssen selbst entscheiden, was richtig oder falsch ist. Darauf hat sie als Mutter längst keinen Einfluss mehr.

Vor dem kleinen Badezimmerfenster tanzen weiße Flocken. Hoffentlich ist es draußen nicht allzu rutschig, denn seit gestern fällt er endlich: der erste Schnee. Sie muss in den Park! Dorthin, wo alles angefangen hat – wie in jedem Jahr. Entschlossen stemmt Josefine sich hoch. Die Wirkung des Medikaments hat eingesetzt und ihre Bewegungen sind deutlich fließender als wenige Minuten zuvor. In diesem Zustand kann sie es wagen.

Die 72 Stufen vom zweiten Stock bis zur Haustür fühlen sich an wie ein Abstieg vom Mount Everest und Sam ist froh, als sie ohne Zwischenfälle auf der Straße angekommen sind. Schnaufend drückt sie den Rücken durch. Das würde ihre Großmutter niemals mehr allein schaffen! Ohne fremde Hilfe ist sie aufgeschmissen und muss in ihrem Elfenbeinturm leben wie eine Gefangene. Rosella ist eine tolle Frau, da hat ihre Oma nicht zu viel versprochen. Das gestrige Abendessen war nicht nur köstlich, sondern zudem sehr unterhaltsam. Aber auch die hilfsbereite Italienerin ist nicht mehr die Jüngste und eine Strapaze wie das Treppensteigen mit Josefine würde ihre Kräfte ebenfalls überfordern.

Sam reibt die Hände ineinander und haucht einen Schwall warmer Luft hinein. Dann wirft sie einen Blick durch das Fenster des Bistros. Ein Mann mittleren Alters wischt lustlos über die leeren Tische, beleuchtet vom grellen Licht einer flackernden Neonröhre. Ein trostloser Anblick, den der Laden eigentlich nicht verdient hat, denn seine Lage ist gut. Was man mit etwas Herzblut daraus machen könnte!

Sams Aufmerksamkeit wechselt zu den nylonbestrumpften Beinen ihrer Oma. »Ist dir nicht kalt? Ich friere schon, wenn ich dich ansehe.«

»Mir ist warm genug, mein Kind. Auch wenn ich eine Frau bin, hat der liebe Gott mich vor derartigen Klimastörungen bewahrt. Ria dagegen ist früher selbst im Sommer mit Socken ins Bett gegangen, daran erinnere ich mich sehr gut.«

Sam lacht. »Ja, das macht sie heute noch. Meinen Vater hat sie damit in den Wahnsinn getrieben. Er hat nie gewusst, wohin mit seiner Hitze.«

»Sie haben sich gut ergänzt, die beiden – haben ineinander ihr Gegenstück gefunden.« Josefine hakt sich bei ihrer Enkelin unter und macht einen vorsichtigen Schritt. »Wir sollten gehen. Bei der Geschwindigkeit, die wir vorlegen, ist es dunkel, bis wir am Ziel sind.«

»Meinst du, es gibt für alle Menschen ein Gegenstück? Für jeden auf der Welt?«, fragt Sam.

Die Antwort kommt nicht sofort, dafür umso bestimmter. »Natürlich gibt es das! Man muss es nur finden.«

»Wo hast du deins gefunden?«

»Vor 63 Jahren im Friedenspark, Liebes. Da, wo wir nun hingehen.«

Es ist nicht weit und dauert doch länger als erwartet, bis sie die Bank am Rande der Festungsmauern erreichen.

Sam befreit die Sitzfläche vom Schnee und hilft ihrer Großmutter dabei, sich hinzusetzen. Trotz der Erschöpfung geschieht dies in einem Zeitlupentempo, das die Frage aufwirft, wie sie es jemals ohne fremde Hilfe zurückschaffen sollen. Ein Blick in Josefines glänzende Augen rückt diese Sorge allerdings schnell in den Hintergrund. Die eben noch zitternden Hände ruhen auf ihrem Schoss, die Atmung wird gleichmäßiger, während sie jedes Detail der Landschaft betrachtet, als wäre es das letzte Mal. Wie gerne würde Sam ihren Erinnerungen folgen und gemeinsam mit ihr zurückkreisen, in längst vergangene Zeiten. Schweigend setzt sie sich neben ihre Oma. Jetzt ist nicht der richtige Moment für neugierige Fragen, auch wenn ihr die Zurückhaltung schwerfällt. Ihre Großmutter aus diesem glückseligen Zustand herauszureißen, wäre ein unverzeihlicher Frevel.

Sie zieht sich die Mütze ein Stück weiter über die Ohren. Auch objektiv betrachtet ist die Parkanlage reizvoll gestaltet. Die verwilderten Ruinen verleihen ihr ein Flair, das normalerweise nur Schlössern und Burgen vorbehalten ist und nicht einer weitgehend zerstörten Befestigungsanlage aus dem Ersten Weltkrieg. Selbst durch den Schnee ist die Fülle der Kletter- und Schlingpflanzen zu erahnen, die das Gemäuer überwuchern und das Gelände im Sommer vermutlich in einen verwunschenen Märchenpark verwandeln.

»Der erste Schnee des Jahres hat einen ganz besonderen Zauber, Sammy«, unterbricht Josefine Sams Gedanken. »Doch nur diejenigen, die ihre Herzen öffnen, werden seine Magie erkennen. Er hält für alle, die es zulassen, einen einzigartigen Duft bereit.« Sie deutet zum Himmel hinauf und legt ihren Kopf in den Nacken. Sam tut es ihr gleich. Die zarten Kristalle berühren sanft ihre Wangen, verweilen dort für einen Moment, bevor sie schmelzen und Platz für weitere schaffen.

»Die Luft ist so rein, als wäre sie frisch gewaschen«, flüstert Sam nach einer Weile. »Aber ein besonderer Geruch? Ist Schnee nicht nur gefrorenes Wasser?«

»Er ist weit mehr als das, Liebes. Er läutet die Zeit der Wunder ein, weißt du?«

»Und wonach riecht er für dich?«

Josefines Augen sind geschlossen und ein Lächeln umspielt ihre Lippen. »Nach Joseph. Hier habe ich ihn getroffen, an einem Tag wie heute vor 63 Jahren. Und in jedem Winter, wenn die ersten Flocken fallen, ist es, als wären wir wieder beisammen. Sein Mantel, sein Haar – alles war voller Schnee. Er hat auf dieser Bank gesessen und zu dem Adler hinaufgeschaut.«

»Zu dem Adler auf dem Denkmal dort?«

»Ja. Es erinnert an die Gefallenen des Ersten Weltkrieges. Sein Vater ist vermutlich Opfer des Zweiten geworden. Was genau mit ihm passiert ist, hat Joseph nie erfahren – bis heute gilt er als vermisst. Jeder muss einen Anlaufpunkt für seine Trauer haben und Joseph hat diesen Ort gewählt, um seinem Vater nahe zu sein. Im Winter ist es hier so ruhig und friedlich wie sonst nirgends in der Umgebung.«

»Das stimmt«, antwortet Sam. »Wüsste ich es nicht besser, würde ich glauben, wir sind irgendwo auf dem Land.«

Josefine nickt. »Ich habe immer gern in Köln gelebt und hätte mir nie vorstellen können, in die Einsamkeit zu ziehen, wie Ria es damals getan hat, indem sie nach Schottland ging. Der Trubel ist seit jeher ein Teil meines Lebens gewesen. Jeder muss den Platz für sich finden, an dem er sich am wohlsten fühlt.«

»Bei Ria sind es die Highlands. Sie ist glücklich dort und mein Dad war es auch. Ich kann mir ehrlich gesagt überhaupt nicht vorstellen, dass sie mitten in der Großstadt aufgewachsen ist.«

Sams Großmutter lächelt, doch ihre restliche Mimik bleibt ernst. »Es war für uns alle nicht einfach. Joseph, Ria, Norman und ich hatten 14 wunderbare gemeinsame Jahre. Joseph hat eine Lücke hinterlassen, die ich bis heute nicht vollständig schließen konnte.«

Sam legt ihrer Oma einen Arm um die Schulter und rutscht ein Stück näher an sie heran. »Er ist sehr plötzlich gestorben, oder?« Auch wenn sie während der Besuche in Dornoch viele intensive Gespräche geführt hatten, ist Josefine nie sonderlich gesprächig gewesen, was ihre eigene Vergangenheit angeht. Hier und jetzt ist es anders – ist *sie* anders.

»Es war eine Lungenembolie infolge einer Thrombose«, antwortet sie. Ihre Worte sind nüchtern, aber das leichte Beben in ihrer Stimme verrät die wahren Emotionen dahinter. »Er hat immer viel gearbeitet – zu viel, wenn du mich fragst. Seine Schuhmacherei lief gut, aber der Anfang war hart. Er tat wirklich alles dafür, dass sie genügend Geld für unseren Lebensunterhalt abwarf. Und er war zurecht stolz auf das, was er geschaffen hatte.« Josefine wischt sich über die Augen und Sam ist nicht sicher, ob es sich bei den feuchten Stellen auf ihrer Haut wirklich nur um geschmolzenen Schnee handelt. »Er ist als

Heimkind in Milwaukee aufgewachsen. Dann ging er bei einem Schuster in die Lehre, bis er in die US Army eingezogen und in Deutschland stationiert wurde. Zu dieser Zeit haben wir uns getroffen – das war im Winter 1952. Dass er einmal sein eigenes Geschäft eröffnen würde, hat da noch niemand gedacht.«
»Ich hätte ihn gern kennengelernt«, sagt Sam. »Sicher ist er ein sehr netter Mann gewesen.«
»Oh, ja!«
»Wie alt warst du, als er gestorben ist?«
»31. Ria stand kurz vor ihrem neunten Geburtstag und Norman war elf. Eine schlimme Zeit.«
»Aber ihr habt sie gemeistert.« Sam drückt die Hand ihrer Oma und zuckt unmerklich zusammen. Sie ist eiskalt. »Wir sollten zurückgehen, bevor wir uns erkälten.« Ohne eine Antwort abzuwarten, springt sie auf und streckt ihrer Großmutter den Arm zur Unterstützung entgegen. Es geht besser als erwartet, doch mitten in der Bewegung hält Josefine plötzlich inne. Ihre Finger schließen sich eine Spur zu fest um Sams Ärmel, während sie zu der Baumgruppe starrt, die sie auf dem Hinweg passiert hatten. Sam schaut über ihre Schulter hinweg nach hinten und folgt ihrem Blick. Dort steht ein Mann, der in ihre Richtung sieht. Sie kneift die Augen zusammen und wünschte, die Sicht wäre besser – mehr als ein paar Umrisse kann sie nicht erkennen. Sein Körper ist unter einem weiten Mantel versteckt und ein Hut schirmt ihn vor den immer dichter fallenden Flocken ab. Er steht wie angewachsen da, als wäre er fester Bestandteil des Parks. Dann dreht er sich mit einer abrupten Bewegung weg und geht in die andere Richtung davon. Josefine rührt

sich nicht von der Stelle. Die Unsicherheit, ob sie ihn rufen oder ziehen lassen soll, spiegelt sich in jedem ihrer Gesichtszüge wider.

Sam tritt von einem Bein aufs andere – so zerrissen hat sie ihre Großmutter selten gesehen. »Soll ich ihm hinterherlaufen und ihn bitten, uns nach Hause zu begleiten?«, fragt sie. »Der Rückweg wird mühsam für uns zwei allein.«

Josefine schüttelt kaum merkbar den Kopf. »Nein, Liebes.« Sie wirkt erschöpft, trotzdem duldet ihr Ton keinen Widerspruch. »Wir schaffen das schon. Aber du hast recht: Wir sollten wirklich langsam aufbrechen, mich fröstelt es nun auch.«

Ein paar Meter gehen sie schweigend nebeneinander her, bis Sam nicht mehr länger an sich halten kann. »Wer war der Mann eben?«, fragt sie. Trotz aller Bemühungen klingt es nicht so beiläufig, wie sie es gerne hätte. Sie betritt dünnes Eis, das spürt sie mit jeder Faser.

»Ich bin nicht sicher«, antwortet Josefine. »Meine Augen sind nicht mehr die besten ... und dann diese Sichtverhältnisse.«

Sam nestelt an ihrer Manteltasche und zieht ein Taschentuch heraus – gerade rechtzeitig zum Einsetzen ihres ersten Niesanfalls in diesem Winter.

»Gesundheit, mein Kind. Nicht, dass du mir krank wirst!«

»Nein, nein. Alles gut, bestimmt nur ein Schnupfen.« Sam winkt ab. »Mein Körper hat sich noch nie mit einem einzelnen Niesen zufriedengegeben. Es hört sich schlimmer an, als es ist.«

Sie blinzelt ihre Großmutter an, die über den unverhofften Themenwechsel froh zu sein scheint. Aber so schnell gibt Sam nicht auf. »Hattest du deine Augen nicht vor drei Jahren lasern lassen?«, fragt sie. »Seitdem brauchst du nicht mal mehr eine Brille, oder bringe ich da etwas durcheinander?«

Das Grunzen, das Josefine von sich gibt, bringt Sam zum Grinsen. »Mein liebes Kind, du bist zu aufmerksam. Dir kann ich wohl nichts vormachen.«

»Möchtest du das denn?«, hakt Sam nach und fragt sich, warum ihre Oma so ein Geheimnis um diesen Mann macht.

»Nein, eigentlich möchte ich das nicht. Aber es ist … schwierig. Ich kann nicht so, wie ich gern möchte.«

»Was heißt das, Granny? Ich verstehe nicht ganz …«

Josefine seufzt. »Es war Norman.«

»Norman?« Sam reißt die Augen auf. »Warum ist er dann nicht hergekommen? Er weiß sicher, dass du nicht mehr gut zu Fuß bist, da kann er doch nicht einfach gehen und uns stehen lassen. Hast du ihm erzählt, dass ich zu Besuch bin?«

Josefines Schritte werden schneller, das Adrenalin verleiht ihr Flügel.

»Will er mich nicht treffen?«, bohrt Sam weiter. »Ist er deshalb verschwunden?«

»Das Problem liegt woanders, es ist nichts gegen dich persönlich.«

»Nichts gegen mich persönlich? Er hat dir den Rücken gekehrt, nur weil ich dabei war. Was könnte denn bitte schön persönlicher sein?«

Die Schultern ihrer Großmutter zucken hilflos nach oben. »Ich kann es dir nicht sagen, Sammy. Ich weiß nicht, was damals zwischen Ria und ihm vorgefallen ist – keiner von beiden will darüber sprechen, obwohl es mittlerweile über 20 Jahre her ist. Er möchte nichts von eurer Familie hören und genauso wenig will er, dass ich ihn und seine Söhne euch gegenüber erwähne. Er hat sich sehr verändert, seine ganze Welt dreht sich nur noch um die Immobilienfirma. Sobald es um die Familie geht, zieht er sich zurück. Ich bin nicht einverstanden mit seinem Verhalten, aber den Kontakt zu ihm möchte ich auch nicht verlieren. Wahrscheinlich muss ich die Situation akzeptieren, wie sie ist. Die zwei sind alt genug, sie müssen die Sache unter sich klären.«

»Aber das machen sie eben nicht und es ist unfair, meine Geschwister und mich mit reinzuziehen! Ich würde meine Cousins wahnsinnig gerne kennenlernen.«

»Du sprichst mir aus der Seele, mein Kind. Was sagt denn deine Mutter dazu? Hast du sie darauf angesprochen?«

»Aus ihr ist auch nichts herauszukriegen, sobald Normans Name fällt, macht sie zu. Aber es geht ihr nahe, das merke ich.« Sam zögert. »Ich könnte einfach zu ihm in die Firma gehen, dann muss er mit mir reden.«

Josefine fährt sichtlich zusammen. Sie bleibt stehen, fasst ihre Enkelin bei den Händen und schaut ihr eindringlich in die Augen. »Lass uns keine alten Wunden aufreißen, Sammy.«

Sam beißt sich auf die Unterlippe. Ihre Oma ist immer eine mutige Frau gewesen, hat jede Herausforderung angenommen, warum jetzt nicht?

»Setzt er dich unter Druck?«, fragt Sam einem inneren Instinkt folgend. Sie hakt sich wieder unter und Josefine lässt sich wortlos von ihr weiterführen.

»Glaubst du wirklich, du verlierst ihn, wenn du dich nicht an seine ›Spielregeln‹ hältst?«, setzt Sam erneut an.

»Du hast ein völlig falsches Bild von ihm«, verteidigt Josefine ihren Sohn. »Er ist kein schlechter Mensch, das ist er nie gewesen. Das Verhältnis zwischen Ria und ihm war schon immer angespannt und wahrscheinlich trage ich sogar die Hauptschuld.«

»Wie kommst du denn darauf?« Sam stemmt ihren freien Arm in die Hüfte. »Mum sagt, du hättest immer alles getan, damit es ihr gut geht. Sie hat nie schlecht über dich gesprochen.«

»Ich habe nach Josephs Tod viel arbeiten müssen, um uns über Wasser zu halten. Die Schichtdienste im Krankenhaus waren nicht gerade kinderfreundlich und im Nachhinein weiß ich, dass Norman mit der Rolle des großen Bruders überfordert war. Er musste auf Ria aufpassen, ob er wollte oder nicht. Mit elf Jahren war er gezwungen, schlagartig erwachsen zu werden – ich habe zu viel Verantwortung auf seine jungen Schultern gelegt.«

»Aber Granny, du hattest doch keine Wahl.«

»Was die Arbeit angeht nicht, aber ich hätte mir Hilfe holen müssen. Es ist nicht so, dass es keine Möglichkeiten gegeben hätte. Ich war nur zu stolz, darum zu bitten – zu Lasten der Kinder. Heute ist mir das bewusst, damals war ich in der Situation gefangen und habe nicht gemerkt, wie schlecht es Norman damit ging. Die beiden wurden älter und das Problem immer größer. Ria wollte sich nichts von ihm sagen lassen und Norman konnte die Vaterfigur nicht mehr ablegen. Er hat sie mit seiner Kontrollwut beinahe erdrückt. Sie konnten nie wie Bruder und Schwester sein.«

»Und daraus ist dieser schreckliche Streit entstanden?«, fragt Sam. Sie biegen in die Straße ein, an deren Ende Josefine wohnt. Einerseits freut Sam sich auf die warme Wohnung. Auf der anderen Seite fürchtet sie, Josefine könne in ihrem unerwartet offenen Redefluss unterbrochen werden und das Thema fallen lassen, wenn sie ihr Ziel erreicht haben.

»Norman hat sich auch später immer wieder ungefragt in ihr Leben eingemischt«, fährt Josefine fort. »Als Ria mit ihrem ersten Mann nach Schottland zog, war er außer sich. Er hat ihn nicht gemocht und sich gesorgt, er könne ihr wehtun. Leider hat er damit recht behalten. Ian war nicht der Richtige für deine Mutter.«

»Ja, die Geschichte hat sie mir erzählt.«

»Normans Frau hat das Verhältnis zusätzlich belastet. Ria hat sich nicht besonders gut mit ihr verstanden, aber da ist sie nicht die Einzige gewesen ...«

»Erzählst du mir davon?«

Josefine bleibt stehen und schaut die drei Stufen zu ihrer Haustür hinauf. Der Gedanke an den Treppenaufgang dahinter lässt ihre Knie weich werden. »Ein anderes Mal, Liebes. Ich habe schon mehr geredet, als gut für mich ist. Jetzt freue ich mich erst mal auf eine Tasse heiße Schokolade und mein Sofa.«

»Das klingt nach einem guten Plan. Du legst die Füße hoch und ruhst dich aus. Ich fahre kurz in die Stadt, vielleicht finde ich dort einen Ersatz für meine kaputte Handtasche. Und wenn ich wieder zurück bin, machen wir zwei uns einen schönen Nachmittag.«

Das muss sie sein: die Immobilienfirma ihres Onkels. »Lindbergh Real Estate GmbH« steht in großen Lettern über dem Eingang. Sam lässt ihr Handy in der Manteltasche verschwinden und atmet tief durch. Ob es richtig ist, was sie vorhat, wird sich erst im Nachhinein zeigen. Aber sie will es versuchen. Egal, was damals vorgefallen ist, nichts kann so schlimm sein, dass es nicht in Ordnung zu bringen wäre. Sam strafft die Schultern. Sie geht auf die gläserne Tür zu, deren Flügel automatisch zurückschwingen und den Blick auf den Empfangsbereich freigeben. Ihre Schritte verlangsamen sich – die schlichte Eleganz der Halle ist einschüchternd. Der gebogene Tresen bildet mit einer Breite von mindestens zehn Metern den Mittelpunkt, und die beiden Frauen dahinter wirken ebenso wichtig wie die blinkende Weltkarte an der darüberliegenden Wand. Was die leuchtenden Punkte darauf wohl bedeuten? Markieren sie die Firmenniederlassungen oder die offenen Immobilienangebote?

»Kann ich Ihnen helfen?«

Sam stutzt. Haftet dieser unverfänglichen Frage ein herablassender Unterton an? Nein! Sie schüttelt den Kopf. Das ist sicher nur Einbildung.

Die Empfangsdamen tauschen einen irritierten Blick aus – offenbar interpretieren sie Sams Geste als Antwort. Kribbelnde Hitze steigt in ihr auf, die Finger pressen sich gegen den wolligen Stoff ihres Mantels. »Entschuldigung, ich war in Gedanken«, sagt sie schnell. »Ist Herr Lindbergh im Haus?«

»Mit welchem der Herren Lindbergh möchten Sie denn sprechen?« Die Frau weist auf eine massive Anzeigetafel, auf der die Namen der Firmeninhaber vermerkt sind.

Natürlich! Er leitet das Unternehmen gemeinsam mit seinen Söhnen.

»Sind sie denn alle da?«, fragt Sam.

»Nein, nur Herr Lindbergh Senior.«

Zur Sondierung der Lage hätte sie zwar einen ihrer Cousins vorgezogen, aber nun bleibt keine andere Wahl, als direkt in die Vollen zu gehen.

»Gut, bitte melden Sie mich bei ihm an.«

»Um wie viel Uhr ist Ihr Termin?«

»Termin? Ich habe keinen. Ist das ein Problem?«

»Allerdings. Ohne kann ich Sie nämlich leider nicht vorlassen.«

»Es handelt sich um eine private Angelegenheit.«

»Privat?« Die Frau hätte nicht überraschter dreinschauen können, wenn Sam ihr eröffnet hätte, die Bundeskanzlerin persönlich zu sein.

»Ja, ich gehöre zur Familie.« Diese Aussage löst bei der zweiten Dame einen ausgewachsenen Hustenanfall aus. Um Luft ringend greift sie nach dem Wasserglas, das neben ihrem Schreibblock steht. Mit der anderen Hand weist sie erst in Richtung Decke und formt dann einen imaginären Hörer. Ihre Kollegin versteht den Hinweis und drückt auf einen der zahlreichen Knöpfe an der Telefonanlage. Als ein grünes Lämpchen aufleuchtet und das Freizeichen ertönt, setzt sie sich ihr Headset auf. Sam ist enttäuscht, dass ihr dadurch Normans Stimme vorenthalten bleibt, aber was soll's: Das wird sich spätestens ändern, wenn sie ihm gegenübersteht.

»Hier ist Maresa vom Empfang. Entschuldigen Sie die Störung, Herr Lindbergh. Eine Dame möchte Sie sprechen. Sie sagt, sie gehört zur Familie.« Die Antwort vom anderen Ende der Leitung schickt einen Ausdruck auf das Gesicht der jungen Frau, der vermuten lässt, sie habe gerade den größten Fehler ihres Lebens begangen. Ihre Hand legt sich über den unteren Teil des Headsets, dann steht sie auf und beugt sich über den Tresen. »Wie ist ihr Name?«, zischt sie Sam zu.

»Samantha McKay.«

Maresa räuspert sich und gibt das Mikrofon wieder frei. »Samantha McKay«, wiederholt sie die eben erhaltene Information. Sekunden verstreichen, sie runzelt die Stirn. »In Ordnung. Ja, ich verstehe.« Wieder betätigt sie einen Knopf, woraufhin das Licht der Lampe erlischt.

»Es tut mir leid«, sagt sie an Sam gewandt. »Herr Lindbergh ist sehr beschäftigt. Er wird sich in den nächsten Tagen bei Ihnen melden.«

»Bitte? Wie will er sich bei mir melden, wenn er nicht mal nach meiner Telefonnummer gefragt hat?«

»Es ... es tut mir wirklich leid.«

Sam fehlen die Worte, und das kommt nicht oft vor. Sie ist unangemeldet aufgetaucht, da hat sie keinen Staatsempfang erwartet. Aber eiskalt und mit leeren Versprechungen abgewimmelt zu werden, damit hat sie nicht gerechnet. Es ist ein Fehler gewesen herzukommen. Auch wenn Sam den Auslöser nicht kennt: Ria wird gute Gründe für den Kontaktabbruch gehabt haben. Vielleicht hat ihre Großmutter recht und sie sollte die Sache einfach auf sich beruhen lassen.

4

Zehn Monate später

»Dad! Was machst du denn da?« Alexander nimmt seinem Vater die Kanne aus der Hand und stellt sie zurück auf den Tisch. »Meinst du nicht, da ist langsam genug drin?« Er zeigt auf die volle Tasse und den über den Rand gelaufenen Kaffee – auf dem Unterteller hat sich bereits eine eindrucksvolle Pfütze gebildet. »Was ist los mit dir? Seit diesem Anruf vor drei Tagen bist du mit deinen Gedanken meilenweit weg. Der Termin ist wichtig, also reiß dich zusammen oder erzähl uns endlich, was das Problem ist!« Alexander sieht zur Wanduhr über der Tür. »Sie können jede Minute hier sein. Lass uns den Vertrag jetzt eintüten, die nächsten Projekte warten. Wenn wir Samstag wieder in Köln sind, kannst du dich meinetwegen hängen lassen.«

Norman schaut seinen Sohn von oben bis unten an. Er ist selbstbewusst geworden, vielleicht einen Tick zu aggressiv in seinen Verhandlungsmethoden, aber zumindest verfehlen sie ihre Wirkung nicht. Die diesjährige Amerikatour verläuft unbestritten erfolgreich – die neu gewonnenen Großkunden sprechen für sich. Sein Blick wandert weiter zu Marc, der mit verschränkten Armen vor der Fensterfront steht und die Szene schweigend verfolgt. Mit einer Größe von knapp zwei Metern ist er eine imposante Erscheinung, trotzdem macht die prächtige Kulisse in seinem Rücken ihm die Aufmerksamkeit seines Vaters für einen Moment streitig. Norman schaut an ihm vorbei nach draußen. Er ist schon oft in New York gewesen, aber die Aussicht aus dem 45. Stock dieses Bürokomplexes verschlägt ihm glatt die Sprache. Am Horizont ragt die Spitze des Empire State Buildings in den Himmel hinauf und die tief stehende Herbstsonne überzieht die Wolkenkratzer der Stadt mit einem spätsommerlichen Glanz. Auch Marcs kurzes Haar schimmert warm im goldenen Licht und unterstreicht die friedfertige Aura, die ihn umgibt. Er ist immer zurückhaltender gewesen als sein drei Jahre jüngerer Bruder. Während Alexander die Geschäftsverhandlungen gnadenlos vorantreibt, nimmt Marc meist von Anfang an die Vermittlerposition ein. Eine Arbeitsteilung, die nie zur Diskussion gestanden hat, sondern den natürlichen Gegebenheiten gefolgt ist. In vielen Situationen erinnert Marc Norman schmerzlich an seine Schwester Ria. Die beiden haben viel gemeinsam. Nicht zum ersten Mal wünscht er sich, Marc und Ria hätten mehr Zeit miteinander verbringen und sich besser kennenlernen können, bevor sie den Kontakt zu seiner Familie abgebrochen hat. Doch all die Grübelei bringt ihn nicht weiter. Ria hat ihre Entscheidung getroffen und er muss sie akzeptieren.

Normans Aufmerksamkeit kehrt zurück zu seinen beiden Söhnen. Es kommt nicht häufig vor, dass sie zu dritt unterwegs sind. Alexander liebt das Reisen ebenso sehr wie er – ihn hält es nie lange an ein und demselben Ort. Marc hingegen bevorzugt geregelte Verhältnisse. Sein Hauptinteresse gilt der Weiterentwicklung seiner Heimatstadt und nicht dem Kampf um das lukrativste Prestigeobjekt. Aber einmal im Jahr steht auch für ihn die Neukundenakquise in den Staaten an, bei der die gesamte Führungsspitze ihres Unternehmens Präsenz zeigen muss.

Norman nimmt eine der akkurat gefalteten Servietten vom Stapel und wischt damit den übergelaufenen Kaffee auf. Dann greift er zum Zuckerstreuer. Das gläserne Gefäß zittert in seiner Hand und kurzzeitig sieht es danach aus, als würde auch diese Ladung neben der Tasse landen.

Marc löst sich vom Fenster und setzt sich neben seinen Vater. »Rede mit uns, Pa«, fordert er ihn in ruhigem Ton auf. »Was bedrückt dich so?«

Norman lehnt sich nach hinten und schließt die Augen. Wie soll er seinen Jungs das nur beibringen? Wie soll er vor ihnen verteidigen, was er getan hat, obwohl er genau weiß, dass er damit zu weit gegangen ist? Ihre Reise ist wichtig, natürlich. Aber steht sie wirklich über allem? Eigentlich dürfte er gar nicht hier sein. Er sollte sofort seine Sachen packen und zurück nach Deutschland fliegen – alles in ihm drängt danach, doch die Angst vor dem, was ihn dort erwartet, ist stärker.

Die Tür schwingt auf und eine Gruppe Geschäftsleute betritt den Raum. Die Klimaanlage läuft auf Hochtouren, trotzdem wird es eng um Marcs Hals. Sein Instinkt macht ihm unmissverständlich klar, dass etwas nicht stimmt. Er rückt die Krawatte über dem weißen Hemd zurecht und geht mit großen Schritten auf seine Verhandlungspartner zu. Niemand hält sich lange mit überflüssigem Geplänkel auf, nach der Begrüßung geht es sofort ans Eingemachte. Die Verwaltung von Gewerbeflächen in dieser Größenordnung an Land zu ziehen, würde ihrer Firma einen ordentlichen Wachstumsschub geben. Die Diskussion über das Exklusivrecht verlangt ihnen einiges an Durchsetzungsvermögen ab und Marc ist froh, dass sein Bruder zum Großteil die Führung übernimmt. Im Gegensatz zu

Norman ist Alexander in der Form seines Lebens. Je länger Marc seinen Vater beobachtet, desto größer wird die Sorge, was es wohl sein mag, das ihm trotz der kühlen Luft die Schweißperlen auf die Stirn treibt. Die Firma bedeutet ihm viel. Er ist derjenige, der all das aufgebaut hat und dem nie ein Hindernis zu hoch gewesen ist. Nun sitzt er da und starrt gedankenverloren vor sich hin, während der größte Fisch des Einzelhandels an ihrer Angel zappelt.

»Marc?« Bei der Erwähnung seines Namens zuckt er zusammen. »Das siehst du auch so, oder?«

Marc schaut seinen Bruder an, als wüsste er genau, worum es geht. »Natürlich, da sind wir einer Meinung«, bestätigt er und nickt. Alexander wird schon wissen, was er tut, schließlich haben sie ihre Strategie im Vorfeld ausgiebig besprochen.

»Wunderbar. Dann sind wir uns ja einig!« Alexanders Worte klingen sachlich, seine Gesichtszüge verraten keine Emotion, aber an dem leichten Zucken seiner Mundwinkel erkennt Marc, dass er ein Grinsen kaum zurückhalten kann. Auch die Mimik ihrer Verhandlungspartner ist neutral, doch wirken sie nicht, als fühlten sie sich über den Tisch gezogen. Für eine zukunftsorientierte Zusammenarbeit muss jede Partei einen kleinen Teilsieg davontragen und niemand darf sich als Verlierer fühlen – die Königsdisziplin der erfolgreichen Gesprächsführung.

Kurz darauf sind sie wieder unter sich. Ihre Geschäftspartner haben den Raum verlassen, um die Verträge vorbereiten zu lassen – dann fehlen nur noch die Unterschriften und der Deal ist perfekt. Eigentlich ein Grund zur Freude, dennoch wirkt Norman wenig euphorisch.

Zwar klopft er seinen Söhnen anerkennend auf die Schulter, aber jeder, der ihn kennt, bemerkt den inneren Zwiespalt, in dem er steckt.

»Was ist los, Dad? Das kann ja niemand mit ansehen!« Alexander stemmt beide Hände in die Hüften und baut sich vor ihm auf. Nicht, dass Norman dieses Imponiergehabe unter normalen Umständen beeindrucken würde. Doch jetzt ist er beinahe dankbar für ein bisschen Druck von außen, denn es erleichtert ihm auf befremdliche Weise den Sprung über seinen eigenen Schatten.

»Setz dich bitte neben deinen Bruder«, sagt er daher an Alexander gewandt. Seine Hände suchen Halt auf der Tischplatte. »Ihr erinnert euch an den Anruf am Montagabend? Ich habe euch etwas verschwiegen, und das war nicht richtig von mir. Dafür möchte ich mich entschuldigen. Ich hoffe, ihr verzeiht mir meinen Fehler.«

Alexander runzelt die Stirn. »Verrätst du denn auch, *was* du uns verschwiegen hast?«

Norman atmet tief durch. »Josefine ist gestorben«, platzt es schließlich ungeschönt aus ihm heraus.

»Was?« Marcs gebräunter Teint weicht einer ungesund blassen Farbe, seine sonst so weichen Züge versteinern. »Wann ist das passiert?«

Eine feine Gänsehaut kriecht Normans Rücken empor. Marcs Stimme klingt fremd in seinen Ohren, der kalte Unterton ist ungewohnt und verunsichert ihn.

»Montagnachmittag«, antwortet er zögernd. »Sie ist einfach eingeschlafen, es war ein friedlicher Tod.«

»Ein friedlicher Tod?« Die Worte fliegen aus Marcs Mund wie Geschosse aus einer Pistolenmündung. Norman zuckt zurück, als müsse er dem Kugelhagel ausweichen. »Und wann hattest du bitte schön geplant, uns das zu sagen? Wenn die Beerdigung vorbei ist?« Norman verschränkt die Arme vor der Brust und wendet sich schweigend ab.

»Pa? Pa! *Wann* ist die Beerdigung?« Marcs Gesicht nimmt eine bedenklich rote Färbung an. Alexander legt ihm eine Hand auf den Arm. Die Geste soll beruhigend wirken, verpufft jedoch im Nichts. Auch er hat seine Großmutter geliebt, aber das Verhältnis zwischen Marc und ihr ist deutlich inniger gewesen. Als seine Mutter die Familie damals verließ, wurde sie seine engste Vertraute – seine erste Anlaufstelle. Er besuchte sie häufiger, als es für einen Enkel üblich ist, und hat ihr geholfen, wo er konnte. Und nun ist sie tot. Marc kehrt zum Fenster zurück und schaut in den Himmel hinauf. Er schluckt, kann die aufsteigenden Tränen nur mühsam unterdrücken.

»Wann ist die Beerdigung?«, wiederholt er seine Frage.

»Morgen früh um neun«, flüstert Norman.

»Zu deutscher Zeit?«

»Ja. Ich fürchte, das werden wir nicht rechtzeitig schaffen.«

»Das hoffst du wohl eher«, murmelt Alexander kaum hörbar.

Marc sagt nichts. Er nimmt das Handy vom Tisch und wählt die Nummer seiner Assistentin, die ihm umgehend die nächstmöglichen Rückflugzeiten heraussucht. Dann lässt er sich auf einen der Stühle fallen und starrt auf seine halb volle Teetasse. Norman wünschte, er würde etwas sagen, schreien, ihn beschimpfen. Damit könnte er weitaus besser umgehen, als mit dem stillen Vorwurf, der aus jeder seiner Poren dringt und den ganzen Raum erfüllt.

Alexander räuspert sich. »Ich verstehe dich nicht, Dad«, sagt er schließlich. »Ich bin nun wirklich der Letzte, der private Dinge den geschäftlichen vorzieht, aber das geht zu weit. Wir hätten die Termine verschieben können, jeder hätte dafür Verständnis gehabt.«

Marc schüttelt langsam den Kopf. »Es geht ihm nicht um die Termine. Er hat Angst, bei der Beerdigung auf Ria und ihre Familie zu treffen.«

Die Feststellung landet wie ein rechter Haken in Normans Magengrube. Woher zum Teufel weiß er das? Er hat nie mit jemandem darüber gesprochen.

»So ein Quatsch!«, verteidigt Norman sich hastig. »Wir können uns besser in Ruhe von ihr verabschieden, wenn wir zurück sind – nur wir drei. Das ist viel ... persönlicher. Für morgen habe ich einen Kranz in unserem Namen bestellt.«

Mit einem Ruck springt Marc auf. Der Stuhl unter ihm wackelt bedenklich. »Einen Kranz? Wahrscheinlich den Größten, den du kriegen konntest. Einen, der den halben Sarg verdeckt – und dein schlechtes Gewissen direkt mit!« Er greift nach seinem Aktenkoffer und marschiert damit in Richtung Tür.

»Du willst gehen?«, fragt Norman ungläubig. »Jetzt? Das kannst du nicht machen!«

»Oh, du wirst sehen, wie ich das kann!«

»Marc, ich bitte dich! Wir brauchen deine Unterschrift.«

Marc wirft einen Blick auf seine Armbanduhr. »Zwanzig Minuten, dann fahre ich zum Flughafen. Liegen die Verträge bis dahin nicht auf dem Tisch, müsst ihr sie mir eben nachschicken.« Seine Aussage duldet keinen Widerspruch, das registriert auch sein Vater und verkneift sich jeden weiteren Überzeugungsversuch. In Normans Magen bildet sich ein harter Knoten. Gott, was macht er hier bloß – er erkennt sich selbst kaum wieder.

Es ist diesig. Einer dieser Tage, an denen es nicht hell wird, egal, wie weit die Zeit auch vorrückt. Alexander hat sich Marc eigentlich anschließen wollen, dann aber vor Ort die Stellung gehalten. Der Zustand ihres Vaters bereitet auch Marc mehr Sorge, als er zugibt. In all den Jahren hat er ihn nie so durcheinander erlebt wie in den vergangenen Tagen. Auch wenn er seine Gefühle wie immer sorgsam unter Verschluss hält, ist die Wahrheit offensichtlich: Er hat keine Ahnung, wie er mit dem Tod seiner Mutter und der unausweichlichen Begegnung mit seiner Schwester umgehen soll.

Das Gras unter Marcs Füßen ist feucht, doch statt saftig grün wirkt es leblos und fahl – wie die ganze Umgebung, wie sein ganzer Gemütszustand. Den einzigen Farbklecks in der trostlosen Landschaft bilden die Blumen neben dem offenen Grab. Es sind nur noch ein paar Meter. Wenige Schritte bis er in die Grube hineinschauen kann, in der seine Großmutter ihre wohlverdiente letzte Ruhe finden soll. Er bewegt sich langsam, Hektik ist nirgendwo unangebrachter als hier. Außerdem gibt es keinen Grund zur Eile, denn außer ihm ist niemand mehr da. Er ist zu spät. Das Krächzen zweier Raben schallt durch die Stille, gefolgt von dem entschiedenen Zwitschern eines weiteren Vogels, der die schwarzen Gesellen zum Schweigen bringt. Marc schaut ins Geäst hinauf, wo die resolute Amsel mit zur Seite geneigtem Kopf sitzt und auf ihn hinabblinzelt. Wüsste Marc es nicht besser, würde er sagen, da hat seine Granny ihre Hände im Spiel gehabt. Nicht, dass er Seelenwanderung für möglich hielte – das würde zu weit führen. Aber auch er glaubt an etwas, das er allerdings nicht konkret benennen kann. Seine Oma hingegen hat sehr genaue Vorstellungen davon gehabt, wie es für die Verstorbenen weitergeht. Inwieweit ihre Erwartungen mit der Realität übereinstimmen, wird er zu Lebzeiten wohl nicht mehr erfahren. Ist es dort, wo sie jetzt ist, wirklich friedlich und schmerzlos? Ist sie mit all ihren Lieben vereint, die vorangegangen sind in die unbekannte Welt? Zumindest wünscht er ihr das von Herzen.

Wie lange Marc dort am Rande des Grabes gestanden hat, weiß er später nicht mehr. Erst als die Friedhofsmitarbeiter kommen, um es zu verschließen, wendet er sich ab und verlässt diesen Ort, an den er in den nächsten Jahren sicher sehr oft zurückkehren wird.

5

»Kommst du, Sammy? Wir müssen etwas besprechen.«
Beim Klang von Rias Stimme wirbelt Sam herum. Die zierliche Frau mit dem kurzen Haar steht vor dem Pensionseingang auf der oberen Treppenstufe und winkt ihrer Stieftochter zu. Obwohl sie nicht weit voneinander entfernt sind, kommen Rias Worte nur verhalten bei Sam an. Der Wind raubt ihnen die Kraft und trägt sie mit sich hinaus aufs Meer. Sam streckt alle Finger ihrer rechten Hand in die Luft und gibt Ria damit zu verstehen, dass sie sich in fünf Minuten auf den Rückweg machen wird.

Das Grundstück der Familie McKay liegt auf einer Anhöhe, die in einem breiten Felsvorsprung mündet. Sam tritt ein paar Schritte nach vorn und schaut in den Abgrund. Vor ihr geht es senkrecht in die Tiefe, bis zum Wasser sind es mindestens sechs Meter. Unten schwappen die Wellen in unregelmäßigen Abständen gegen das Gestein und komponieren eine immer neue Melodie der Freiheit. Schon den ganzen Tag über ist der Himmel wolkenverhangen, doch das tut der Schönheit der Natur keinen Abbruch. Sam wirft einen letzten Blick aufs Meer. Seit Josefines Tod fühlt sie sich ihr nicht mehr nur in Köln verbunden, sondern auch hier im Angesicht der unendlichen Weite. Es gefällt ihr überhaupt nicht, dass nun ein Unbekannter die gemütliche Dachgeschosswohnung ihrer Großmutter beziehen und alle Erinnerungen aus den Räumen fegen wird. Sie kann nur schwer akzeptieren, dass das Leben ihrer Granny einfach ausradiert werden soll – Teile davon vielleicht sogar jemand

anders übernimmt. Was wird passieren, wenn Sam in einigen Wochen, Monaten oder Jahren auf den oberen Klingelknopf des Hauses mit der Nummer 33 drückt? Wenn sie die Telefonnummer wählt, unter der Josefine immer erreichbar gewesen ist? Ein Fremder wird die Türe öffnen, ein Fremder wird den Anruf entgegennehmen.
»Sam?«
Oh je, wie lange hat sie Ria warten lassen? Ihre Stiefmutter ist ein durchaus geduldiger Mensch, wenn sie nun zum zweiten Mal ruft, müssen es mehr als einige Minuten gewesen sein. An diesem Fleckchen Erde verliert die Zeit einfach ihre Bedeutung.
»Ich muss gehen, Granny«, flüstert Sam in den Wind. Dann dreht sie sich herum und rennt zum Haus.

Bereits im Eingangsbereich steigt Sam der köstliche Duft frischer Backwaren in die Nase. Wenn sie an der Küste sitzt und ihren Gedanken nachhängt, vergisst sie alles um sich herum, und heute hätte sie darüber sogar beinahe die obligatorische Teezeit verpasst. Jeden Tag pünktlich um 16 Uhr treffen sich alle in der Bücherstube – ein gemütliches Beisammensein, das Sam nicht missen möchte. Mittlerweile kommen die Besucher ihrer Pension aus aller Herren Länder, um die Ruhe zu finden, die ihnen im Alltag nicht vergönnt ist. Die meisten davon gesellen sich gerne dazu und Sam genießt den Austausch mit ihnen sehr. Schon als Kind hat sie die Unterhaltungen ihrer Eltern mit den ständig wechselnden Gästen interessiert verfolgt. Obwohl sie das Pensionsgeschäft seit vielen Jahren tatkräftig unterstützt, überraschen und faszinieren sie die vielfältigen Ansichten und Gepflogenheiten mancher

Reisenden noch immer. Eine Frau aus Norwegen ist drei Wochen bei ihnen geblieben und die ganze Zeit über nicht einmal zum Essen aus ihrem Zimmer gekommen. Weiß der Himmel, was sie dort getrieben hat. Eine andere Dame bat darum, ihre Kleidung in der hauseigenen Maschine waschen zu dürfen. Niemand dachte sich etwas dabei, bis sie alle zwei Tage mit einer neuen Ladung ankam, die sie anschließend farblich sortiert und mit exakt den gleichen Abständen zueinander auf die Leine hing. Bei einem Geschäftsmann klingelten anfangs jeden Morgen fünf verschiedene Wecker und schmissen nicht nur ihn aus dem Bett. Am Ende des Urlaubs waren es nur noch zwei Wecker – für seine Verhältnisse ein Zeichen deutlicher Erholung. Mit manchen skurrilen Angewohnheiten der Gäste könnte Sam Bücher füllen. Damit umzugehen, kann ganz schön anstrengend sein. Dennoch würde eine Tätigkeit ohne Kundenkontakt für sie nicht in Frage kommen. Eigentlich sollte ihre Bibliotheksstelle in Inverness, der nächstgrößeren Stadt im Osten Schottlands, da genau der richtige Job sein. Schließlich vereint er genau das, was Sam am meisten liebt: den Umgang mit Menschen und Büchern. Trotzdem fehlt irgendetwas. Ihr Bücherblog, den sie vor einem guten Jahr ins Leben gerufen hat, ist ein Schritt in die richtige Richtung gewesen. In der Bibliothek ist sie eine Angestellte und erledigt die ihr übertragenen Aufgaben zwar mit Herzblut, aber ohne jegliche Entscheidungsbefugnis. Der Blog dagegen liegt ganz in ihrer eigenen Hand. Sie allein bestimmt über Inhalt, Struktur und Ausrichtung, sonst niemand. Wie gerne würde sie dieses Privileg von der virtuellen in die wirkliche Welt übertragen: Mit einem eigenen Buchcafé – ein Kindheitstraum, der sich der Realität bisher unterordnen musste.

Sam durchquert das Wohnzimmer und wirft einen Blick in den angrenzenden Raum. Auf dem ovalen Tisch steht bereits das Porzellanservice, das Granny ihnen damals zur Einweihung geschenkt hatte. Es besteht aus zwölf Tassen mit den dazugehörigen Tellern, doch heute stehen dort nur drei davon: für Ria, Sam und ihre Schwester Marian. Die nächsten Gäste reisen erst gegen Abend an. Marian ist nirgends zu sehen, obwohl sie mit den Vorbereitungen längst fertig sein müsste. Sam selbst hat ihre Arbeit an diesem Tag recht zügig erledigen können, weiß aber, dass es nicht immer so reibungslos verläuft. Das Haus ist groß. Auch wenn sie lediglich sechs Zimmer davon vermieten, ist der Reinigungsaufwand hoch. Nicht alle Besucher verlassen die Räumlichkeiten in angemessenem Zustand – nach den Auszügen einiger Bewohner ist eine totale Grundreinigung notwendig, wohingegen es bei anderen aussieht, als hätten sie weder das Bad noch eines der Möbelstücke benutzt.

»Da bist du ja!« Ria drückt sich mit einem voll beladenen Teller an Sam vorbei. »Ich habe schon gedacht, ich müsste die Teezeit heute allein verbringen.«

»Bei den köstlichen ›Scones‹, die du gezaubert hast? Niemals!« Sam greift sich eine der fluffigen Teigkugeln, wohl wissend, dass Ria es nicht schätzt, wenn vorab genascht wird. Eigentlich ist Sam in Sachen Ernährung willensstark, nur gegen Karamellbonbons und das selbst gemachte Gebäck ihrer Stiefmutter ist sie machtlos.

»Wo ist Marian?«

Ria fährt sich durchs Haar, das wie immer macht, was es will. Der strubbelige Look verleiht ihr trotz der silbergrauen Farbe eine freche Jugendlichkeit, die bei anderen Frauen ihres Alters eher selten anzutreffen ist. »Sie kommt gleich. Das letzte Zimmer ist eine Katastrophe. Es dauert ewig, das wieder herzurichten.«

Sam seufzt. »Ich frage mich, was die Leute sich dabei denken.«

»Wahrscheinlich gar nichts«, antwortet Ria und liegt mit dieser Einschätzung vermutlich richtig.

»Ich gehe hoch und helfe ihr.«

»Das ist eine gute Idee. Aber vorher gibt es eine kleine Stärkung. Marian hat versprochen, auch eine Pause zu machen.«

Sam lässt sich in einen der Sessel sinken. Ihr Blick schweift über die Regale, auf denen sich ein Buch an das nächste reiht. Im Laufe der Zeit haben sich so viele Exemplare angesammelt, dass sich damit eine halbe Bibliothek füllen ließe. Von Klassikern, über aktuelle Unterhaltungsliteratur, bis hin zu Sachthemen und Reiseberichten ist alles vertreten. Die Einrichtung einer separaten Lese- und Teezeitecke ist Sams Idee gewesen und wird von den Gästen ebenso begeistert angenommen wie von den restlichen Familienmitgliedern. Der abgetrennte Raum könnte gemütlicher nicht sein und hat das Wohnzimmer als zentralen Treffpunkt längst abgelöst.

Sam schaut Ria an. Sie lächelt, doch wer genau hinsieht, bemerkt ihre Erschöpfung. Die dunklen Schatten unter ihren Augen sind minimal, sprechen aber für sich, egal, wie vehement sie diese Tatsache bestreiten mag. Schon den Tod von Sams Vater Alan hat sie nur mühsam verwinden können, und nun ist ihr mit Josefine auch noch die Mutter genommen worden. Auch für Sam ist es ein herber Verlust gewesen, der schwer auf ihrem Herzen liegt – wie muss es da erst für Ria sein.

»Warum waren sie nicht auf der Beerdigung?«, fragt Sam geradeheraus. Bei dem Gedanken an Norman steigt ein Schwall heißer Wut in ihr auf.

Ohne dass Sam einen Namen erwähnen muss, weiß Ria sehr genau, um wen es geht. Sie nimmt ein Stück Zucker aus der Dose und lässt es in ihre Tasse gleiten. »Ich weiß es nicht, Sammy. Ich bin mir sicher gewesen, dass sie kommen würden.«

»Du warst aufgeregt, oder?«

»Natürlich! Der Tag hat zwar allein meiner Mutter gehört, aber der Gedanke an ein Zusammentreffen mit Norman und meinen Neffen hat mich schon nervös gemacht.«

»Bist du sehr enttäuscht gewesen?«

»Für Mutter hat es mir leidgetan, das hat sie wirklich nicht verdient. Aber für mich war es wahrscheinlich besser so. Norman hat damals deutlich klargestellt, dass er nichts mehr mit uns zu tun haben möchte. Verstehen kann ich sein Verhalten bis heute nicht. Und nun hat er die Beerdigung seiner eigenen Mutter verpasst! Das spricht nicht gerade dafür, dass er seine Meinung uns gegenüber geändert hat.«

»Nein, wahrscheinlich nicht.« Ihren missglückten Annäherungsversuch im Foyer von Normans Firma aus dem letzten Jahr behält Sam lieber für sich. »Und was ist mit seinen Söhnen? Warum waren sie nicht da? Granny hatte ein gutes Verhältnis zu ihnen, besonders zu Marc. Das hat sie mir erzählt, als ich bei ihr war.«

»Sie hat mit dir darüber gesprochen?« Ria scheint ehrlich überrascht. »Immer wenn ich davon angefangen habe, ist sie so traurig geworden, dass ich direkt das Thema gewechselt habe.«

»Das kann ich mir gut vorstellen. Einzelheiten hat Granny mir auch nicht erzählt. Obwohl ich den Eindruck hatte, dass sie es gerne getan hätte.«

»Vielleicht hat Norman ihr verboten, mit uns darüber zu reden. Je mehr sie gesagt hätte, desto wahrscheinlicher wäre es gewesen, dass einer von euch – Marian, Scott oder du – versucht hätte, Kontakt zu euren Cousins aufzunehmen. Oder umgekehrt. Ich vermute mal, dass das nicht in Normans Sinne gewesen wäre.«

»Granny war kein Typ, der sich den Mund verbieten lässt.«

»Und wenn er ein Druckmittel hatte?«

»Ein Druckmittel? Meinst du wirklich, er hat sie erpresst?«

Mit der Handfläche wischt Ria ein paar nicht vorhandene Krümel von der Tischplatte. »Sagen wir mal so: Ich kann es zumindest nicht ausschließen. Er hatte früher schon gern alles unter Kontrolle. Ach, das ist so lange her. Er ist mein Bruder und ich weiß nicht mehr über ihn, als dass er ein gut laufendes Unternehmen besitzt und nicht auf Mutters Beerdigung war.«

»Nun, zumindest liegt der Grund, warum er nicht erschienen ist, in seinem Fall auf der Hand. Aber Marc und Alexander? Sie haben mit eurem Streit genauso wenig zu tun wie ich.«

»Als ich die zwei das letzte Mal getroffen habe, waren sie noch Kinder. Ich hätte sie wirklich gerne wiedergesehen.« Ria deutet ein Lächeln an, das trotz ehrlicher Bemühung misslingt.

Sam rückt näher an sie heran und legt ihr den Arm um die Schulter. »Das wirst du irgendwann. Ganz bestimmt!« Die lieb gemeinten Worte verfehlen ihre Wirkung, Sam kann den unterdrückten Schmerz förmlich spüren. »Eigentlich war es gar nicht das, worüber du mit mir sprechen wolltest, oder?«

Ria räuspert sich. »Indirekt schon«, sagt sie. Ihre aufrechte Körperhaltung lässt sie gefasster wirken, als sie in Wirklichkeit ist. »Mutter hat mir einen Brief geschrieben.«

»Einen Brief? Wann denn das?«

»Der Stempel ist vom Tag der Beerdigung. Jemand muss ihn für sie zur Post gebracht haben.«

»Was steht drin?«

»Dass das Haus, in dem sie gelebt hat, ihr gehört.«

»Das in Köln?« Sam verschluckt sich beinahe an ihrem Tee. »Du meinst sicher die Wohnung.«

»Nein, nicht nur die Wohnung. Das ganze Gebäude, mitsamt der Gastronomie im Erdgeschoss.«

»Wo hatte sie denn das Geld her? Ihr seid doch immer knapp bei Kasse gewesen.«

»Allerdings. Deshalb musste sie früher ja so viel arbeiten und jeden Schichtdienst mitnehmen, den sie kriegen konnte. In dem Brief steht, das Geld hätte sie von ihrem Vater, also meinem Opa, geerbt. Er muss ein übler Typ gewesen sein, hat die Familie wohl ziemlich schlecht behandelt. Sie hatte nie wieder Kontakt zu ihm – bis zur Erbschaft.« Ria zieht den Gebäckteller näher zu sich heran und tunkt einen inzwischen abgekühlten »Scone« in ein Schälchen mit Konfitüre.

»Später sollte das Haus in Köln von einem Investor übernommen werden, dem ist sie zuvorgekommen und hat es selbst gekauft.«

»Und das hat sie dir nie erzählt?«

Ria zuckt mit den Schultern. »Nein. Vielleicht hat sie es für sich behalten, weil sie Sorge hatte, Norman könnte ihr das Ladengeschäft abschwatzen, wenn es herauskommt. Die Lage ist sehr gut und in sein Portfolio würde es passen: Ein Kunde seiner Firma ist nämlich die Getränkekette ›Coffee to go‹.«

»Ehrlich? Gibt es nicht langsam genug davon? Eine Filiale sieht aus wie die andere und im Service herrscht Massenabfertigung. Außerdem passt so ein ›Laden von der Stange‹ gar nicht ins Viertel. Jedes Geschäft dort ist auf seine Art etwas Besonderes – *das* ist es, was die Leute dorthin lockt. *Das* ist der Grund, warum diese Einkaufsstraße sogar über Köln hinaus bekannt ist.« Sam gerät ins Stocken und schaut Ria forschend an. »Woher weißt du das mit der Getränkekette überhaupt?«

»Ich habe mir Normans Website angesehen. Er sucht ständig nach neuen Standorten, um die Expansion von ›Coffee to go‹ weiter voranzutreiben.«

»Du meinst also, deshalb hat Granny ihre Erbschaft verschwiegen? Aber dir hätte sie es doch erzählen können.«

Ria lächelt. »Das ist schon in Ordnung. Die meisten Mütter sind darum bemüht, keines ihrer Kinder zu bevorzugen. Sie hat mir finanzielle Unterstützung während des Pensionsumbaus angeboten. Ach, was heißt angeboten …« Ria wedelt mit der Hand durch die Luft. »Förmlich aufgedrängt hat sie sie mir. Aber weißt du: Ich bin zu lange fremdbestimmt gewesen. Erst hat Norman den Daumen auf mich gehalten und später ist es mein erster Mann Ian gewesen. Die Pension habe ich mir gemeinsam mit deinem Vater aufgebaut. Wir haben all das ohne fremde Hilfe geschafft und ich wollte, dass es so bleibt.«

Sam schenkt sich eine weitere Tasse Tee ein. »Es ist bestimmt ein gutes Gefühl, etwas aus eigener Kraft und nach eigener Vorstellung zu erschaffen.«

»Oh ja, das ist es!«, bestätigt Ria. »Und ich möchte es um nichts in der Welt missen.«

Sam räuspert sich. Sie weiß, dass es sich nicht gehört, aber eine kleine Stimme tief in ihrem Inneren fragt sich, warum sie selbst keinen Brief von ihrer Großmutter erhalten hat. Natürlich gilt der erste Gedanke immer den eigenen Kindern – sicher hat sie auch Norman ein paar letzte Zeilen hinterlassen. Ein Recht auf Abschiedsworte gibt es nicht, niemand kann sie einfordern. Trotzdem hätte Sam gerne eine Erinnerung in der Hand, an der sie sich nun festhalten könnte. Die ihr durch dunkle Zeiten helfen und ihr beistehen würde – wie Josefine selbst es immer getan hat.

»Hat Granny sonst noch etwas geschrieben?« Die Frage kommt Sam nicht leicht über die Lippen. Sie wünschte, Ria würde ihr von einem Abschnitt erzählen, in dem es um sie geht. In dem ihre Oma sie ein letztes Mal bestärkt, für ihre Träume zu kämpfen und sich niemals unterkriegen zu lassen.

Rias Zögern lässt Sam aufhorchen. Wie ein klares »Nein« wirkt ihre Reaktion zwar nicht, doch die Antwort fällt trotzdem ausweichend aus.

»Nichts Besonderes«, wiegelt Ria ab, wobei sie unruhig auf dem Sitzkissen herumrutscht. »Aber ich habe noch ein zweites Schreiben bekommen. Vom Nachlassgericht.« Sam legt den Kopf schräg. Ihre Stiefmutter verheimlicht ihr etwas! Sie haben immer über alles reden können. Selbst Alans persönliche Briefe hat sie ihr nach seinem Tod gezeigt und ihr damit geholfen, mit dem Verlust umzugehen. Niemals würde Ria ihr etwas Böses wollen, da ist Sam sich absolut sicher. Sie wird einen guten Grund für ihr Schweigen haben, auch wenn Sam sich keinen Reim darauf machen kann. Es fällt ihr schwer, dennoch lässt sie es für den Moment dabei bewenden.

»Was stand drin?«, fragt sie stattdessen.

»Es wird eine Testamentseröffnung geben«, erklärt Ria, sichtlich erleichtert über den geglückten Themenwechsel. »Sie ist für nächste Woche Dienstag angesetzt. Die Pension ist voll belegt und ich würde Marian ungern allein lassen. Könntest du für mich dorthin fliegen?« Sie reibt sich über den rechten Nasenflügel – wie immer, wenn sie versucht, ihre Unsicherheit zu überspielen. »Natürlich nur, wenn du es dir zutraust. Ich weiß, dass ich dir damit einiges abverlange«, schiebt sie hastig hinterher.

Sam antwortet nicht sofort, obwohl es sich zeitlich einrichten lassen würde. In der Bibliothek ist wenig zu tun. Alle größeren Projekte sind abgeschlossen und objektiv betrachtet ist das Team überbesetzt. Ein oder zwei kurzfristige Urlaubstage dürften kein Problem sein.

»Geht das denn so einfach?«, hakt sie nach. »Schließlich bist *du* vorgeladen, nicht ich.«

»Ich schreibe dir eine Vollmacht, dann kannst du das Erbe in meinem Namen annehmen. Eigentlich ist es heutzutage unüblich, dass zur Testamentseröffnung jemand persönlich erscheint. Normalerweise werden einem die Unterlagen zugeschickt und dann geht alles automatisch seinen Weg.«
Sam schaut Ria in die Augen, auf der Suche nach einem Hinweis darauf, was in ihr vorgeht. Warum möchte sie Marian nicht allein lassen? Als sie Sams Bruder Scott in Amerika besucht hat, war von derartigen Bedenken ebenso wenig die Rede, wie während ihrer letzten Aufenthalte in Köln. Jedes Mal hat sie Marian den Betrieb bereitwillig überlassen, und die hat bewiesen, dass sie alles im Griff hat. Rias Bitte an Sam, sie in Köln zu vertreten, liegt also nicht in der Sorge um die Pension oder um Marian begründet. Bei der Testamentseröffnung würde sie zwangsläufig auf Norman treffen – das erklärt ihre Zurückhaltung. Ein charmanter Gedanke, die beiden nach all den Jahren wieder an einen Tisch zu bekommen. Andererseits kann sie Rias Angst davor gut verstehen. In Sams Kopf arbeitet es auf Hochtouren. Geht sie auf den Wunsch ihrer Stiefmutter ein, erspart sie ihr zwar die Konfrontation mit ihrem Bruder, nimmt ihr aber gleichzeitig die vielleicht letzte Chance auf eine Versöhnung. Lehnt sie hingegen ab und das Wiedersehen endet in einer Katastrophe, würde sie sich das niemals verzeihen. Sam zupft an ihrem Hosenbund und stöhnt – die köstlichen Gebäckstücke scheinen sich ohne Umweg auf ihrer Taille festgesetzt zu haben.
»Okay«, sagt sie schließlich. »Ich fliege. Wann und wo ist der Termin?«

»Um halb zwölf im Amtsgericht. Warte einen Augenblick, ich bin gleich wieder da.« Sie steht auf, geht in den Nebenraum und kommt kurz darauf mit einer Aktenmappe unter dem Arm zurück. Der Inhalt besteht aus unterschiedlichen Schriftstücken, darunter ein blassgelbes Blatt Papier mit Josefines unverwechselbarer Handschrift. Sam schluckt den Kloß, der sich in ihrem Hals bildet, mühsam hinunter. Sie hat kein Recht, es anzusehen – es ist nicht für sie bestimmt.

Ria nimmt einen Umschlag heraus und klappt die Mappe wieder zu. »Es ist ein Testamentsvollstrecker eingesetzt worden«, sagt sie und reicht Sam den Brief eines Rechtsanwalts.

»Das auch noch? Ganz schön aufwendig! Das Haus geht sicher zu gleichen Teilen an dich und Norman. Was gibt es da zu vollstrecken?«

»Das erfahren wir am Dienstag. Egal, wie es kommt: Nimm das Erbe bitte so an, wie meine Mutter es gewollt hat.«

»Das mache ich. Du kannst dich auf mich verlassen, aber ...«

Bevor Sam den Satz beenden kann, nimmt Ria ihre Stieftochter in den Arm und drückt sie an sich. »Das weiß ich doch, Sammy. Vielen Dank!«

»Ich war noch nicht ganz fertig. Eine Bedingung habe ich nämlich.« Sam kann ihre Aufregung kaum unterdrücken – mit dieser Steilvorlage hat sie nicht gerechnet.

6

»Du hast eine Bedingung? Welche denn?« Ria ist ehrlich überrascht. Sam hat bisher nie Forderungen an sie gestellt. Ganz anders als Scott, der in dieser Disziplin schon als Kind der ungekrönte König gewesen ist. Bei ihm gibt es selten einen Gefallen ohne Gegenleistung. Mancher mag das als Egoismus auslegen, aber Ria kann diese Eigenart ihres Stiefsohns nur ein mildes Lächeln abringen. Er kommt eben ganz nach seiner verstorbenen leiblichen Mutter, die beiden sind bei den McKays immer die Kopfmenschen gewesen. Ihr analytischer Verstand behielt stets die Oberhand. Was seiner Mutter zum Verhängnis wurde, machte Scott zu einem erfolgreichen Maschinenbauer, der sich die Jobs aussuchen konnte wie andere Leute die Sockenfarbe. Sam dagegen hat das Wesen ihres Vaters Alan – auch er traf seine Entscheidungen meist mit dem Herzen. Sam und Scott spiegeln die gegensätzlichen Wesenszüge ihrer Eltern deutlich wider und halten die Erinnerung an sie wach.

»Also«, leitet Sam ihre Antwort auf Rias Nachfrage ein. »Ich fliege hin und regele die Erbschaft für dich. Allerdings müssen wir davon ausgehen, dass Norman auch da sein wird. Du hast uns nie erzählt, was damals zwischen euch vorgefallen ist. Wenn wir aufeinandertreffen, *muss* ich das wissen, ich kann ihm nicht völlig unvorbereitet gegenübertreten.«

»In Ordnung«, willigt Ria ein. Sie zieht einen weiteren Brief aus der Aktenmappe heraus. Gespannt richtet Sam sich auf – das ging leichter als gedacht, da hat sie mit deutlich mehr Widerstand gerechnet.

Draußen im Flur scheppert es. Ein Gegenstand fällt zu Boden, begleitet von einem verhaltenen Fluch. Sam lächelt. Wenn ihrer Schwester etwas Derartiges über die Lippen kommt, müssen ihre Nerven arg strapaziert worden sein.

»Ihr könnt euch nicht vorstellen, wie das Küstenzimmer ausgesehen hat«, stöhnt Marian, kaum dass sie den Raum betreten hat. »Da habe ich mit der Auslosung heute wirklich Pech gehabt. Dich hat es noch nie so übel erwischt, Sammy!«

»Nein, bisher hatte ich Glück. Ich halte eh nichts davon, dass ein Los entscheidet, wer von uns welche Räume übernimmt. Lasst es uns lieber so aufteilen, dass jeder mal die unangenehmen Fälle bekommt – das wäre fairer. Außerdem kommt es ohnehin nicht oft vor, die meisten Gäste können sich benehmen.«

»Du hast recht«, pflichtet Marian ihr bei. »Wer hatte überhaupt die unsinnige Idee mit der Auslosung?« Sam grinst erst Ria und dann ihre Schwester vielsagend an. Sie alle wissen, dass Marian es selbst vorgeschlagen hat und sie nun diejenige ist, die am meisten darunter leidet.

»Mum erzählt uns von Norman«, verkündet Sam. Belustigt beobachtet sie den erstaunten Ausdruck, den diese Aussage auf das Gesicht ihrer Schwester zaubert.

»Ehrlich?« Marian setzt sich zu den anderen aufs Sofa und füllt ihren Teller mit einer ganzen Ladung »Scones«. Dann schaut sie Ria erwartungsvoll an, als warte sie mit Popcorntüte bewaffnet auf den Beginn der nächsten Kinovorstellung. Sam wirft einen Blick auf die stattliche Gebäckportion, verkneift sich aber jeglichen Kommentar.

Eigentlich hat ihre Schwester sie gebeten, ein Auge auf ihr Essverhalten zu werfen und sie zu stoppen, wenn sie sich zu viel Süßes einverleibt. Doch jetzt möchte Sam lieber nichts riskieren, was die momentan herrschende Wohlfühlatmosphäre in irgendeiner Weise belasten könnte – nicht, dass Ria es sich plötzlich anders überlegt und ihre Zusage zurückzieht.

»Also gut«, beginnt Ria. »Es ist wohl an der Zeit, euch einzuweihen.«

Sams Körper versteift sich. Auch Marian ist sichtlich gespannt auf die Hintergründe, was sie aber nicht daran hindert, sich weiterhin genüsslich eine Leckerei nach der anderen einzuverleiben. Während jegliche Art der Nervosität Sam auf unfreiwillige Diät setzt, ist das Essen für Marian immer ihr Seelentröster Nummer 1 gewesen – die Rettungsinsel im weiten Ozean.

»Macht euch bitte keine großen Hoffnungen auf eine außergewöhnliche Geschichte. Wahrscheinlich geschieht das Gleiche jeden Tag in zig Familien auf der Welt – aber wenn es einen selbst betrifft, fühlt es sich ganz anders an. Ihr glaubt nicht, wie oft ich die Sache damals mit Alan durchgekaut habe. Irgendwann konnte er das Thema nicht mehr hören, da bin ich mir sicher, aber das hat er mich nie spüren lassen. Unermüdlich beleuchtete er wieder und wieder jedes Detail mit mir. Viel herausgekommen ist dabei allerdings nicht, außer der Erkenntnis, dass ich die Situation so akzeptieren musste, wie sie war. Bis dahin hat es lange gedauert. Aber ich habe es geschafft und meinen Frieden damit geschlossen – zumindest solange ich nicht darüber nachdenken muss.« Ria lehnt sich seufzend zurück. Der Brief aus dem Umschlag liegt zusammengefaltet auf ihren Oberschenkeln, die Hände hat sie sorgfältig darüber verschränkt, als könne sie den Inhalt dadurch im Verborgenen halten.

»Deshalb rede ich auch nach all den Jahren nicht gerne darüber«, fährt sie fort. »Es wühlt die Vergangenheit auf, der ich heute noch genauso machtlos gegenüberstehe wie damals. Die Wahrheit ist, dass ich bis heute keine Ahnung habe, was der Auslöser für den Bruch gewesen ist. Vermutlich wird die Ungewissheit bis an mein Lebensende an mir nagen.«

»War euer Verhältnis schon immer angespannt?«, fragt Marian.

Ria schüttelt energisch den Kopf. »Nein. Als Kinder haben wir uns gut verstanden. Nach Vaters Tod hat Norman sich mit der neuen Rolle als Aufpasser für seine kleine Schwester schwergetan. Er wollte weiter unbefangen mit mir umgehen, und auch ich habe mir nichts sehnlicher gewünscht, als dass alles wieder wird wie früher. Er war überfordert mit der Aufgabe, hat sich aber einen Weg gesucht, ihr gerecht zu werden. Einen Weg, der ihn hart gemacht hat. Hart und unnachgiebig. Ich glaube, irgendwann hat er sich wirklich wie mein Ersatzpapa gefühlt – zumindest hat er sich so aufgeführt. Mein Vater ist ein liebevoller Mann gewesen, aber mit Norman bin ich immer weniger klargekommen, je älter ich wurde. Meine Mutter versuchte, uns alle über Wasser zu halten, und hatte keinen Kopf für derartige Probleme. Das alles entwickelte sich einfach in die falsche Richtung, ohne dass man jemandem die Schuld dafür geben konnte. Die Rahmenbedingungen für eine unbeschwerte Kindheit waren für uns alle ... nun, sagen wir mal suboptimal.«

»Und wie ging es weiter?« Marian greift nach der Kaffeekanne und schenkt sich eine Tasse ein. Die Kanne ist wesentlich kleiner als die, die den Tee beherbergt, da sie ausschließlich für Marian bestimmt ist. Sie ist die Einzige in der Familie, die während der Teezeit Kaffee bevorzugt.

»Dann habe ich Ian kennengelernt. Er kam ursprünglich aus Inverness, war aber für ein Auslandssemester in Deutschland. Als er das abgeschlossen hatte, bin ich mit ihm gegangen – das war 1977. Wir sind zusammengezogen und haben geheiratet. Heute weiß ich, dass es eher eine Flucht aus dem Alltag war als die große Liebe. Ich dachte, es wäre meine Chance, aus der Tretmühle herauszukommen und mein eigenes Leben zu führen. Dass auch Ian eine genaue Vorstellung davon hatte, was ich tun und lassen sollte, habe ich erst später gemerkt.« Ria steht auf und geht zum Fenster. Nachdenklich betrachtet sie die Wellen, die aus dem Meer aufsteigen, um sich kurz darauf wieder mit ihm zu vereinen. Gerade als Sam befürchtet, die Geschichte sei damit beendet, setzt Ria ihre Erzählung unvermittelt fort. »Die rosarote Brille ... ich kann euch sagen, die hatte es in sich. Norman konnte Ian von Anfang an nicht ausstehen. Ich gebe es ungern zu, aber er hat richtig gelegen.«

»Dann hast du Ian verlassen?«, fragt Sam vorsichtig und vergisst vor lauter Anspannung beinahe das Atmen.

»Nein«, antwortet Ria. Ihr Blick ist weiterhin nach draußen gerichtet. Der Wind hat an Kraft gewonnen und treibt das Wasser in immer höheren Wogen vor sich her. »Das hätte ich mich nie getraut. Ich hatte keinerlei Erfahrung, habe bis dahin ja nie auf eigenen Beinen gestanden. Nach ein paar Monaten hat er sich in eine Kollegin verliebt. Damals war ich fix und fertig. Heute weiß ich: Er hätte mir keinen größeren Gefallen tun können. Ich habe mir ein kleines Appartement genommen und in einem Stadthotel im Zimmerservice angefangen. Gott sei Dank hatte ich eine abgeschlossene Ausbildung, sonst wäre alles noch viel schwieriger geworden und ich hätte womöglich reumütig nach Deutschland zurückkehren müssen. Meine Mutter hätte mich mit offenen Armen aufgenommen, aber ich wollte es alleine schaffen.«

»Und im Hotel hast du dann Dad getroffen! Lass mich raten: Mit ihm war Norman auch nicht einverstanden.« Sam streift die Hausschuhe ab, damit ihre Zehen mehr Bewegungsfreiraum haben.

Ria nickt. »Genau. Selbst der König von England wäre in seinen Augen nicht gut genug für mich gewesen.«

»Das hört sich aber nicht so an, als würde er dich nicht mögen.«

»Das habe ich auch nie behauptet. Ich weiß, dass er mich geliebt hat. Ein bisschen weniger Fürsorge und Kontrolle hätten es aber auch getan.«

»Wie hat er denn reagiert?«

»Nachdem er Alan kennengelernt hat, haben wir uns langsam wieder angenähert. Norman hat wohl erkannt, wie gut er mir tat. Seitdem hatten wir regelmäßiger Kontakt, er hat uns sogar mit den Kindern besucht. Seine Frau war nicht dabei, aber ich habe sie einige Male in Köln getroffen. Sie hieß Juliana und hatte ein kleines Kosmetikgeschäft. Irgendwie bin ich mit ihr nie ganz warm geworden. Ich mochte es nicht, wie sie Norman manchmal herumkommandiert hat.«

»*Sie* hat *ihn* herumkommandiert?«, vergewissert Marian sich erstaunt. »Das passt gar nicht zu dem Bild, das ich von ihm habe.«

»Nein«, pflichtet Ria ihr bei. »Vielleicht hat er unbewusst nach der starken Schulter zum Anlehnen gesucht, die er selbst nie gehabt hat.«

Sam schluckt. Der Genpool, dem ihre Cousins abstammen, könnte attraktiver sein. Hoffentlich haben die beiden sich auch ein paar positive Bestandteile daraus gesichert.

»Irgendwann gab es zwischen Norman und mir Streit«, fährt Ria fort. »Er wusste ja schon immer besser, was gut für mich ist. Er hat nie verstanden, dass ich ein Leben auf dem Land vorziehe, und wollte mich wieder einmal zur Rückkehr in die Großstadt überreden. Dann fing er auch noch an, sich in die Pensionsführung einzumischen. Alan und ich waren von unserem Konzept aber überzeugt. Wir wollten ein gemütliches Gasthaus führen und kein ›Imperium‹ erschaffen. Normans Vorstellung von unserem Geschäftsmodell war eine völlig andere – eine ›wirtschaftlich sinnvollere‹, wie er es nannte. Er wurde sauer, weil ich nicht seiner Meinung war, und versuchte, mir ein schlechtes Gewissen einzureden. Ich müsse auch an die Kinder denken und was weiß ich nicht alles. Das Telefonat ist an dem Tag so eskaliert, dass wir es abgebrochen haben. Am nächsten Morgen wollte ich mit ihm darüber reden und habe noch einmal angerufen. Juliana nahm ab und erklärte mir, dass er mich nicht sprechen wolle. Trotzdem habe ich es wieder und wieder versucht, konnte ihn aber nicht mehr erreichen. Danach kam nur noch eine Bandansage, dass die Telefonnummer nicht mehr vergeben sei.«

»Warum hast du ihn nicht auf dem Handy angerufen?«, fragt Sam.

Ria lächelt. »Wir hatten keins. Damals waren Mobiltelefone noch nicht weit verbreitet, das kann man sich heutzutage kaum vorstellen.«

»Und der Büroanschluss?«

»Seine Firma steckte damals noch in den Kinderschuhen. Die ›Geschäftsräume‹ bestanden aus einem abgetrennten Zimmer seines Wohnhauses. Er hatte zwar eine separate Nummer für die geschäftlichen Angelegenheiten, aber richtig funktioniert hat die Wechselschaltung nie. Wurde auf einer Leitung telefoniert, war auf der anderen besetzt. Er hat die Anlage wohl ausgetauscht.«

»Und was hast du dann gemacht?«

»Ich habe ihm einen Brief geschrieben, aber keine Antwort bekommen. Dann beschloss ich, zu ihm zu fliegen, um die Sache aufzuklären. Doch bevor ich dazu gekommen bin, war das hier in der Post.« Langsam lässt Ria die Hände von dem Papier auf ihrem Schoß gleiten. Sie faltet den Bogen auseinander und reicht ihn an ihre Töchter weiter. Marian nimmt ihn entgegen und gemeinsam vertiefen sich die Halbschwestern in das Schreiben ihres Onkels.

Sam schaut zuerst wieder auf. Ihr Gesicht ist ausdruckslos. Sie löst die Spange aus ihrem Pferdeschwanz und schüttelt das Haar, bis es ihr in weichen Wellen über die Schultern fällt. Während der Sommermonate ist der honigfarbene Blondton intensiver geworden und unterstreicht ihre leicht getönte Haut. Als auch Marian den Text vollständig gelesen hat, atmet sie hörbar aus. Für keine der beiden ist es leicht, die richtigen Worte zu finden.

Rias Blick ruht sanft auf ihren Töchtern. »Es hat nichts mit euch zu tun«, sagt sie mit einer Überzeugung, die keinen Widerspruch duldet.

Marians Augenbrauen wandern nach oben, ihre Stimme ist lediglich ein Flüstern. »Er schreibt, dass wir ihn nicht interessieren und er nichts von uns wissen will. Da fühle ich mich ehrlich gesagt schon ein wenig betroffen.«

Sam schüttelt fassungslos den Kopf. »Er meint ernsthaft, dass *du* sein Leben verpfuscht hast und nur ein Klotz am Bein warst? Das ist unfassbar! Und außerdem sieht das Schreiben aus wie ein Geschäftsbrief ...«

»Er ist eben schon immer durch und durch ein Geschäftsmann gewesen.«

Sam steht auf und stellt das leere Geschirr aufs Tablett. Für heute hat sie genug gehört.

»Sammy?«

»Ja?«

»Du fliegst trotzdem, oder?«

»Und ob ich fliegen werde!« Sam streckt das Kinn vor und marschiert voll beladen Richtung Küche. »Der wird mich kennenlernen, ob er will oder nicht!«

7

»Du musst zu einem Termin?«, fragt Marc ungläubig.
»Ja.« Norman rückt die Aktenstapel auf seinem Schreibtisch zurecht, was scheinbar seine volle Konzentration erfordert. »Er ist wichtig.«
»Du hast also einen *wichtigen* Termin? Ausgerechnet dann, wenn die Testamentseröffnung stattfindet?« Norman räuspert sich, ohne seinen Blick von den Papieren zu lösen. »Die Mastersons sind nur morgen in der Stadt und du wirst mir wohl zustimmen, dass der Vertragsabschluss mit ihnen ein Meilenstein wäre.« Er schreibt eine Notiz auf ein Post-it und klebt es auf den obersten Aktendeckel.
»Ja, natürlich. Ein weiterer Meilenstein in *deiner* Sammlung.«
»Höre ich da einen abfälligen Unterton?«
Marc übergeht die Bemerkung. »Ich habe Rias Brief gesehen«, sagt er stattdessen.
Norman lässt den Füllfederhalter sinken und schaut seinem Sohn das erste Mal seit Gesprächsbeginn in die Augen. Jegliche Farbe ist aus seinem Gesicht gewichen und die Kiefermuskulatur unter seiner glatt rasierten Haut bearbeitet angestrengt ein imaginäres Kaugummi.
»Welchen Brief?«, fragt er. Es sind nur zwei Wörter, doch die darin enthaltene Mahnung zur Vorsicht, schwingt in jedem einzelnen Buchstaben mit.
Marc hält inne. Was ist nur los mit seinem Vater? Sobald es um seine Schwester geht, wird er ein anderer Menschen. Nach kurzer Abwägung entscheidet Marc sich für die Offensive. Er nimmt seinen Kaffeebecher und

setzt sich damit seitlich auf die Schreibtischplatte. »Du weißt genau, von welchem Brief ich rede«, sagt er.

Norman schaut von seinem Bürostuhl aus zu ihm auf.

»Du bist an meinem Safe gewesen?«

»Du hast mich gebeten, die Unterlagen für den Warrington-Deal zu holen.«

»Das stimmt. Ich habe dich aber nicht gebeten, meine private Post zu durchschnüffeln«, knurrt Norman. Sein blasser Teint ist mittlerweile einem kräftigen Rot gewichen.

Marc hält dem Blickkontakt stand. Lügen sind ihm zuwider, trotzdem zögert er die Wahrheit hinaus. Ja, er hat den Brief im Safe gesehen – gelesen hat er ihn aber nicht, auch wenn die Verlockung groß gewesen ist. Es gibt Dinge, die sich einfach nicht gehören. Das Briefpapier lag auseinandergefaltet neben dem Umschlag und der Name am unteren Ende des Schreibens war deutlich erkennbar. Wahrscheinlich wurde Norman beim Lesen gestört und kam nicht mehr dazu, es ordentlich wegzupacken. Marc hatte das verschlossene und an die Privatanschrift seines Vaters adressierte Kuvert schon häufiger gesehen, wenn er etwas für ihn aus dem Safe holen sollte – die Brisanz des Inhaltes konnte er allerdings nie erahnen.

Nachdem Norman keinerlei Anstalten macht, freiwillig irgendwelche Details preiszugeben, lässt Marc resigniert seinen Becher sinken. Mit dem Zeigefinger fährt er über das »Coffee to go«-Logo, das sich quer über die Frontfläche zieht. Jeden Vormittag liefert die Getränkekette Gratiskaffee für die Führungsetage – wohl um ihr Interesse an einer weiterhin erfolgreichen Zusammenarbeit zu bekunden. Auch wenn die Qualität der Ware in Ordnung ist und Marc weiß, dass sie an den großen Ketten auf Dauer nicht vorbeikommen werden, zieht er die Vermietung an kleine inhabergeführte Geschäfte vor.

»Natürlich habe ich ihn *nicht* gelesen«, sagt er wahrheitsgemäß. »Der Brief lag offen herum, da ist mir der Name förmlich entgegengesprungen. Ich weiß nur, dass er von ihr ist – mehr nicht.«

Norman atmet tief durch. »Gut! Du übernimmst also die Testamentseröffnung?«

Marc zögert. »Ich werde Ria dort treffen. Meinst du nicht, es wäre besser, du informierst mich darüber, was zwischen euch vorgefallen ist?«

»Das ist nicht nötig. Du nimmst das Erbe an, sorgst dafür, dass wir das Ladengeschäft im Erdgeschoss bekommen, und gehst wieder.«

Marc schnauft. »Du kannst mir nicht verbieten, mit ihr zu reden. Wenn das dein Plan ist, fährst du wohl besser selbst.«

Norman springt auf und geht durch den Raum. »Wie wär's mit einem Deal?«, fragt er schließlich.

Eine steile Falte gräbt sich in Marcs Stirn. »Was für ein Deal?« So wie sein Vater sich gerade aufführt, kann dabei nichts Gutes herauskommen.

»Willst du das Grundstück am Park immer noch für dein Sozialprojekt haben?«

Marc horcht auf. Worauf läuft das nun hinaus? Das Grundstück ist ihm ohne Frage wichtig. Auch wenn das Hauptstandbein der Firma nach wie vor die Vermietung von Wohn- und Gewerbekomplexen ist, hat sich die »Lindbergh Real Estate GmbH« inzwischen auch im Bereich der Neubauprojektierung einen Namen gemacht.

Marc geht es um mehr als reine Gewinnmaximierung. Sein Ziel ist es, innovative Ideen im sozialen Wohnungsbau zu etablieren. Natürlich ist ihm bewusst, dass die Margen in diesem Bereich trotz staatlicher Förderung in keiner Weise mit denen des gehobenen Immobiliensektors vergleichbar sind. Beschäftigt sich aber jeder nur noch mit der Elite, gibt es bald keinen für den Normalbürger bezahlbaren Wohnraum mehr. Das Grundstück am Park wäre bestens geeignet – dort könnte Marc seiner Vision vom Sozialbau der Zukunft endlich Leben einhauchen. Preiswerte Gebäude müssen nicht minderwertig aussehen, davon ist er fest überzeugt. Es müssen keine gleichförmigen Betonklötze in Knallfarben sein, die schon von Weitem »Billig!« schreien. Ein geringes Budget ist nicht gleichbedeutend mit geringem Anspruch. *Seine* Mehrfamilienhäuser würden sich nahtlos ins restliche Stadtbild einfügen, ohne den höherwertigen Immobilien den Rang streitig zu machen.

»Natürlich möchte ich es haben«, antwortet Marc auf die Frage seines Vaters. »Das Projekt hätte eine positive Außenwirkung für die gesamte Firma. Damit heben wir uns von der Konkurrenz ab, schaffen uns ein Alleinstellungsmerkmal. Du weißt selbst, dass unsere Branche keinen besonders guten Ruf hat. Und nun stell dir vor, wir gestalten unsere eigene Sozialsparte – das würde uns nicht nur ein neues Kundenportfolio eröffnen, sondern auch das Bild verändern, das viele Leute von uns haben. Die meisten sehen in uns bloß seelenlose Geldhaie. Jetzt haben wir die Chance, ihnen zu zeigen, dass sie für unser Unternehmen mehr sind als Dollar- und Eurozeichen.« Der vorteilhafte Imageeffekt ist für Marc selbst zwar zweitrangig, dürfte seinen Vater jedoch eher überzeugen als jeder Appell an seine wohltätige Ader.

»Es gehört dir«, sagt Norman. »Du kannst damit machen, was du willst ...«

Trotz der Vorfreude, die sich in Marcs Innerem ausbreitet, bleibt ein Rest Skepsis bestehen. Das war zu einfach, irgendwo muss ein Haken sein.

»Unter einer Bedingung«, ergänzt Norman seine Zusage.

Marcs Augen richten sich gen Zimmerdecke. Hat er es doch gewusst!

»Du gehst für mich zur Testamentseröffnung und verschaffst uns Zugriff auf die Ladenfläche. Über zusätzliche Räumlichkeiten wird Bloomberg sich freuen, viele Möglichkeiten in Citynähe gibt es nicht mehr.«

»Du willst eine ›Coffee to go‹-Filiale in Grannys Haus einziehen lassen? Pa! Du glaubst nicht ernsthaft, dass sie das gewollt hätte. Außerdem passt so ein Laden nicht mal ansatzweise ins Konzept der Straße.«

Norman kann die Enttäuschung im Gesicht seines Sohnes kaum ertragen. Angestrengt fixiert er durch das Fenster die Menschen unten auf dem Gehweg. Einige hektisch, andere geruhsam – jeder hat sein eigenes Tempo. Könnte er nur besser mit der Situation umgehen. Hätte er nur weniger Angst vor dem Treffen mit seiner Schwester. Wie soll er sich davon abhalten, sie in die Arme zu schließen und nie wieder loszulassen, wenn er ihr einmal gegenübersteht? Sie hat sich damals gegen ihn entschieden, und das muss er hinnehmen. Die selbst auferlegte Einsamkeit, nachdem Ria sich von ihm abgewandt hat, nagt an ihm – zieht eine Mauer des Selbstschutzes um ihn herum, die er nicht ausstehen kann.

»Du hast recht.« Normans Stimme ist nicht mehr als ein Flüstern. »Mit allem, was du gesagt hast.«

Marc geht auf ihn zu und legt ihm von hinten seine Hände auf die Schultern. »Was ist das Problem?«, fragt er ebenso leise zurück. »Rede mit mir.«

Durch den Anzugstoff spürt Marc ein leichtes Vibrieren unter seinen Handflächen. Dann geht ein Ruck durch den Körper seines Vaters und die gewohnt beherrschte Haltung ist wieder da. Er dreht sich zu seinem Sohn herum.

»Es geht mir gut, Junge. Mach dir keine Sorgen um deinen alten Herrn. Sicher hätte meine Mutter nicht gewollt, dass einer dieser ›Platzhirsche‹, wie sie die Art von Ketten immer genannt hat, dort einzieht. Es tut mir in der Seele weh, das kannst du mir glauben, aber wir haben keine andere Wahl. Wir können es uns nicht leisten, ›Coffee to go‹ als Kunden zu verlieren.«

»Sie müssen nicht wissen, dass die Fläche in Grannys Haus zur Verfügung steht«, hält Marc dagegen. »Außerdem werden sie nicht sofort abspringen, nur weil du ihnen nicht *jeden* vermietbaren Raum in den Rachen wirfst. Sie zwingen uns jeden Tag ungefragt ihren Kaffee auf! Offensichtlich sind sie genauso an einer langfristigen Partnerschaft interessiert wie wir.«

»Das wäre richtig, wenn ich es ihnen nicht schon versprochen hätte.«

»Du hast *was*? Du weißt nicht mal, ob du das Haus überhaupt geerbt hast! Wie konntest du ihnen das zusagen?«

Norman zieht ein Stofftuch aus seiner Jacketttasche und tupft sich damit über die feuchte Stirn, was Marc mit einem verwunderten Blick quittiert. So warm ist es wahrlich nicht, als dass allein die Temperatur für die kleinen Schweißtropfen verantwortlich sein könnte, die sich auf seiner Haut sammeln. Das Geräusch, das tief aus Normans Innerem kommt, ist mehr ein Stöhnen als ein Seufzen. »Ich weiß selbst nicht genau, wie das passieren konnte. Kurz nachdem ich von Mutters Tod erfahren hatte, hat Bloomberg angerufen, um mich an den offenen Gefallen zu erinnern, den ich ihm noch schulde.« Mit dem Zeigefinger schiebt er seine Brille ein Stück weiter die Nase hinauf. »Er steht unter Druck. Sein Chef will in den Großstädten expandieren.«

»Und diese Forderung zaubert er ausgerechnet nach Grannys Tod aus dem Hut?«

Norman nickt. »Mieses Timing – zumindest für mich. Für ihn hätte es nicht besser sein können.«

Marc rümpft die Nase »Wieso? Was schuldest du ihm?«

»Du weißt doch, dass er damals den amerikanischen Immobilienmarkt für uns geöffnet hat. Ohne seine Beziehungen wäre es schwer für uns geworden, dort Fuß zu fassen.«

»Und?«

»Glaubst du ernsthaft, Bloomberg hat das ohne Gegenleistung gemacht? Ich habe ihm drei Geschäftsflächen in jeder Großstadt, in der wir vertreten sind, versprechen müssen. In Köln sind es erst zwei und es gibt keine geeigneten Läden mehr, die ich ihm anbieten könnte.«

»Und?«

Um Normans Hals herum wird es eng. Er lockert seine Krawatte und öffnet sein Hemd. »Wenn ich nicht bald mit einem Angebot komme, sind wir aus Amerika genauso schnell wieder verschwunden, wie wir reingekommen sind.«

»*Das* hat er gesagt?«

»Ja.«

»Und da hast du direkt an die freie Fläche in Grannys Haus gedacht.«

»Was hätte ich denn tun sollen? Wenn wir die amerikanische Kundschaft verlieren, hat das erhebliche Konsequenzen für unsere Zukunft. Projekte wie deine Sozialbauten sind dann gar nicht mehr drin.«

Marc geht um den Schreibtisch herum und setzt sich auf einen der Gästestühle. »Trotzdem können wir uns von denen nicht erpressen lassen!«

Norman antwortet nicht. So bekümmert hat Marc seinen Vater selten gesehen.

»Also gut«, gibt er seufzend nach. »Ich gehe morgen zum Amtsgericht und sehe, was ich tun kann.«

»Danke, mein Junge! Du kannst dir nicht vorstellen, wie viel mir das bedeutet.«

»Ist okay, Pa. Ich frage Alex, ob er mitkommt. Ein bisschen Beistand kann mir sicher nicht schaden.«

Sam holt ihren Trolley unter dem Bett hervor und zieht den Reißverschluss auf. Der Rückflug ist zwar für den Abend des gleichen Tages gebucht, aber wer weiß schon, was sie bis dahin alles erwartet. Es wäre nicht das erste Mal, dass sie unfreiwillig am Flughafen festsitzt und dort bis zum nächsten Morgen ausharren muss. Für längere Reisen ist der kleine Rollkoffer untauglich, denn dort passt nur das Nötigste hinein. Doch für Sams aktuelles Vorhaben reicht er aus und ist zudem kompakt genug, um als Kabinengepäck durchzugehen.

Der Inhalt ihres Kleiderschranks ist, im Gegensatz zu dem vieler anderer Frauen, vergleichsweise übersichtlich und von eher praktischer Natur. T-Shirts, Pullover und Jeans dominieren das Gesamtbild, lediglich unterbrochen von zwei bunten Sommerkleidern und einem schicken Jumpsuit. Der durchgehende Hosenanzug ist ärmellos und auf einer Seite schulterfrei. Obwohl er sich von ihrem sonstigen Stil deutlich abhebt, hat er es mit seiner schlichten Eleganz als einziges partytaugliches Kleidungsstück in ihre Garderobe geschafft. Sams Finger streichen über den fließenden schwarzen Stoff. Zuletzt hat sie ihn beim Abendessen im Haus von Tims Eltern getragen – ihrem damaligen Freund, den sie während des Studiums in Erfurt kennengelernt hatte. Anfangs glaubte Sam noch, sie hätten einiges gemeinsam und es mache ihm wirklich nichts aus, dass sie aus einfachen Verhältnissen stammt. Seine Familie hingegen konnte bedenkenlos als reich bezeichnet werden, was alle Anwesenden sie an jenem Abend überdeutlich spüren ließen. Tim saß schweigend daneben – ein überflüssiges Beiwerk, nicht mehr und nicht weniger. Nie zuvor hatte Sam sich so klein und nutzlos gefühlt wie in dieser Runde.

Sie zieht einen Pulli aus dem oberen Regalfach und legt ihn neben ihre Ersatzwäsche in den Koffer. Der wolkenverhangene Himmel reißt auf und schafft am späten Nachmittag endlich Platz für die ersten Sonnenstrahlen des Tages. Gebündeltes Licht fällt durch die Fensterscheibe, in dem die Schneekugelsammlung auf ihrer Kommode geheimnisvoll schimmert. Sam kann nicht anders, sie muss die Kugeln mit ihren verschiedenen Motiven und Farben eingehend betrachten. Nicht in jeder befindet sich

Schnee, in einigen ruhen auch funkelnde Sterne sowie goldener Glitter auf dem Grund. Deshalb hat ihr Vater seine Kreationen Traumkugeln anstatt Schneekugeln genannt. Sam nimmt ein kleines Exemplar mit integrierter Unterwasserwelt hoch und dreht es herum. »Dream globe manufactury, McKay, Dornoch – Scotland« steht auf dem ovalen Sticker am Sockelboden. Bei diesem Anblick wird Sams Herz schwer. Nur zu gut erinnert sie sich an den glücklichen Ausdruck auf dem Gesicht ihres Vaters, wenn er auf dem alten Schemel in seiner Werkstatt gesessen und dieses Gütesiegel seiner Arbeit sorgfältig auf der Unterseite jeder neuen Kugel platziert hatte. Seit zwei Jahren ist er nun tot und sie kann es immer noch nicht fassen, dass nie wieder ein handgefertigtes Unikat von ihm ihre Sammlung ergänzen wird.

Sam stellt die Unterwasserwelt zurück und beugt sich über ihr Lieblingsstück, das den Ehrenplatz auf einer kleinen Erhöhung in der Mitte der Kommode einnimmt. Dieses in Braun und Gold gehaltene Exemplar ist das erste gewesen, das er ihr damals gewidmet hat. »Für Sammy« steht in geschwungener Schrift auf der Front des Sockels und die Gesichtszüge des Mädchens im Inneren der Kugel haben tatsächlich eine gewisse Ähnlichkeit mit ihren eigenen. Behutsam schüttelt Sam das runde Glas und bringt dadurch unzählige glitzernde Flocken zum Tanzen. Sie wirbeln um die filigrane Figur herum, die – davon völlig unbeirrt – auf einem Bücherstapel sitzt. Ein weiteres Buch hält sie in der Hand und schaut man genau hin, findet sich auf dem Einband ebenfalls ein Schriftzug. »Live your dream« fordern die winzig kleinen Buchstaben den Betrachter auf. Lebe deinen Traum! Mit diesem zauberhaften Kunstwerk hat Alan für seine Tochter einen Spiegel ihrer Seele geschaffen. Normalerweise begleitet die Kugel Sam auf jeder Reise. Es ist, als würde sie damit einen Teil von ihm bei sich tragen. Doch heute muss ihr persönlicher Glücksbringer hierbleiben, denn aufgrund der enthaltenen Flüssigkeit darf er im Handgepäck nicht mit an Bord.

Sam schließt den Koffer und stellt ihn griffbereit neben die Zimmertür. Morgen früh gilt es, keine Zeit zu vertrödeln. Der Weg von Dornoch nach Edinburgh ist weit und will sie ihren Flieger erwischen, muss sie spätestens um Viertel nach vier aufbrechen. Trotzdem geht sie nicht direkt schlafen, sondern nimmt ihren Laptop zur Hand und setzt sich damit aufs Bett. Seit Tagen geistert ihr schon der Plan einer virtuellen Leserunde für ihren Bücherblog durch den Kopf. Sie muss sich dringend Notizen dazu machen und all die Ideen einfangen, die immer konkretere Formen annehmen. Und dann steht die Zusammenfassung der wichtigsten Neuerscheinungen des Monats an. Ihre Leser möchten auf dem Laufenden gehalten werden. Einen kleinen Artikel schafft sie heute sicher noch, denn für Sam ist diese Aufgabe keine Arbeit, sondern Entspannung pur. Ähnlich wie beim Lesen eines Buches taucht sie vollends in eine andere Welt ab.

8

Sam betritt die Ankunftshalle des Kölner Flughafens. Schon beim Landeanflug konnte sie vor lauter Regen kaum etwas erkennen und dieser Zustand hat sich seitdem nicht gerade verbessert. An der Fensterfront des gegenüberliegenden Gebäudes laufen ganze Bäche herunter und der Wind peitscht das in Strömen vom Himmel fallende Wasser gnadenlos gegen die Scheiben. Sam holt einen zusammenfaltbaren Schirm aus der äußeren Tasche ihres Trolleys und klemmt ihn sich unter den Arm. Die Regenschirme der Menschen, die draußen abseits der Überdachung umherhasten, haben den Kampf gegen das Wetter längst verloren. Doch sollte sie vor der Halle kein Taxi bekommen, wird Sam nichts anders übrig bleiben, als ihr Glück mit ihrem Exemplar zu versuchen. Norman pudelnass gegenüberzutreten, entspricht nicht ganz dem Bild, das sie sich für ihre erste Begegnung ausgemalt hat.

Hinter der Absperrung stehen einige Leute mit Schildern und Transparenten, deren Blicke suchend über die neu eingetroffenen Passagiere gleiten. Sam schaut auf die Uhr der digitalen Anzeigetafel und beschleunigt ihre Schritte. Wenn sie sich nicht beeilt, wird sie es zur Testamentseröffnung im Amtsgericht nicht rechtzeitig schaffen. Warum musste sich der Flug ausgerechnet heute verspäten? Andererseits hätte sie ihn vermutlich ganz verpasst, wenn der Flieger pünktlich gewesen wäre. Die Schranke des Parkplatzes in Edinburgh ließ sich nämlich nur mit der tatkräftigen Unterstützung des Wachpersonals öffnen, und diese beiden jungen Männer vom Frühstückstisch loszueisen, hat Sam nicht nur Nerven, sondern auch eine geschlagene halbe Stunde gekostet.

Sie hastet weiter. Links und rechts von ihr fallen Menschen sich in die Arme oder schütteln einander mit professionellem Geschäftslächeln die Hände – untermalt von den ruhigen Klängen aus Sams Kopfhörern, die der Szenerie ein wenig von ihrer Hektik nehmen.

Wie vermutet, haben die sonst zahlreichen Flughafentaxen heute Seltenheitswert. Bei dieser Witterung will niemand einen Meter weiter laufen als nötig. Der starke Wind ist unangenehm, aber wenigstens hält die breite Überdachung den Regen zuverlässig ab. Sam steckt den Schirm wieder ein, fischt ein Karamellbonbon aus der Tasche und schaut die Taxispur entlang. Außer ihr steht lediglich eine Frau im kurzen Bleistiftrock am Rand des Gehsteigs und hält ebenfalls nach einer Mitfahrgelegenheit Ausschau. Allein vom Hinsehen kriecht Sam eine Gänsehaut den Rücken empor. Es ist Ende Oktober und wesentlich kälter als in den vergangenen Jahren um diese Zeit. Wenn das so weitergeht, schlägt der Regen bald in Schnee um.

Gerade als sie das Bonbon vom Papier befreit hat, biegt ein Auto in die lange Zufahrt ein. Das schwarz-gelbe Schild auf dem Dach leuchtet schon von Weitem und zeigt damit die freie Verfügbarkeit des Wagens an. Sam setzt ihre Kopfhörer ab.

»Nehmen Sie das Taxi«, ruft die fremde Frau Sam zu. »Ich habe es nicht eilig.«

»Oh, vielen Dank!«, ruft Sam zurück. So viel Höflichkeit kommt in dieser Situation überraschend. Als das Auto sich nähert, relativiert sich der positive Eindruck allerdings schnell: Selten hat Sam eine derart abgewrackte

Kiste gesehen – wenn es bei der TÜV-Hauptuntersuchung da mal mit rechten Dingen zugegangen ist! Der Außenspiegel hängt halb herunter und die unübersehbaren Rostflecken wirken wenig einladend. Feine Risse prangen in einer Ecke der Windschutzscheibe, vermutlich von einem nicht ausgebesserten Steinschlag. Der Wagen hält vor der anderen Frau, die ihn zügig durchwinkt. Sam bückt sich und schaut durchs Fenster. Rein optisch steht der Fahrer seinem Taxi in nichts nach, doch sein Lächeln ist freundlich und ohne die befürchtete Spur Anzüglichkeit. Sam ist keineswegs sicher, ob sie dort einsteigen würde, wenn sie es nicht so eilig hätte. Seufzend zieht sie ihren Trolley zum Kofferraum, der ohne viel Dazutun bei leichter Berührung aufspringt. Eine schöne Funktion – wäre sie denn zu steuern und nicht dem beschädigten Schloss geschuldet. Schnell weicht Sam zurück, damit die Klappe sie nicht am Kopf trifft. Als der eindrucksvolle Bauch des Fahrers neben ihr auftaucht, hat sie ihr Gepäck bereits verstaut.

»Tut mir leid, junge Frau«, murmelt er. »Es dauert immer ein Weilchen, bis ich den Weg aus meinem Schätzchen gefunden habe.« Seine Hand tätschelt das scheppernde Blech der Karosserie, als wäre es das Fell eines Haustiers.

»Kein Problem«, antwortet Sam. Sie zieht die Kofferraumklappe mit Schwung nach unten, vollständig schließen lässt sie sich trotz kräftigen Drückens nicht.

Der Taxifahrer lächelt entschuldigend. »Darf ich?« Mit seinem ganzen Gewicht lehnt er sich darauf. Das Heck des Autos wippt auf und ab, und Sam befürchtet schon, dass der Wagen diese grobe Behandlung nicht überleben wird, als der Schließmechanismus endlich einrastet.

»Wo soll es denn hingehen?«, fragt der Fahrer sichtlich zufrieden und wuchtet sich zurück in den Sitz.

»Zum Amtsgericht, bitte. Ich habe dort um halb zwölf einen Termin«, antwortet Sam. Sie nimmt auf der Rückbank Platz und hat die Tür kaum geschlossen, als der Motor aufheult und das Taxi losfährt. »Moment, ich bin noch nicht angeschnallt!«, ruft sie und zieht mit aller Kraft an dem eingeklemmten Sicherheitsgurt.

»Reichenspergerplatz oder Luxemburger Straße?«, fragt der Fahrer, ohne auf ihren Einwurf einzugehen. »Das Amtsgericht nutzt beide Gebäude, soviel ich weiß.«

Nachdem der Gurt endlich macht, was er soll, kramt Sam in ihrer Handtasche nach der Vorladung. Wo ist der verdammte Brief? Zusehends hektisch schüttet sie den kompletten Inhalt neben sich aufs Polster. Da ist wenigstens die Vollmacht! Erleichtert nimmt Sam sie an sich – wäre die anstelle des Einladungsschreibens verschwunden, hätte sie ein weitaus größeres Problem gehabt. Sie schließt die Augen und denkt nach. »Reichenspergerplatz«, sagt sie schließlich. Ja, der Name sagt ihr etwas, er hat auf dem Briefkopf gestanden.

»Da haben Sie sich das Schönere von beiden ausgesucht«, grunzt der Fahrer. »Es ist über hundert Jahre alt und ein Augenschmaus, wenn man auf alte Gemäuer steht. Sie haben Geschmack.«

Sam runzelt die Stirn. Die Feststellung ist zwar schmeichelhaft, aber dass man sich das Gebäude aussuchen kann, in das man vorgeladen wird, ist ihr neu.

»Halb zwölf haben Sie gesagt?«, hakt der Fahrer nach.
»Das ist in fünfzehn Minuten.«
»Ich weiß, es ist knapp. Tun Sie bitte, was Sie können.«
»Na, dann halten Sie sich mal gut fest, junge Frau.« Die ramponierten Scheibenwischer kommen mit ihrer Arbeit kaum hinterher, während sie über die Autobahn in Richtung Innenstadt rasen. Der Fahrstil des Mannes ist ebenso gewöhnungsbedürftig wie seine Vorstellung von einer Unterhaltung. Er redet ohne Punkt und Komma und wechselt die Themen schneller, als Sam ihnen folgen kann. Innerlich stöhnt sie auf. Ein selbst ernannter Fachmann für Sport, Wirtschaft, Politik, Sex und Erziehung hat ihr gerade noch gefehlt.

Bis zur anderen Rheinseite fließt der Verkehr besser als erwartet, doch dann leuchten vor ihnen die Bremslichter der anderen Wagen auf und zwingen sie, ebenfalls anzuhalten. Mittlerweile ist es kurz nach halb zwölf. Der Stau, der sich vor ihnen auftut, ist enorm, und ein baldiges Vorankommen in diesem Chaos scheint nahezu ausgeschlossen. Ungeduldig trommeln Sams Fingernägel auf das abgewetzte Leder des Rücksitzes.

»Ist es noch weit?«, fragt sie.

»Nee. Die Straße runter, dann rechts und die nächste links. Fliegen können wir aber nicht.« Der Fahrer klopft vielsagend auf sein Lenkrad.

Sam schaut aus dem Fenster. Es schüttet weiterhin ohne Unterbrechung und auch der Wind, der in kräftigen Böen an dem Taxi rüttelt, denkt nicht daran, für sie eine Pause einzulegen. Vor ihnen stimmen die Autos ein Hupkonzert an – trotzdem geht es keinen Meter weiter.

»Ich laufe das letzte Stück«, erklärt Sam entschlossen. Sie holt ihre Geldbörse aus der Handtasche und reicht einen Schein zwischen den Lehnen der Vordersitze hindurch. Der Fahrer greift seinerseits zum Portemonnaie und öffnet das Münzfach.

»Schon in Ordnung, es stimmt so«, sagt Sam und stößt die Tür auf. Sie rennt zum Kofferraum, der sich bereitwillig öffnet, und zerrt den Schirm aus ihrem Trolley. Allein der Versuch, ihn aufzuspannen und gegen den Wind zu halten, scheitert kläglich. Mit einem Ruck klappt das Oberteil um und verbiegt die innen liegenden Streben. Regen peitscht ihr ins Gesicht – das Haar klebt bereits nach wenigen Sekunden völlig durchnässt an ihren Wangen. Jetzt gibt es kein Zurück mehr. Sie zerrt ihr Gepäck heraus, schließt die Kofferraumklappe notdürftig und schlängelt sich zwischen den wartenden Autos hindurch bis zum Gehweg. Unter dem Vordach eines Hotels verschnauft sie, nimmt dann all ihren Mut zusammen und folgt dem vom Taxifahrer beschriebenen Weg zum Amtsgericht.

»Ist sie da?« Ein Mann mit grauem Haarkranz und leuchtend blauen Augen streckt seinen Kopf aus dem Büro. »Wir können nicht ewig warten.«

»Nein«, antwortet Marc. Zum wiederholten Male schaut er den hohen, mit gewölbten Decken versehenen Gang entlang. Er ist schon öfter hier gewesen und die Architektur überwältigt ihn immer wieder aufs Neue. Es ist ein beachtliches Bauwerk, vielleicht eines der schönsten in der Umgebung. Schon von außen nimmt einen der neubarocke Stil des viergeschossigen Gebäudes gefangen. Große Höfe zwischen den einzelnen Trakten versorgen auch die innen liegenden Räume mit Tageslicht und lassen den Schmuck aus Pilastern und Skulpturen eindrucksvoll zur Geltung kommen. Die Eingangsfront ist als Viertelbogen in konkaver Form ausgebildet und setzt mit dem davor liegenden runden Platz einen städtebaulichen Akzent, den Marc nur begrüßen kann. Mit der Sanierung haben die Verantwortlichen sich viel Mühe gegeben. Umso erstaunlicher ist es, dass das in den achtziger Jahren zusätzlich erbaute Justizgebäude im Südwesten Kölns eher einem anonymen Betonturm gleicht und mit diesem Prachtbau so viel Ähnlichkeit hat wie ein verwunschener Frosch mit einem Prinzen.

Marc sieht den Rechtsanwalt bittend an. »Fünf Minuten?«

»Gut. Aber dann müssen wir wirklich anfangen!« Die Tür fällt hinter dem Mann ins Schloss. Marc erhebt sich von der schweren Holzbank und läuft unruhig auf und ab. Weder sein Bruder noch Ria sind bisher erschienen und auch sonst ist um diese Zeit kaum jemand auf den Gerichtsfluren unterwegs. Von Alexander ist er Verspätung gewohnt, aber um seine Tante macht er sich langsam ernsthafte Sorgen. Was, wenn sie bei dem Wetter in Schwierigkeiten geraten ist? Oder ihr Taxi einen Unfall hatte? Als schnelle Schritte durch den Flur hallen, erstarrt er. Natürlich hat er sich im Vorfeld auf die Konfrontation eingestellt, trotzdem verursacht die Aussicht darauf nun stärkeres Herzklopfen als jeder noch so wichtige Geschäftstermin. Je näher das Geräusch kommt, desto klarer wird ihm aber, dass es sich um einen Mann handeln muss. Der forsche Gang ist definitiv keiner Frau zuzuordnen. Und tatsächlich biegt Sekunden später Alexander um die Ecke. Marcs Verhältnis zu ihm ist gut, in diesem Moment ist er beim Anblick seiner hochgewachsenen Gestalt trotzdem enttäuscht.

»Sorry«, ruft Alexander schon von Weitem und hebt entschuldigend die Hände. »Du kannst dir nicht vorstellen, was da draußen los ist. Sobald das Wetter umschlägt, verlieren die Leute ihren Verstand.«

»Keine Sorge, wir haben noch nicht angefangen«, antwortet Marc.

Alexander bleibt vor ihm stehen und sieht seinen Bruder prüfend an. »Alles okay bei dir?«, fragt er.

»Klar.«

»Sie ist nicht da, oder?«

»Nein.«

»Sicher kommt sie gleich.«

Marc nickt und lässt sich zurück auf die Bank fallen. Alexander tut es ihm gleich. In stillem Einvernehmen fixieren sie den gebohnerten Boden, bis erneut Schritte ertönen.

»Hörst du das?« Marc beugt sich vornüber und schaut an Alexander vorbei. Die junge Frau, die am Ende des Flurs erscheint, hinterlässt eine nasse Spur auf den Fliesen. Alexander springt auf und eilt ihr entgegen.

»Kann ich Ihnen helfen?«

»Ich hatte hier um halb zwölf einen Termin.« Sie streckt ihm die Hand entgegen, wobei Wasser aus ihrem Ärmel tropft. »Ich bin Sam. Samantha McKay.« Ihr Blick huscht unruhig an ihm vorbei zu dem zweiten Mann, der aussieht, als sei er mit der Sitzfläche der Bank verwachsen.

»Sam McKay«, wiederholt Alexander ihren Namen mit einem Lächeln, bei dem so manche Frau weiche Knie bekommen würde. Das Leuchten in den Augen seines Bruders gefällt Marc überhaupt nicht. Er will aufstehen, aber die Beine versagen ihm den Dienst. Die unnatürlich blauen Augen des Rechtsanwalts hatten schon eine leicht hypnotische Wirkung auf ihn, doch die glasklare Stimme dieser Frau versetzt ihn beinahe in Trance. Am Morgen hat er im Wissensteil seiner Tageszeitung einen Bericht über weibliche Wassergeister in der Mythologie gelesen. Von Nymphen und ihren bezaubernden Gesängen. Zu diesem Zeitpunkt hat er nicht ahnen können, dass er heute noch jemanden treffen würde, der dieser Beschreibung sehr nahe kommt. Da steht sie nun vor ihm: Rias Tochter. Tropfnass bis auf die Haut und mit einer Ausstrahlung, die sein Blut zum Kochen bringt. Marc atmet tief durch, in der Hoffnung, dadurch zur Besinnung zu kommen. Was zum Teufel passiert da mit ihm? Sie ist seine Cousine!

Alexander ergreift die ihm angebotene Hand und wischt sie danach beiläufig an seinem Hosenbein trocken. »Alexander Lindbergh«, sagt er. »Und das ist mein Bruder Marc.«

»Marc und Alexander?« Ein Strahlen überzieht Sams Gesicht, während ihr Blick vom einen zum anderen wandert. »Ich freue mich so, euch endlich kennenzulernen!« Sie geht auf Marc zu. Nachdem sie nun weiß, wen sie vor sich hat, überspringt sie die formellen Gesten. Ehe er sich versieht, hat sie sich schon zu ihm heruntergebeugt und küsst ihn zur Begrüßung links und rechts auf die Wange.

»Hast du trockene Sachen dabei?« Marc deutet auf ihren Trolley, der vom Regen genauso wenig verschont worden ist wie sie selbst. Im gleichen Moment könnte er sich für die unsensible Frage ohrfeigen. Kann er nicht einfach etwas Nettes sagen? Zum Beispiel wie sehr auch er sich über das Treffen freut? Sie muss denken, die Begrüßung sei ihm unangenehm gewesen, und das könnte von der Wahrheit nun wirklich nicht weiter entfernt sein.

Sam nickt. »Weißt du, wo die Waschräume sind?«

»Ich bringe dich hin«, schaltet Alexander sich in das Gespräch ein. »Marc, sagst du drinnen Bescheid, dass es gleich losgehen kann?« Er wendet sich an Sam. »Oder kommt noch jemand?«

»Nein, Mum hat alle Hände voll mit der Pension zu tun, deshalb hat sie mich gebeten, sie zu vertreten.«

»Na, dann wollen wir dich mal trockenlegen.« Alexander greift sich den Trolley und marschiert los.

»Bis gleich«, murmelt Sam Marc zu. Dann folgt sie seinem Bruder. Erst als die zwei aus seinem Sichtfeld verschwunden sind, erhebt Marc sich von der Bank. Die nächsten Minuten muss er nutzen, um seine Emotionen in den Griff zu bekommen. Er hat im Vorfeld viel über Ria nachgedacht und darüber, wie der Tag mit ihr wohl verlaufen wird – aber auf Sam ist er nicht vorbereitet gewesen.

Mit beiden Armen stützt Sam sich auf dem Waschbeckenrand ab. Sie traut sich kaum, aufzuschauen. Die nassen Spuren, die sie überall hinterlassen hat, machen wenig Lust auf nähere Details. Langsam hebt sie den Kopf und sieht ihre schlimmsten Befürchtungen bestätigt.

»Oh Gott«, stöhnt sie und rückt ein Stück weiter an den Spiegel heran. Mit spitzen Fingern nimmt sie ein paar ihrer Haare auf und begutachtet die schlappe Strähne von allen Seiten. Noch fallen sie ihr in weichen, wenn auch ziemlich feuchten Wellen über die Schulter. Aber wehe sie trocknen ohne die Hilfe ihres Glätteisens. An die zerzausten Locken, die dabei herauskommen, mag Sam gar nicht denken. Auch die Wimperntusche ist nicht mehr dort, wo sie hingehört. Vorsichtig reibt sie über die schwarzen Flecken unter ihren Augen, bis die dunklen Ränder einigermaßen entfernt sind. Dann zieht sie sich mit den trockenen Sachen in eine der Kabinen zurück. Das ist also das Bild, das ihre Cousins nun von ihr haben. Kein Wunder, dass Marc so abweisend auf ihre Begrüßung reagiert hat, wer will sich schon freiwillig von einer nassen Katze umarmen lassen. Sam strafft die Schultern. »Egal«, sagt sie zu dem schief grinsenden Strichmännchen auf der Innenseite der Toilettentür. »Passiert ist passiert. Machen wir das Beste draus.« Was hat ihr Vater ihr in solchen Situationen immer geraten? Aufstehen, Krönchen richten und weitermachen! Eine kluge Empfehlung – wenn auch leichter gesagt als getan.

Zurück am Waschtisch wringt Sam die alte Kleidung aus und verstaut sie in ihrem Koffer. Den letzten prüfenden Blick in den Spiegel erspart sie sich, schließlich haben die anderen schon lange genug auf sie gewartet.

»Dann können wir also endlich beginnen.« Der Notar seufzt und schlägt die dicke Kladde auf seinem Schreibtisch auf. »Fassen wir die Anwesenheitsliste der Ordnung halber noch einmal zusammen: Maria McKay, geborene Lindbergh, wird vertreten durch ihre Tochter Samantha McKay. Die Vollmacht wurde eingereicht. Norman Lindbergh wird durch seinen Sohn Marc Lindbergh vertreten, der in Begleitung seines Bruders Alexander Lindbergh erschienen ist. Die entsprechende Vollmacht liegt mir ebenfalls vor.« Erwartungsvoll blickt er in die überschaubare Runde und registriert erleichtert das zustimmende Nicken der drei Beteiligten.

Aus den Augenwinkeln beobachtet Sam ihre Cousins und schlagartig wird ihr klar, welches Ziel Josefine mit der Testamentseröffnung verfolgt hat. Eigentlich sollten Norman und Ria hier sitzen, zusammen mit dem Notar und diesem seltsamen Rechtsanwalt, der ohne Unterbrechung mit einem Kugelschreiber auf sein Bein klopft. Nach über 20 Jahren wollte ihre Großmutter die Geschwister wieder gemeinsam an einen Tisch bringen – wollte ihnen die Plattform für eine Versöhnung schaffen. Sam senkt den Kopf. Natürlich ist sie froh, den anderen Teil ihrer Familie endlich kennenzulernen. Aber für ihre Granny, die sich diesen Schachzug so schön zurechtgelegt hatte, tut es ihr leid.

»Kommen wir zur Verlesung des Testaments, wie die Erblasserin es in ihrer beglaubigten Niederschrift verfügt hat.« Der Notar räuspert sich umständlich. Die Pause veranlasst Josefines Rechtsanwalt, der als Testamentsvollstrecker eingesetzt worden ist, die Schlagfrequenz seines Kugelschreibers zu erhöhen. Das Geräusch macht Sam ganz kribbelig. Was für ein nervöser Mensch! Ein paar Tage Urlaub in ihrer Pension würden ihm gut zu Gesicht stehen. Wie ist ihre Großmutter bloß an diesen Mann geraten?

»Hiermit verfüge ich, Josefine Lindbergh, geboren am 23. März 1935 als Josefine Ebeling, dass mein Vermögen wie auch mein Kölner Mehrfamilienhaus in der Valentinstraße 33 zu gleichen Teilen an meine Tochter Maria und meinen Sohn Norman geht. Die »Lindbergh Real Estate GmbH« soll das Objekt zukünftig verwalten. Für die Erbschaft des Hauses lege ich folgende Bedingungen fest: Erstens darf es innerhalb der nächsten fünf Jahre nicht verkauft werden – weder in Teilen, noch als Ganzes. Zweitens sind Mitglieder unserer Familie bei der Vermietung der bisher von mir bewohnten Räumlichkeiten zu bevorzugen. Drittens hat Frau Rosella Mazzini lebenslanges Wohnrecht in dem Appartement im zweiten Obergeschoss.«

Bei dieser Passage sacken Alexanders Mundwinkel automatisch nach unten – die Aussage »lebenslanges Wohnrecht« ist ein Faustschlag in den Magen jedes Immobilienmaklers. Denn diese zwei kleinen Wörter bescheren dem Objekt einen immensen Wertverlust und machen einen Verkauf weitgehend unattraktiv.

»Viertens: Steht der Beschluss an, wer das Ladenlokal im Erdgeschoss beziehen soll, entscheidet darüber ausschließlich meine Tochter Maria.«

Marc schließt die Augen. Wie soll er das seinem Vater beibringen, der den Vertrag mit den Inhabern von »Coffee to go« quasi schon abgeschlossen hat. Hoffentlich hat er nichts unterschrieben. Aus der Sache einigermaßen unbeschadet wieder herauszukommen, wird schwierig genug, da braucht es nicht noch eine Vertragsbruchklage.

»Das wäre alles«, schließt der Notar seine Verlesung. »Dr. Voß wird für die Einhaltung der Auflagen sorgen.« Er weist auf den Rechtsanwalt, der endlich aufgehört hat, seinen Kugelschreiber zu malträtieren, und stattdessen mit der Schuhspitze über den Boden scharrt. »Wenn Sie bitte hier unterschreiben würden?« Er zieht ein Formular aus seiner Kladde und legt es auf den Schreibtisch. Mit der Rückseite seines Füllfederhalters tippt er auf die entsprechende Stelle. Sam steht auf, um ihre Unterschrift in eines der leeren Felder zu setzen. Marc und Alexander schauen sich an, als führten sie eine telepathische Diskussion. Dann erheben auch sie sich und folgen ihrem Beispiel. Dr. Voß zieht einen Schlüssel aus seinem Aktenkoffer und überreicht ihn Sam. »Falls sie sich im Haus umsehen möchten«, sagt er. »Ich habe nur diesen einen bei mir, die übrigen Exemplare gebe ich Ihnen später. Für heute müssen Sie sich mit den beiden Herren absprechen. Das ist sicher kein Problem, oder?«

»Natürlich nicht«, antwortet Sam.

Alexander beugt sich vertraulich zu ihr herüber. »Bleibst du über Nacht in der Stadt?«

»Nein. Ich fliege heute zurück.«

»Nach Edinburgh?«

»Ja.«

»Aber du wohnst in Dornoch?«

Sam nickt.

»Ich habe vor einigen Jahren eine Tour durch die Highlands gemacht. Das ist ein schönes Stück weg vom Flughafen. Die ganze Strecke willst du heute noch zurück? Warum bleibst du nicht bis morgen? Dann haben wir ein bisschen Zeit, uns kennenzulernen.«

»Das würde ich gern, aber mein Flug ist schon gebucht.«

»Schade. Dann vielleicht beim nächsten Mal?«

»Versprochen!« Sam lächelt und hält den Schlüssel hoch. »Was machen wir hiermit? Sollen wir zusammen hingehen?«

»Ich muss leider zurück in die Firma«, sagt Alexander. »Aber Marc hat seinen nächsten Termin erst um drei. Es ist Mittagszeit, warum geht ihr zwei nicht was essen?« Marc verschluckt sich beinahe an seiner eigenen Spucke – mit dieser plötzlichen Wendung hat er nicht gerechnet. »Es gibt zwei Straßen weiter einen guten Italiener. Ich würde mich freuen, wenn du mich begleitest«, sagt er, nachdem er seine Sprache wiedergefunden hat. Gleichzeitig beglückwünscht er sich zu dem ersten vernünftigen Satz, den er in Sams Gegenwart zustande gebracht hat.

9

Vor den Türen des Gerichts erwartet sie strahlender Sonnenschein. Wären die Pfützen auf den Straßen und Gehwegen nicht, würde niemand vermuten, welche Wassermassen der Himmel vor Kurzem auf die Erde geschickt hat. Sam hält eine Hand schützend vor die Augen und lässt ihren Blick über die runde Parkfläche vor dem Justizgebäude schweifen. »Mir fällt jetzt erst auf, wie schön es hier ist«, sagt sie. »Bei dem Regen vorhin habe ich das alles gar nicht gesehen.«

»Kein Wunder, da hattest du sicher andere Dinge im Kopf. Die Anlage ist übrigens denkmalgeschützt«, erklärt Marc, während sie gemeinsam um die Hecke herumgehen, die das grüne Areal einrahmt.

Sam reckt den Hals. »Was sind das für Gitter auf dem Rasen?«

»Das ist ein Bunkereingang.«

»Ein Bunkereingang?«

Das Leuchten in Sams Augen entgeht Marc nicht. »Du magst solche verlassenen Orte?«

»Oh ja, sie machen die Geschichte lebendig.«

»Da hast du recht. So habe ich es noch nie gesehen.«

»Bist du schon mal dort unten gewesen?«

Marc nickt. »Es werden Führungen angeboten. Von Zeitzeugen wird er auch ›Angstbunker‹ genannt. Die 30 Zentimeter dicke Decke hat keine Eisenverstärkung und obenauf liegt nur eine Erdschicht – gegen darüber abgeworfene Sprengbomben also ein eher fragwürdiger Schutz. Es war reines Glück, dass das Areal nie direkt getroffen wurde. Zwischen der inneren Anlage und den zwei Eingängen liegen Schleusenräume mit luftdichten Stahltüren, die einen Druckabfall verhindern sollten. Bis zum Ende der 70er Jahre hat das Oberlandesgericht den Bunker als Aktenlager genutzt, danach ist er in Vergessenheit geraten. Erst vor sechs oder sieben Jahren wurde er wiederentdeckt und für Besucher freigegeben. Wer keine engen Gänge mag, sollte sich die Tour allerdings sparen. Eigentlich habe ich kein Problem damit, wenn ich mir aber vorstelle, dass da unten zu Kriegszeiten mehr als 180 Menschen eingepfercht waren, bekomme selbst ich klaustrophobische Anwandlungen.«

»Du hast während der Führung gut aufgepasst«, bemerkt Sam.

»Solche Themen interessieren mich nicht nur berufsbedingt.«

»Natürlich! Ihr habt eine Immobilienfirma in Köln, da gehört die Stadtgeschichte sicher zur Pflichtlektüre.«

Marc grinst. »Ja, so ungefähr. Mein Vater kennt da keine Gnade.«

Sam versucht, die kleinen Lachfältchen auf seinem Gesicht zu ignorieren, die sie beinahe ihren Faden verlieren lassen. »Warum ist er heute nicht da gewesen?«, fragt sie stattdessen.

Anstelle einer Antwort zeigt Marc auf das kleine Restaurant am Ende der Straße. »Wir sind gleich da. Alfredo macht die beste Pasta überhaupt. Ich hoffe, du isst gern italienisch?« Kaum sind die Worte heraus, wird ihm bewusst, dass diese Frage etwas spät kommt. Schließlich hat er die Location festgelegt, ohne Sam die Möglichkeit eines Gegenvorschlags zu geben. Innerlich verpasst er sich einen ordentlichen Schlag auf den Hinterkopf. Wo sind bloß seine Manieren geblieben? Schließlich ist es nicht so, als wüsste er nicht, wie man sich bei einem Date verhält. Bei einem Date? Unwillkürlich zuckt Marc zusammen. Wie kommt er auf die Idee, das Mittagessen mit Sam als Date zu bezeichnen? Sie ist seine Cousine und die Gedanken, die sich immer weiter in den Vordergrund drängen, sind damit mehr als unangebracht.

Alexander ist schon lange der Meinung, er müsse aufpassen, dass er nicht aus der Übung kommt, was Verabredungen angeht. Bisher hat Marc diesen Hinweis müde belächelt. Zwar ist ihm die unbestritten erfolgreiche Flirttechnik seines Bruders nicht in die Wiege gelegt worden, aber über zu geringe Aufmerksamkeit der Damenwelt konnte er sich bisher auch nicht beschweren. Und nun das: Zum ersten Mal seit seiner Schulzeit fühlt er sich wie ein Anfänger.

»Du hast vorhin nicht geantwortet«, sagt Sam. Sie legt die Serviette neben ihren Teller und lehnt sich im Stuhl zurück. Marc hat nicht zu viel versprochen: Das Essen ist überdurchschnittlich gut und auch das Ambiente passt. Die mediterrane Einrichtung ist geschmackvoll. Nicht zu überladen, nicht zu steril – eine Kunst, die die wenigsten beherrschen.

»Worauf?«, fragt Marc, obwohl er die Antwort genau kennt.
»Warum euer Vater heute nicht dabei war.«
»Er hatte Geschäftstermine.«
»Mmh.«
Marc legt den Kopf schräg. »Du glaubst mir nicht.«
»Doch, *dir* glaube ich schon.«
»Aber ihm nicht?«
Sam nippt verdächtig lange an ihrer Kirschschorle. Sie muss sich zusammenreißen. Nach allem, was sie vor

ihrer Abreise über Norman erfahren hat, ist sie nicht mehr allzu gut auf ihn zu sprechen. Natürlich kann sie nur mutmaßen, wie Marc und Alexander zu ihrem Vater stehen und ob sie mehr Einzelheiten kennen als sie selbst. Eigentlich glaubt Sam das nicht. Wahrscheinlich liegt Ria mit ihrer Vermutung richtig, und er hat seinen Söhnen und seiner Mutter gleichermaßen verschlossen gegenübergestanden. Wie auch immer – bisher hat Sam jedenfalls nicht das Gefühl, ihre Cousins würden sie in dem gleichen Ausmaß ablehnen, wie Norman es in seinem Brief getan hat.

Marc schaut sie aufmerksam an. In seinen Augen liegt etwas, das Sam nicht deuten kann. Alexander ist vom ersten Moment an offen und hilfsbereit gewesen. Bei seinem Aussehen und der lässigen Art auf andere Menschen zuzugehen, dürften ihm die Frauen reihenweise zu Füßen liegen. Marc hingegen stellt sie vor so manches Rätsel. Er ist definitiv der Sanftere und Zurückhaltendere von beiden, sein widersprüchliches Verhalten lässt sie allerdings im Dunkeln tappen. Sein Bruder hat ihm das Mittagessen mit ihr quasi aufgezwungen, aber er hätte problemlos auf eine von tausend möglichen Ausreden zurückgreifen können. Das hat er nicht getan.

Marcs Frage steht weiterhin unbeantwortet im Raum. Soll sie nun in die Offensive gehen und die Karten auf den Tisch legen, oder besser zurückrudern und mit ihren Gefühlen hinterm Berg halten? Sam entschließt sich für die erste Variante – das im Geschäftsleben verbreitete Abwägen und Taktieren liegt ihr einfach nicht.

»Ich glaube, dass dein Vater diese ›wichtigen‹ Termine genauso vorgeschoben hat, wie meine Mutter ihre Arbeit in der Pension. Für die kurze Zeit hätte sie die Leitung bedenkenlos meiner Schwester Marian überlassen können. Sie hat alles im Griff und Mum weiß das genau.«

Ein Lächeln huscht über Marcs Lippen. Sam senkt den Blick. Der Ausdruck auf seinem Gesicht löst etwas in ihr aus, das sie über lange Zeit sorgfältig unter Verschluss gehalten hat. Ihre Gefühle entwickeln ein Eigenleben, das ihr nicht gefällt. Sie kommt gut klar ohne Mann, ihr Alltag ist unaufgeregt und verläuft in geordneten Bahnen – so, wie sie es mag. Die Liebe hat ihr bisher nur Schmerz und Enttäuschung gebracht. Empfindungen, auf die sie gut verzichten kann. Trotzdem setzt sich eine kleine Stimme in ihrem Kopf fest, die ihr Flausen einflüstert. Denn zum ersten Mal ist sie insgeheim froh darüber, dass Ria nicht ihre leibliche Mutter und Marc damit kein Blutsverwandter ist.

Als Sam den Blick wieder hebt, lächelt er immer noch. »Du hast meinen Vater nie gesehen und kennst ihn schon besser als manch anderer. Wahrscheinlich ist es so, wie du sagst: Sie wollten nicht aufeinandertreffen.«

»Weißt du, was damals passiert ist?«

Marc schüttelt den Kopf. »Nichts Genaues. Nur, dass es um einen Brief ging. Auch aus Granny habe ich nicht viel herausbekommen. Ich glaube, sie wusste nicht mehr als wir.«

»Du hast sie auch Granny genannt?« Sams Herzschlag beschleunigt sich bei dem Gedanken an ihre Großmutter.

»Du etwa auch?«

Sam nickt. »Wir haben wohl einiges gemeinsam.«

»Offensichtlich«, bestätigt Marc. »Du hast vorhin eine Pension erwähnt. Gehört sie deiner Familie?«

»Ja. Meine Eltern haben sie gemeinsam aufgebaut und seit Dads Tod vor zwei Jahren führt Mum sie mit meiner Schwester weiter. Ich arbeite eigentlich in der Stadtbibliothek in Inverness, bin in meiner Freizeit aber voll mit eingespannt. Das Geschäft ist anstrengend, bringt aber auch eine Menge Spaß.«

Sie zögert. Wie gerne würde sie wissen, wie es um das Ladenlokal im Haus ihrer Großmutter steht. Das nüchterne Bistro, das der aktuelle Mieter dort betreibt, geistert ihr seit Monaten immer wieder im Kopf herum. Trotzdem hat sie die konkrete Überlegung, was sich daraus machen ließe, bis heute erfolgreich unterdrückt. Was nützt ihr all die Träumerei, wenn die Räume ohnehin nicht zur Verfügung stehen. Außerdem würde eine Geschäftseröffnung gleichzeitig einen Umzug nach Köln bedeuten, und bisher ist sie nicht bereit gewesen, sich mit dem Gedanken ernsthaft auseinanderzusetzen. Doch nun soll ihre Mutter über die zukünftige Nutzung entscheiden, was Sam völlig neue Möglichkeiten eröffnet – die kann sie nicht einfach ignorieren. Vorstellen könnte sie sich ein Leben in der Großstadt durchaus und der Drang, etwas Eigenes zu erschaffen, wird von Jahr zu Jahr stärker. Die Mitarbeit in der Pension gefällt ihr und der Bibliotheksjob ist in Ordnung, aber richtig erfüllend ist auf Dauer keines von beiden, darüber ist sie sich vollkommen im Klaren.

»*Irgendwann kommt der Zeitpunkt, an dem du loslassen und deinen eigenen Weg gehen musst*«, hat Josefine ihr immer gesagt. »*Du wirst merken, wann es so weit ist. Lass dich dabei von niemandem unter Druck setzen – auch nicht von mir.*«

Sam kann das verschmitzte Grinsen der alten Dame förmlich vor sich sehen. Vielleicht ist dieser Moment jetzt gekommen. Die schwammige Skizze in ihrem Kopf weicht einem klaren Bild: der Vision ihres Buchcafés.

»Kümmert ihr euch um die Vermietungen in Grannys Haus?«, fragt sie Marc geradeheraus.

»Ehrlich gesagt haben wir bis vor ein paar Wochen gar nicht gewusst, dass es ihr überhaupt gehört. Aber natürlich übernehmen wir das gerne.«

Der Kellner tritt an den Tisch heran und serviert den bestellten Espresso. Marc ist dankbar für die kurze Unterbrechung. Das ist *die* Möglichkeit, seine Chancen auf das Ladenlokal auszuloten. Normalerweise ist es in solchen Verhandlungen erfolgversprechend, die Gegenseite vor vollendete Tatsachen zu stellen.

»Zwei Wohnungen sind vermietet«, fährt er fort. »Und auch die Dritte dürfte bei der guten Lage zügig weggehen. Die Gastronomie im Erdgeschoss steht seit zwei Wochen leer, das Bistro ist nicht besonders erfolgreich gelaufen. Aber darüber müsst ihr euch keine Gedanken machen, wir haben schon einen neuen Mieter dafür gefunden.«

Sam lässt den Espresso sinken. »Ihr habt die Geschäftsfläche *vor* der Testamentseröffnung verplant? Ohne uns zu fragen?« Der Ausdruck auf Sams Gesicht hat die gleiche Wirkung auf ihn, als hätte ihm jemand einen Eimer Eiswürfel in den Hemdkragen geschüttet. Herrgott, er ist ein erfahrener Geschäftsmann und normalerweise kaum aus der Ruhe zu bringen! Wie viele verschiedene Verhandlungspartner ihm im Laufe seiner Karriere schon über den Weg gelaufen sind, kann er gar nicht zählen.

Aber diese Frau ist anders. Sie trägt ihr Herz offen in der Hand – für jeden sichtbar und mit einer Selbstverständlichkeit, die ihn überrumpelt. Damit kann er ebenso wenig umgehen wie mit diesen unkontrollierbaren Überreaktionen seines Körpers.

»Nein, nein«, rechtfertigt Marc sich schnell. »Wir haben natürlich noch nichts festgemacht.«

»Aber es gibt einen Interessenten?«

»Äh, ja. So kann man es sagen.« Er hofft inständig, dass Sam nicht weiter nachforscht und es darauf beruhen lässt. Es gibt viele Dinge, über die er sich mit ihr unterhalten möchte. Er hat sogar mit dem Gedanken gespielt, seinen Nachmittagstermin abzusagen, um mehr Zeit für sie zu haben. Tatsächlich gibt es kein Thema, über das er sich nicht gerne mit ihr austauschen würde – außer dieses. Etwas durchsetzen zu müssen, wohinter er selbst nicht steht, ist ihm immer schwergefallen. Und Sams prüfender Blick macht seine Situation nicht komfortabler.

»Nun, dann gibt es jetzt schon zwei Anwärter«, sagt sie. »Welches Geschäft möchte euer Kandidat denn eröffnen?«

Marc fährt sich durchs Haar, das daraufhin ebenso derangiert zurückbleibt, wie ihm zumute ist. Auf diese klar formulierte Frage fällt ihm keine ausweichende Antwort ein.

»*Sag ihr, du weißt es nicht*«, meldet sich Normans Stimme in seinem Kopf zu Wort.

»*Ich soll einen Interessenten haben, von dem ich nicht weiß, was er vorhat? Das spricht nicht gerade für meine beruflichen Qualitäten*«, knurrt Mark in Gedanken zurück.

»*Dann sag ihr eben, dass die Nutzung der Räume noch nicht feststeht.*«

»*Auch sehr glaubwürdig! Ein Kunde mietet einfach mal eine Geschäftsfläche an, ohne selbst zu wissen, was er dort eröffnen will?*«

»Marc?«

Der Klang seines Namens reißt ihn aus dem inneren Zwiegespräch. Sam schaut ihn mit großen Augen an und erstickt damit jede aufflammende Lüge im Keim.

»Eine ›Coffee to go‹-Filiale«, schießt die Wahrheit aus ihm heraus. Die Worte kommen ihm in einer solchen Geschwindigkeit über die Lippen, dass er die vage Hoffnung hegt, Sam könnte deren Bedeutung auf die Schnelle gar nicht erfasst haben. Ihre Reaktion beweist ihm leider das Gegenteil.

»Eine ›Coffee to go‹-Filiale?«, wiederholt sie seine Aussage ungläubig.

Marc nickt. Er zieht seine leere Tasse ein Stück näher zu sich heran und stochert darin herum. Der kleine Espressolöffel wirkt seltsam verloren in seiner Hand.

»Das ist nicht euer Ernst, oder?«

Der Löffel fällt klimpernd zurück auf den Unterteller. Marc kann förmlich spüren, wie seine Sympathiepunkte sich in Luft auflösen. In seinem Magen rumort es, was sicher nicht an der Qualität des Essens liegt. Eigentlich sollte sein Vater hier sitzen und das, was er verbockt hat, selbst geradebiegen. Warum hat er sich bloß von ihm vor diesen Karren spannen lassen? Wieso hat er den Deal nicht einfach abgelehnt? Bestimmt hätte er mit etwas Geduld auch einen anderen Weg gefunden, sein Sozialprojekt durchzusetzen. Dafür ist es jetzt zu spät. Schwatzt er Sam die Rechte für das Ladenlokal ab, erhält er im Gegenzug das Grundstück für seine Pionierarbeit und damit die Chance, die Firma in eine zukunftsorientierte Richtung zu lenken. Aber der Preis dafür wäre ohne Frage hoch: Entgegen seiner Natur müsste er tief in die Trickkiste greifen und würde es sich mit Sam womöglich bis in alle Ewigkeit verscherzen. Alternativ könnte er die Verantwortung an seinen Vater zurückreichen. Der ist allerdings nicht gerade für seine sanften Umgangsformen bekannt, wenn es um die Durchsetzung seiner Interessen geht, und das will er seiner Cousine um jeden Preis ersparen.

»Ich muss gehen.« Sam springt auf, wobei ihr Stuhl unangenehm über den Boden schabt.

Obwohl Marc froh sein könnte, dass ihm die Entscheidung vorerst abgenommen worden ist, breitet sich eine seltsame Leere in ihm aus. »Wir haben noch Zeit«, sagt er. »Hast du nicht gesagt, dein Flug geht erst heute Abend?«

»Das stimmt. Aber ich ... ich muss dringend telefonieren.«

»Dann komm mit mir ins Büro. Wenn wir eins im Überfluss haben, dann Telefone.«

»Sei mir nicht böse, aber ich glaube, ich brauche eine kleine Pause. Ich bin seit halb fünf Uhr auf den Beinen und der Tag ist noch lange nicht zu Ende. Treffen wir uns nachher in Grannys Wohnung? Ich kann den Schlüssel auch bei der Nachbarin abgeben, wenn du es nicht rechtzeitig schaffen solltest.«

»Ich werde es rechtzeitig schaffen. Spätestens um vier bin ich da.«

Sam holt ihre Geldbörse aus der Tasche, da spürt sie plötzlich, wie sich seine Hand auf ihre legt. Ein warmer Schauer durchfährt sie. Sie muss hier raus. Sofort! Diese emotionale Achterbahnfahrt ist ... nicht gut.

Marc beugt sich zu ihr. »Wir müssen nichts zahlen«, sagt er leise. »Ich habe was gut bei Alfredo.« Die unerwartete Nähe lässt Sam erstarren. Sein Gesicht ist nur wenige Zentimeter von ihrem entfernt und der Duft, der ihr in die Nase steigt, wirkt auf sie wie ein Suchtmittel. All ihre Sinne schlagen Alarm, schreien nach mehr davon und überlagern für wenige Sekunden jeden Fluchtgedanken. Doch dann gewinnt ihr Verstand wieder die Oberhand. Abrupt wendet sie sich ab. Was weiß sie schon von diesem Mann! Hat er nur einen Teil der Gene seines Vaters geerbt, wird er vermutlich ihr Untergang sein.

»Okay, danke«, sagt sie schnell und eilt Richtung Ausgang.

»Sam?«, ruft Marc ihr hinterher.

»Ja?«

»Soll ich dir den Trolley abnehmen? Mein Auto steht direkt um der Ecke, dann musst du ihn nicht die ganze Strecke ziehen. Ich bringe ihn dir nachher wieder mit.«

»Das ist nett von dir, aber ich behalte ihn lieber bei mir.«

»Sam?«

»Ja?«

»Du wirst nachher da sein, oder?« Die Vorstellung, sie nicht wiederzusehen, schließt sich wie eine kalte Hand um sein Herz.

»Ja«, murmelt sie. »Ich werde da sein.«

»Und?«

»Und was?«

»Wie war's?«

»Das Essen war gut wie immer.«

Alexander verdreht die Augen und schaut seinen Bruder an, als hätte er es mit einem begriffsstutzigen Grundschüler zu tun. »Dass das Essen bei Alfredo gut ist, weiß ich selbst. Wie war es mit *ihr*?«

Marc schiebt den Aktenstapel auf seinem Schreibtisch ein Stück weiter nach links. »Auch gut.«

»Jetzt lass dir nicht alles aus der Nase ziehen. Worüber habt ihr gesprochen?«

»Sorry, aber ich muss mich auf meinen Termin vorbereiten. Reden wir nachher weiter, okay?«

Alexander verschränkt die Arme vor seiner Brust und rührt sich nicht vom Fleck. »Du stehst auf sie!«

»Quatsch!« Marc beißt sich auf die Zunge. Verdammt! Die Antwort kam zu schnell.

Alexanders Grinsen nach zu urteilen, sieht er das genauso. »Wo ist das Problem?«

»Sie ist unsere Cousine!«

»Na und?«

»Du schlägst nicht ernsthaft vor, dass ich was mit meiner Cousine anfangen soll, oder?«

»Es ist nicht verboten. In dem Verwandtschaftsgrad kann man sogar heiraten.«

Marc presst die Finger auf seine schmerzenden Schläfen. »Warum klingt bei dir eigentlich alles so einfach?«, schnaubt er.

Alexander zuckt mit den Schultern. »Vielleicht, weil es das ist? Du denkst zu viel nach, das macht die Sache unnötig kompliziert.«

Entschlossen schüttelt Marc den Kopf. »Nein. Ob das Gesetz es erlaubt oder nicht, es ist und bleibt eine Blutsverwandtschaft. Das ... das kommt für mich nicht in Frage.«

»Mmh, okay. Also: keine Hochzeit, keine Kinder. Wie wär's dann mit Sex?«

Marc zupft seinen Hemdkragen zurecht und klemmt sich einen der Kundenordner unter den Arm. »Ich werde mit dir jetzt ganz sicher nicht mein Sexleben diskutieren!« Er drängt sich an seinem Bruder vorbei zur Tür hinaus. Der schaut ihm lässig an den Rahmen gelehnt hinterher.

»Schade«, ruft er den Gang entlang. »Das hätte interessant werden können.«

10

Sam atmet tief durch und schaut die Außenfassade des Wohnhauses empor, hinauf bis zum Balkon ihrer Großmutter. Jegliche Dekorationen sind verschwunden, ebenso wie die meisten Grünpflanzen. Nur ein einsamer Topf hält die Stellung, dessen Inhalt allerdings eine eher ungesunde Farbe aufweist. Einerseits ist Sam froh, dass sie allein ist und ihren Emotionen freien Lauf lassen kann. Andererseits wünscht sie sich gerade jetzt nichts sehnlicher, als eine Schulter zum Anlehnen – jemand der für sie da ist und sie stützt, auf dem Weg, der ihr bevorsteht. Denn Sam kann in keiner Weise abschätzen, wie sie auf die leer stehende Wohnung ihrer Oma reagieren wird. Was geschieht, wenn all die Erinnerungen wie eine gigantische Welle über ihr zusammenschlagen?

Sie schaut auf den Schlüsselbund in ihrer Hand. An jedem Schlüsselkopf ist ein ovaler Anhänger befestigt. Bei dem Schild mit der Aufschrift »Ladenlokal« hält sie inne und hebt den Kopf. Die große Fensterfront im Erdgeschoss ist trüb und der Schmutzfilm darauf das Ergebnis der anhaltenden Wetterkapriolen. Dieses Jahr sind die Temperaturschwankungen besonders extrem. Denkt man an einem Tag, der erste Schnee sei nicht mehr weit, kann man den bereitgelegten Wintermantel am nächsten wieder wegpacken. Der November steht vor der Tür und bereits seit Sommerbeginn halten Gewitter, Starkregen und orkanartige Böen die Bevölkerung auf Trab. Auch Sam und ihre Familie sind davon nicht verschont geblieben, zeitweise ist die Pension sogar ohne Strom von der Außenwelt abgeschnitten gewesen. Die Natur macht, was sie will, und der Mensch wird sie niemals kontrollieren. Jeder, der sich an Schottlands Küste schon einmal mit ausgebreiteten Armen auf einen der Felsen in den Wind gestellt hat, kann das Ausmaß der Kraft erahnen – bekommt einen kleinen Eindruck davon, wie bedrohlich und gleichzeitig befreiend es sein kann, sich ihr hinzugeben und für einen kurzen Moment Teil davon zu sein. Manchen Leuten macht die Stärke, mit der sie über einen hereinbricht, Angst. Sam hingegen fürchtet sich eher vor manch unehrlichem Exemplar der Spezies Mensch als vor durch und durch authentischen Naturgewalten.

Am oberen Rand des Fensters kleben die Überreste eines roten Schriftzugs, der nur flüchtig entfernt worden ist. Auch das Innere des ehemaligen Bistros besticht nicht gerade durch Sauberkeit, soweit Sam das durch die dreckige Scheibe beurteilen kann. Außerdem steht allerlei Unrat in den Ecken herum. Haben die Besitzer das Geschäft ebenso planlos geführt, wie ihre Hinterlassenschaften vermuten lassen, wundert es Sam nicht, dass sie gescheitert sind.

Entschlossen geht sie auf den Eingang zu. Mit diesen Räumen wird sie beginnen – hier ist die Gefahr, in seelischen Notstand zu geraten, wesentlich geringer als in der oberen Etage. Ein langsames Herantasten ist sicher eine gute Idee. Sam schließt die Tür auf und betritt den braunen Fliesenboden. Der Geruch, der ihr entgegenschlägt, erinnert an eine billige Imbissbude – von regelmäßigem Lüften und intakten Abzugsanlagen haben die Vormieter wohl wenig gehalten. Sie rümpft die Nase. Ihre Handtasche stellt sie auf dem Tresen ab, allerdings erst, nachdem sie ihn auf klebrige Fettreste untersucht hat. Die

Theke mit ihren Ablageflächen ist übersichtlich und für einen reinen Restaurantbetrieb zu klein. Obwohl Sam ihre Großmutter einige Male besucht hat, ist sie hier nie gewesen. Viel versprochen hat sie sich von der Besichtigung nicht, doch wider Erwarten gibt es auch positive Aspekte. Die Fensterfront schließt nicht glatt mit den Wänden ab, sondern hat die Form eines angedeuteten Erkers. Weniger ausgeprägt als die in den Wohnräumen der anderen Etagen, aber immerhin vorhanden. Von außen ist Sam dieser Vorsprung nie aufgefallen, was wahrscheinlich an dem wenig ansprechenden Gesamteindruck gelegen hat. Das Ladenlokal hat schon mehrere Besitzer kommen und gehen sehen, aber niemand ist bisher in der Lage gewesen, ihm eine einladende Atmosphäre einzuhauchen. Der Makler, der mit der Vermietung beauftragt war, hatte offenbar kein gutes Händchen bei seiner Kundenauswahl. Und Normans Idee von der Eröffnung einer »Coffee to go«-Filiale ist keinen Deut attraktiver. Die alternative Einkaufsstraße kann viele wunderbare Geschäfte aufweisen – jedes einzelne davon ist inhabergeführt und hat seine eigene individuelle Note. Die Chocolaterie mit ihren außergewöhnlichen Pralinen und die Blumenboutique mit den ausgefallensten Pflanzenkreationen, die Sam je gesehen hat. Die Schneiderstube wartet mit Designs auf, die einen garantiert zum Hingucker auf jeder Party machen. Und das sind nur einige Beispiele für rundherum gelungene Konzepte, die sich etabliert haben und Jahr für Jahr weiterentwickeln.

Sam zieht einen der Barhocker heran und setzt sich damit in die Mitte des Raumes. Links und rechts von der breiten Scheibe, die als Erstes ins Auge fällt, ist je ein unterteiltes Sprossenfenster angebracht, das die leicht gebogene Form der gesamten Front vervollständigt. Dort wäre genau der richtige Platz für eine Leserunde in größerem Kreis. Das passende Mobiliar natürlich vorausgesetzt – und dazu zählen die sterilen Bistrotische sicher nicht, die zusammengeschoben in der Ecke stehen. Alles, was Sam die ganze Zeit über ein Dorn im Auge gewesen ist und ihre Sicht getrübt hat, stört sie nun immer weniger. Die viel zu dunklen Wände, die lieblose Raumgestaltung – jedes ungemütliche Detail rückt in den Hintergrund, bis es vollständig aus Sams Wahrnehmung verschwindet und einer Vorstellung Platz macht, die ihr Herz zum Flattern bringt. Der stumpfe Film auf der in die Theke eingelassenen Vitrine weicht im Geiste einer klaren Oberfläche und das helle Milchglas der Lampen taucht die Umgebung in warmes Licht. Weiße Wände verleihen dem Zimmer eine optische Weite, die das Engegefühl in Sams Magen im Nu auflöst. Bücherregale strecken sich vom Holzboden hoch bis unter die Decke. Das Knarren des Parketts entführt sie in exakt das Lesereich, von dem sie geträumt hat, seit sie denken kann. Auf den Tischen stehen Speisekarten mit dem Logo, das schon lange fertig entworfen in ihrer Mappe liegt und auf seinen Einsatz wartet. Sam geht näher an die Karten heran. Mit dem Finger zeichnet sie die geschwungenen Linien des Schriftzugs nach. Buchstabe für Buchstabe fährt sie über die versetzt angeordneten Worte, bis zu dem verlängerten T-Strich, der eine Gesamtheit schafft und die einzelnen Teile harmonisch miteinander vereint. »Sam's coffee tales«! Dieses kleine Zeichen wird das repräsentieren, was sie erschaffen hat: ihr eigenes Buchcafé. Ein sanfter Schleier legt sich über den Raum und sie spürt, dass in diesen vier Wänden so viel mehr steckt als das, was sie bisher zeigen durften. In jedem Winkel schlummern Geschichten, die erzählt werden wollen – in jeder Ecke warten Träume darauf, gelebt zu werden.

Zwei Frauen sitzen auf der gepolsterten Eckbank und unterhalten sich leise, während ein Mann in einem gebundenen Buch aus dem Regal der Klassiker blättert. Kaffeeduft erfüllt die Luft, begleitet von einem Hauch Ingwertee und frischem Gebäck. Sam streckt die Nase hoch und schnuppert. Was gäbe sie darum, all das bestellen zu können. Hier und jetzt.

Aus der angenehmen Ruhe wird ein aufgeregtes Flüstern. Erwachsene werden zu Kindern, die sich im Halbkreis auf einem flauschigen Teppich versammeln und aufmerksam an den Lippen einer älteren Dame hängen. Das Mädchen in der ersten Reihe zieht Sams Aufmerksamkeit auf sich. Ihr Mund steht vor lauter Konzentration ein Stückchen offen und etwas an ihr kommt Sam auf seltsame Weise bekannt vor.

Die Tür geht auf und Marc kommt herein. Suchend sieht er sich um. Als er Sam auf ihrem Stuhl entdeckt, breitet sich ein Lächeln auf seinem Gesicht aus und zaubert den Ausdruck in seine Augen, in den sie sich vom ersten Moment an verliebt hat. Er kommt zu ihr, schlingt seine Arme um ihren Körper und drückt sie sanft an sich. Da ist er wieder: dieser unverwechselbare Geruch, der Sam an die Freiheit des weiten Meeres erinnert und ihr gleichzeitig das sichere Gefühl gibt, zu Hause zu sein. Dieser unkomplizierte Duft löst etwas in ihr aus, mit dem kein Parfüm der Welt mithalten kann. Marc sieht zu den

Kindern hinüber, die gebannt der Geschichte lauschen. Das kleine Mädchen von eben schaut auf und winkt ihnen zu. Dann beugt er sich zu Sam hinunter und …

»Samantha?«

Sam zuckt zusammen. Das freundliche Licht verblasst und entlässt sie in die ernüchternde Realität. Schnell stellt sie ein Bein auf dem Boden ab, um ihr Gleichgewicht wiederzufinden. Bei der Erinnerung an das Ende dieses Tagtraums steigt ein Kribbeln in ihr auf, das den Wechsel ihrer Gesichtsfarbe ankündigt. Gott, wie kommt sie bloß auf solche Ideen?

»Ist alles in Ordnung?«, fragt eine gedämpfte Stimme hinter ihr, die Sam sofort einordnen kann. Rosella! Sie dreht sich zu der Freundin ihrer Großmutter herum. Sam hat sie erst zwei Mal getroffen, vor einigen Monaten beim Abendessen und auf der Beerdigung. Trotzdem fühlt es sich an, als wären sie alte Verbündete. Vielleicht liegt es an den vielen Geschichten, die Josefine ihr über sie erzählt hat – von all den schönen Abenden und Rosellas selbstloser Hilfsbereitschaft. Aber möglicherweise gibt es auch keine schlüssige Antwort darauf. Nicht alles ist mit logischem Verstand erklärbar, manchmal spricht einfach nur das Herz und bringt einem das nahe, was guttut.

»Ich war gerade auf dem Weg zum Einkaufen, da habe ich den Trolley vor der Tür stehen sehen.« Rosella weist auf Sams Rollkoffer.

»Vielen Dank. Ich muss ihn vor lauter Aufregung dort vergessen haben.«

Ihr warmes Lächeln treibt Sam Tränen in die Augen. Sie geht zum Tresen und kramt in ihrer Handtasche nach einem Tuch.

»Warum hast du nicht geklingelt? Wir hätten zusammen einen Tee trinken können.« Aus Rosellas Stimme spricht Verständnis, aber kein Mitleid. Das hilft Sam dabei, sich wieder zu fangen.

»Ich bin noch nicht lange hier«, antwortet sie. »Und ehrlich gesagt habe ich mich bisher nicht nach oben getraut.«

»Bist du allein? Wo ist deine Mutter?«

»Sie hat es leider nicht geschafft. Die Pension ... du verstehst schon.«

»Oh ja, ich verstehe.« Rosella seufzt. »Das wird ein hartes Stück Arbeit«, fügt sie so leise hinzu, dass Sam es kaum verstehen kann.

»Was macht Arbeit?«

»Och, nichts Wichtiges.«

Sam runzelt die Stirn. »Das hörte sich aber anders an.«

»Ich meinte die Vermietung«, erklärt Rosella hastig. »Die Vermietung von diesem Laden wird harte Arbeit, so wie er aussieht.«

»Das glaube ich kaum, es gibt nämlich schon zwei Interessenten dafür.«

»Ehrlich?« Rosella beißt sich auf die Unterlippe und wirft Sam einen kurzen Seitenblick zu. »Na ja, man könnte sicher was daraus machen. Aber da müsste jemand ran, der einen wasserdichten Plan hat – einen, der ins Gesamtbild passt und unsere Einkaufsstraße im besten Fall weiter aufwertet. Alle bisherigen Versuche sind grandios gescheitert und das hat ohne Zweifel an der Einfallslosigkeit der Inhaber gelegen. Leute, die hierherkommen, suchen das Individuelle und keinen Einheitsbrei.«

»Da bin ich völlig deiner Meinung!« Entschlossen lässt Sam die Faust auf den Tresen niedersausen. Rosella hustet und wedelt mit der Hand die aufsteigenden Staubpartikel beiseite. »Genau deshalb müssen wir verhindern, dass ›Lindbergh Real Estate‹ an ›Coffee to go‹ vermietet«, bekräftigt Sam. »*Ich* werde das Geschäft übernehmen und mein Buchcafé eröffnen.«

Bei der Vorstellung einer Getränkekette im Haus, spiegelt sich in Rosellas Miene blankes Entsetzen wider. Doch dann hellen ihre Gesichtszüge sich auf, bis sie dem eines Kindes am Weihnachtsabend gleichen. »Wirklich? *Du* kommst her und rufst deine Kaffeegeschichten ins Leben? Das ist fantastisch!«

»Ich glaube, jetzt bin ich bereit dafür. Granny hat mich oft darin bestärkt, aber bisher hat mir der Mut gefehlt.«

»Und was ist mit ›Lindbergh Real Estate‹? Sie werden dir das Feld sicher nicht kampflos überlassen, wenn sie ein anderes Konzept verfolgen«, gibt Rosella zu bedenken.

»Wenn Mum zustimmt, wird ihnen nichts anderes übrig bleiben. Granny hat in ihrem letzten Willen nämlich einige Bedingungen gestellt, und eine davon ist, dass meine Mutter über die Fortführung des Ladenlokals bestimmen darf.«

Rosella nickt zufrieden. »Deine Oma war nicht nur eine sehr gütige, sondern auch vorausschauende Frau, Sammy. Was werden wir bloß ohne sie anfangen?« Sie nimmt eines der Taschentücher aus der Packung, die Sam auf die Theke gelegt hat, und schnäuzt lautstark hinein.

»Ja, das frage ich mich auch.«

»Irgendwie schaffen wir das schon, cara mia.« Rosella klopft Sam aufmunternd auf die Schulter und schiebt ihren üppigen Busen ein Stück weiter nach vorn, als könne sie ihrer Zuversicht damit mehr Gewicht verleihen.

»Jetzt gehen wir erst mal hoch und ich mache uns eine schöne Tasse Tee.«

»Wolltest du nicht einkaufen?«

»Das kann warten. So schnell verhungere ich nicht.« Lachend klopft Rosella sich auf die ausladenden Hüften. Sam sammelt das Gepäck zusammen und folgt ihr zum Ausgang.

»Sie wird das Buchcafé also wirklich eröffnen«, murmelt Rosella vor sich hin, während sie gemeinsam den Laden verlassen. »Da habe ich mehr Überzeugungsarbeit auf mich zukommen sehen.« Die Tür fällt hinter ihnen ins Schloss.

»Hast du etwas gesagt?«, fragt Sam.

»Ach, hör nicht auf mich. Alte Leute werden manchmal wunderlich und reden mit sich selbst.«

»Du bist doch nicht alt!«, entrüstet Sam sich.

Rosella lächelt. In den letzten Wochen hat sie viel Zeit allein verbracht und bemerkt gar nicht mehr, welche Gedanken in ihrem Kopf verbleiben und welche tatsächlich aus ihr heraussprudeln. Diese Selbstgespräche muss sie schleunigst in den Griff bekommen, wenn sie ihre Mission nicht gefährden will.

11

Trotz Begleitung ist das mulmige Gefühl sofort wieder da, als Sam vor der Tür ihrer Großmutter ankommt. Der Schlüsselbund ruht schwer in ihrer Hand – die Überwindung ist groß, ihn in das dazugehörige Schloss zu führen. Wie wird es in der Wohnung wohl aussehen? Ob Grannys persönliche Sachen noch dort sind? Stehen sie in der Ecke, verstaut in nüchternen Umzugskartons, oder hat sie inzwischen jemand weggeschafft – gar entsorgt? All die offenen Fragen machen den Schritt über die Schwelle, der endgültige Gewissheit bringen wird, schier unmöglich.

»Soll ich dich für einen Moment allein lassen?«, unterbricht Rosella ihre Gedanken.

Sam schüttelt den Kopf. »Nein, bitte bleib. Allein hierherzukommen, war keine gute Idee. Vielleicht hätte ich doch auf Marc warten sollen.«

»Ihr habt euch schon getroffen?« Rosellas Blick schwankt zwischen Schreck und Neugier.

»Ja, er war mit seinem Bruder bei der Testamentseröffnung.«

»Und?«

»Und was?«

»Wie ist er so?«

»Nett. Wir sind zusammen essen gewesen.«

»Ihr wart essen? Nur ihr beide?«

Argwöhnisch mustert Sam Rosella. Ihre Körpersprache hat sich verändert, aus der unerschütterlichen Gelassenheit ist fahrige Unruhe geworden. Was macht die Freundin ihrer Großmutter an der Tatsache so nervös, dass sie ihren Cousin kennengelernt hat?

»Ja, dann musste er zurück in die Firma.« Entschlossen tritt Sam einen Schritt vor und steckt den Schlüssel ins Schloss – irgendwann muss sie diesen Schritt ohnehin wagen. Und das Thema »Marc« möchte sie jetzt nicht weiter vertiefen, denn es wühlt mehr auf, als ihr guttut.

Die Tür schwingt langsam auf und Sam schließt die Augen. Der vertraute Geruch, der ihr entgegenschlägt, gaukelt eine Normalität vor, die nicht mehr existiert. *Der in die Jahre gekommene Wintermantel ihrer Oma hängt links am Garderobenhaken, den Schal hat sie sorgfältig darübergelegt. Auf den alten Holzdielen stehen ihre bemerkenswert kleinen Schuhe, und Sam fragt sich nicht zum ersten Mal, wie ein erwachsener Mensch auf derart kurzen Sohlen zuverlässig das Gleichgewicht halten kann. Die Umgebung ist angenehm ruhig. Josefine schaut vom Wohnzimmer in den Flur und lächelt Sam entgegen. Jedes Fältchen auf ihrem Gesicht steht für pure Lebenslust und die Freude darüber, ihre Enkelin endlich wiederzusehen, kommt tief aus ihrem Herzen.*

Der Boden unter Sams Füßen wankt. Halt suchend streckt sie die Arme aus und stützt sich an der Wand ab. Sie will die Augen nicht öffnen. So lange sie geschlossen sind, bleibt die Vergangenheit lebendig und hält die Realität sicher unter Verschluss. Ihre Großmutter sagt etwas, doch der Sinn ihrer Worte geht auf dem Weg verloren. In Sams Bewusstsein kommt nicht mehr als ein Raunen an. Das Geflüster einer Stimme, die nicht zu ihrer Granny gehört und die die fragile Illusion in ihrem Kopf wie eine Seifenblase zerplatzen lässt.

»Sammy? Du bist ganz blass, mein Kind. Komm, wir setzen uns.« Ein Arm schiebt sich unter ihren und führt sie sanft vorwärts. Rosella! Sam hat die Anwesenheit der hilfsbereiten Italienerin völlig ausgeblendet. Langsam schlägt sie die Augen auf – vorbereitet auf das Schlimmste. Aber die düstere Sicht auf eine entseelte Wohnung bleibt aus. Helles Tageslicht fällt vom Nebenraum aus in den Flur und vermittelt eine Wohlfühlatmosphäre, die Sam überrascht. Der abgeschliffene Parkettboden schimmert in warmen Brauntönen, die frisch gestrichenen Wände wirken einladend. Im Gegensatz zum Ladenlokal der unteren Etage sind diese Zimmer schon umfassend renoviert worden. Sam entdeckt die Garderobe, die noch an ihrem gewohnten Platz steht. Das weiße Schuhschränkchen, die Kleidungsstücke und der persönliche Duft ihrer Oma sind dagegen verschwunden – dabei ist Sam sicher gewesen, genau den eben gerochen zu haben. Sie fasst sich an die Stirn. So weit ist es also schon gekommen: Sie sieht Dinge, die nicht existieren, und nimmt Gerüche wahr, die unwiderruflich vergangen sind.

»Es ist schön geworden, oder?« Rosella begleitet sie den Gang entlang in die Küche, wo Sam sich sofort auf einen der Stühle fallen lässt. Erschöpft lehnt sie sich zurück und betrachtet die Küchenzeile, die ebenfalls gereinigt und ausgebessert worden ist, sich ansonsten aber in ihrem Ursprungszustand befindet. Rosella nimmt eine Flasche von der Ablage und schenkt Sam ein Glas Wasser ein.

»Trink, bitte«, sagt sie. »Du siehst aus, als könntest du es gebrauchen.«

Dankbar nimmt Sam einen großen Schluck. »Wer hat die Wohnung so schnell hergerichtet?«, fragt sie. »Bis heute früh stand nicht mal fest, wer dafür zuständig ist.«

Rosella räuspert sich. »Das hat Josefine selbst veranlasst.«

Sam stellt das Glas zurück auf den Tisch und schaut sie aufmerksam an.

»Das ist schon einige Wochen her«, fährt Rosella fort. »Sie hat wohl gespürt, dass es zu Ende geht. Sie hat die Firma vorab bezahlt und mich gebeten, ihnen Bescheid zu geben, wenn es so weit ist.«

»Du hast einen Zweitschlüssel?«

»Ja. Ich kann ihn sofort holen, wenn du möchtest, schließlich gehört er deiner Familie.«

»Nein, nein. Behalte ihn ruhig«, erwidert Sam. »Es ist gut, wenn jemand im Haus die Möglichkeit hat, die Tür im Notfall zu öffnen.«

»In Ordnung. Dieser Anwalt war vor einigen Tagen hier und wollte den Schlüssel mitnehmen, hat ihn dann aber liegen lassen. Kein Wunder bei der Hektik, die er verbreitet hat. Er konnte keine fünf Sekunden an derselben Stelle stehen, wahrscheinlich kommt er nicht mal im Schlaf zur Ruhe.«

Sam nickt. »Oh ja, das Vergnügen hatte ich auch schon. Wie ist Granny bloß an diesen Typen geraten?«

»Ich glaube, er ist ein Verwandter von ihrem Schreiner.«

»Von welchem Schreiner?«

»Nino. Sie hat dir nicht von ihm erzählt? Er ist der Einzige gewesen, mit dem sie sich nach Joseph eine Zukunft hätte vorstellen können.«

Sam nickt. »Doch, ich erinnere mich. Er ist aber vor vielen Jahren gestorben.«

»Das stimmt. Sie hat Nino sehr gemocht und die Beziehung mit ihm genossen. Trotzdem war sie überzeugt davon, dass es die Seelenverwandtschaft, die sie Joseph gegenüber empfunden hat, nur ein Mal im Leben gibt. Nach Nino hat sie sich auf nichts mehr eingelassen, obwohl sie genügend Möglichkeiten gehabt hätte. ›Mehr als zwei Männer werde ich nicht unter die Erde bringen‹, hat sie immer gesagt. Ich kann das gut verstehen. Mir geht es ähnlich, wenn auch aus anderen Gründen. Irgendwann ist es einfach genug, und ich bin damit genauso zufrieden, wie sie es gewesen ist.«

Ganz überzeugt ist Sam davon nicht. Rosella ist ein aufgeschlossener Mensch und es ist unübersehbar, wie wohl sie sich in Gesellschaft fühlt.

»Du fragst dich sicher, was mit der Nähecke passiert ist.« Rosella blickt zu Boden. »Josefine hatte mich gebeten, die Maschine mit rüberzunehmen und ein paar Kleinigkeiten an ihrer Kleidung zu ändern. Sie ist immer schmaler geworden, alles schlackerte um sie herum und sie selbst hat die Arbeit nicht mehr geschafft.«

»Das muss dir nicht unangenehm sein, Rose. Es war Grannys Wunsch und ich wüsste nicht, wo ihre Sachen besser aufgehoben wären als bei dir. Sie hat das Nähen geliebt – bei meiner Mutter hängen immer noch einige Stücke von ihr im Schrank.«

»Nicht nur bei ihr. Josefine hat einige davon verkauft, aber es hätten viel mehr sein können. Wusstest du, dass sie vom ersten Entwurf an alles aufbewahrt hat? Da ist ordentlich was zusammengekommen! Sie hatte unglaubliche Ideen, daraus hätte was ganz Großes werden können. Da wären sogar die kreativen Köpfe aus dem Nähstübchen drei Häuser weiter blass geworden. Leider haben wir uns zu spät kennengelernt, in jungen Jahren hätte ich sie angetrieben, mehr aus ihrem Talent zu machen.«

»Und was ist mit dir, Rose? Dein Essen schmeckt wie aus der Sterneküche und schneidern kannst du auch. Das nennt man wohl ein Multitalent.«

Rosella lacht. »Na, so weit würde ich wirklich nicht gehen. Beim Kochen vielleicht, aber meine Nähkünste darf man nur von einer Seite betrachten. ›Außen hui und innen pfui‹, war Josefines Kommentar dazu. Da bin ich wohl um einiges pragmatischer gewesen als sie. Bei ihr war die Innen- von der Außenverarbeitung fast nicht zu unterscheiden.«

Sam lächelt. »Ja, das passt zu ihr. Wo sind denn ihre anderen privaten Dinge?«

»Sie stehen in einem Karton im Schlafzimmer. Schau dir alles in Ruhe an, ich warte drüben in meiner Wohnung. Komm einfach rüber, wenn dir danach ist.«

»Das mache ich. Vielen Dank für deine Hilfe, Rose.«

Rosella winkt ab. »Kein Problem. Ich freue mich auf die Zeit mir dir. Vielleicht kannst du ja ein bisschen Unterstützung für dein Caféprojekt gebrauchen.« Sie hält die ausgestreckte Hand schräg gegen ihre Stirn wie eine Matrosin, die vor ihrem Kapitän salutiert. »Ein Wort von dir und ich bin da.«

Sam greift zum Handy und wählt die Nummer ihrer Mutter. In kurzen Sätzen fasst sie den Ablauf der Testamentseröffnung zusammen, spart das Mittagessen mit Marc und ihre damit verbundenen Gefühlskapriolen jedoch aus. Als sie auf die Zukunft des Ladenlokals zu sprechen kommt, verändert sich etwas am anderen Ende der Leitung. Rias Erstaunen darüber, dass nur sie über die Fortführung entscheiden soll, überzeugt Sam nicht.

Dafür kennt sie ihre Mutter gut genug. Sie hat viele Talente, aber Flunkern ist sicherlich keins davon.

»Wirklich?«, fragt Ria. »*Ich* soll bestimmen, wer dort einzieht?« Der gekünstelte Unterton in ihrer Stimme bekräftigt Sams Vermutung: Sie hat es schon vor dem Telefonat gewusst!

»Ich kenne mich damit doch gar nicht aus«, fährt sie fort. »Außerdem ist es schwierig, das aus der Ferne zu entscheiden. Aber *du* bist vor Ort, Sammy. Hast du keine Idee, was am besten passen würde?«

Sam zögert die Antwort hinaus. Und ob sie eine Idee hat! Allerdings wird sie das Gefühl nicht los, dass ihre Mutter auch darüber bereits bestens im Bilde ist.

»Wie sieht es denn eigentlich mit dem Buchcafé aus?«, schiebt Ria hinterher, als ihre Tochter sich nicht äußert. »Sind deine Pläne noch aktuell?« Die Worte klingen kurzatmig. Entweder ist sie eben gerannt und deshalb außer Puste oder sie ist nervös – aufgeregt wie ein Fischer, der um seinen zappelnden Fang am Angelhaken bangt.

»Ja, die sind sogar brandaktuell«, antwortet Sam und erlöst ihre Mutter damit aus der Ungewissheit. »Was würdest du dazu sagen, wenn *ich* die Nachmieterin werde?«

»Das wäre wunderbar!« Der Laut, den Ria bei dieser Aussage von sich gibt, lässt Sam kurz um die Stabilität ihres Kreislaufs fürchten. »Nicht, dass wir dich nicht hierbehalten möchten«, fügt sie hastig hinzu. »Du wirst uns wahnsinnig fehlen! Aber ist das nicht *die* Chance für dich? Das hast du dir doch immer gewünscht.«

Sam schluckt. »Meinst du wirklich, ihr kommt ohne mich klar?«

»Mach dir keine Sorgen um uns, wir kriegen das hin. Wichtig ist, dass es *dir* damit gut geht.« Ein lautes Schluchzen dringt durch den Hörer und beschwört auch in Sams Hals einen dicken Kloß herauf. »Und hör nicht auf mein Gejammer, Liebes. Ich bin nur eine sentimentale Mum, die jetzt ihr zweites Kind in die Welt ziehen lässt. Ich freue mich so für dich! Außerdem werde ich dich sowieso ständig besuchen und dir auf die Nerven gehen, wie sich das für eine gute Mutter gehört.« Ein leichtes Lachen mischt sich unter das Schniefen und ringt Sam ein Lächeln ab.

»Was ist mit deinem Bibliotheksjob?«, fragt Ria, nachdem sie ihre Emotionsachterbahn wieder einigermaßen unter Kontrolle hat.

»Das dürfte kein Problem sein. Wir sind schon seit Monaten überbesetzt, aber Harry würde es nie übers Herz bringen, einem von uns zu kündigen. Wahrscheinlich tue ich ihm sogar einen Gefallen, wenn ich freiwillig gehe.«

»Dann steht deinem Abenteuer ja nichts mehr im Weg. Kommst du heute Nacht zurück?«

»Ja, mein Flieger geht wie geplant um halb sieben. Also warte nicht auf mich, es wird spät.«

Im Hintergrund rumpelt es. Etwas Blechernes knallt auf den Fliesenboden. Darauf folgt ein Flüstern, wobei Ria offenbar ihre Hand über die Sprechmuschel legt.

»War das Marian?«, will Sam wissen, als ihre Mutter wieder am Apparat ist.

»Nein. Sie ist in die Stadt gefahren.«

»Dann einer der neuen Gäste?«

Ria räuspert sich. »Ähm ... ja, genau. Ich habe ihm eine Notiz an die Tür gehängt, die er nicht entziffern konnte.«

»Das würde zwar zu deiner Doktorschrift passen und erklärt vielleicht das Getuschel, aber nicht die klappernden Küchentöpfe ... Mum, du schwindelst doch!«

Als keine Antwort kommt, wirft Sam einen Blick auf ihr Handydisplay. Der Empfang ist einwandfrei – daran kann es nicht liegen.

»Mum? Hörst du mich?«

»Es ist Joe«, rückt ihre Mutter zögernd mit der Wahrheit heraus.

»*Dein* Joe?«

Ria schnauft. »Er ist nicht *mein* Joe. Er ist unser Nachbar Joe.«

Sam kichert. »Ich fände es schön, wenn es *dein* Joe werden würde.«

»Sammy, jetzt ist aber gut!«

Obwohl es niemand sehen kann, hebt Sam entschuldigend die Hand. »Okay, okay. Ich meine ja nur. Warum hast du mir nicht gleich gesagt, dass er bei dir ist? Das muss dir doch nicht unangenehm sein.«

»Da hast du wohl recht. Ach, ich weiß auch nicht – es ist einfach noch so ungewohnt für mich.«

»Nur Mut, Mum! Ich traue mich an ein neues Leben heran, dann kannst du es auch.«

Das Gespräch wirkt nach. Wie sehr würde Sam ihrer Mutter eine neue Liebe wünschen. Sie legt das Smartphone auf dem Küchentisch ab und ihren Kopf auf die Arme gebettet daneben. So viel Aufregung, so viele weitreichende Entscheidungen an einem Tag machen müde. Nach einer kurzen Verschnaufpause geht Sam ins Schlafzimmer. Im Türrahmen bleibt sie stehen und fixiert die Kiste am anderen Ende des Raums. Zumindest ist es kein trister Umzugskarton, sondern so bunt, wie ihre Großmutter es gemocht hätte. Schritt für Schritt nähert sie sich der Box. Mit den Handflächen fährt sie über die Laschen auf der Oberseite, bevor sie sie schließlich auseinanderschiebt und hineinschaut. Obenauf liegt die Sammelmappe mit den Schnittmustern, von denen Rosella gesprochen hat. Sam wirft einen Blick hinein und legt sie vorerst beiseite. Damit wird sie sich später in Ruhe beschäftigen. Nicht jeder Gegenstand ruft Erinnerungen in ihr wach, und die Erkenntnis, dass sie längst nicht alles aus dem Leben ihre Oma weiß, versetzt ihr einen kleinen Stich. Aber kann man einen Menschen überhaupt zu hundert Prozent kennen und ist das wirklich erstrebenswert? Manche wissen nicht einmal über sich selbst Bescheid. Auch nach Jahren des Zusammenlebens lernt man immer wieder neue Seiten des anderen kennen, und ist es nicht genau das, was es interessant macht?

Neben einer Traumkugel ihres Vaters weckt ein Umschlag Sams Aufmerksamkeit – er trägt ihren Namen. Mit bebenden Fingern nimmt sie ihn an sich und zieht das Briefpapier so vorsichtig heraus, als fürchte sie, es könne vor ihren Augen zu Staub zerfallen, wenn sie es zu forsch behandelt. Konzentriert presst Sam die Lippen aufeinander, während sie das Schreiben Wort für Wort durchgeht. Am Ende angelangt, lässt sie das Blatt sinken und ihren mühsam unterdrückten Tränen freien Lauf. Nicht nur die Trauer um ihre geliebte Granny übermannt sie, sondern auch die Freude über ihre letzten Zeilen. Ja, sie wird das Café eröffnen und sich durch nichts davon abbringen lassen! Und immer, wenn ihr Zweifel kommen, wird der Text ihr helfen, mit frischer Kraft weiterzumachen. Wie wichtig ihr diese persönliche Botschaft gewesen ist, wird Sam erst jetzt bewusst, wo sie sie schwarz auf weiß in den Händen hält. Der Nachtrag gibt ihr allerdings Rätsel auf. Warum soll sie sich mit Ninos Schreinerei in Verbindung setzen und von welcher Überraschung ist hier die Rede?

Die Türglocke schrillt. Sam schaut auf ihre Armbanduhr – es ist kurz vor halb vier. Wer kann das sein? Rosella hat einen Schlüssel und Marcs Geschäftstermin hat erst um drei begonnen, der wird sicher noch nicht beendet sein. Sie rappelt sich auf und geht den Flur entlang. Der Weg zur Haustür fühlt sich vertraut an. Ihr ist, als wäre es das Normalste der Welt, in dieser Wohnung Besuch zu empfangen – ein Zustand, an den sie sich gewöhnen könnte.

12

Marc öffnet die gläserne Tür des Besprechungsraums und schiebt seinen Gesprächspartner auf den Flur hinaus. Normalerweise empfindet er die gemächliche Art des Ostfriesen als angenehm, doch heute könnte er sich für seinen Geschmack ruhig etwas schneller fortbewegen. Vor den Waschräumen bleibt sein Besucher plötzlich stehen.

»War mir wie immer eine Freude«, sagt er. »Bevor ich gehe, müsste ich allerdings noch mal … Sie wissen schon, der Kaffee treibt. Warten Sie nicht auf mich, ich finde allein raus. Habe einen ausgesprochen guten Orientierungssinn.«

Diese Aussage würde Marc nicht unterschreiben, wenn er an ihr letztes Kundenevent zurückdenkt. Sie hatten eine Geocaching-Tour für das Team der »Lindbergh Real Estate GmbH« und für ausgewählte Stammkunden organisiert, bei der dieser Herr zwar durch seinen trockenen Humor geglänzt, aber leider ständig den falschen Weg eingeschlagen hat. Die seinem Vorschlag entgegengesetzte Route zu nehmen, hat sich als beängstigend zuverlässiger Ratgeber erwiesen. Trotzdem nimmt Marc sein Angebot an. So groß ist das Gebäude auch wieder nicht, als dass man sich darin verlaufen könnte. Obwohl … schnell schüttelt er das Bild des in der Abstellkammer nächtigenden Geschäftsfreundes ab.

»Vielen Dank, Gerd. Kommen Sie gut nach Hause«, sagt er und klopft ihm zum Abschied auf die Schulter.

»Das werd ich und grüßen Sie sie von mir.«

»Bitte?« Unwillkommene Wärme arbeitet sich Marcs Hals empor.

»Na, Sie fahren doch bestimmt zu Ihrer Freundin. Den Blick kenne ich, der hat immer mit einer Frau zu tun.«

Die Wärme schwillt zur Hitze an. Marc hat keine Zeit für Erklärungen. »Ja, da haben Sie recht«, sagt er deshalb. »Ich werde ihr die Grüße ausrichten.« Im Stechschritt läuft er in sein Büro und wirft die Akten achtlos auf den Schreibtisch. Dass sie dabei den Brief begraben, der dort liegt und unverkennbar die Handschrift seiner Großmutter trägt, bemerkt er nicht.

Marc öffnet die obersten Knöpfe seines Hemdes und zieht es sich mit einem Ruck über den Kopf. Dann geht er zum Einbauschrank am Ende des Raums, der eine Auswahl an Wechselsachen und ein Waschbecken für ihn bereithält. Als er sich wieder anzieht und mit dem Kopf in dem zu eng geratenen Ausschnitt eines frischen T-Shirts steckt, fliegt die Bürotür auf.

»Da bist du ja endlich!«, ruft Norman. »Wie ist es gelaufen? Haben wir die Ladenfläche?«

Mittlerweile hat Marc sich in das Oberteil gekämpft und schaut seinen Vater vorwurfsvoll an. »Vom Anklopfen hältst du nicht viel, oder?«

»Und du nicht vom Aufräumen. Das kenne ich gar nicht von dir.« Er deutet auf den Schreibtisch und die Ordner, die bei der unsanften Landung den einst ordentlichen Papierstapel durcheinandergewirbelt haben. »Du siehst gestresst aus, Junge. Ist da etwa eine Frau im Spiel?«

Marc schnaubt und streift sich ein sauberes Hemd über das T-Shirt. »Ich muss los. Jetzt habe *ich* mal einen wichtigen Termin.«

»Stellst du sie mir irgendwann vor?«

»Mal sehen.«

»Ist sie hübsch?« Wortlos rückt Marc seinen Gürtel zurecht und schließt den Schrank schwungvoller als nötig.

Norman neigt den Kopf beiseite. Der spöttische Ausdruck auf seinem Gesicht verschwindet. »Sicher ist sie das«, beantwortet er sich die Frage selbst. »Lass dich davon nicht blenden. Zu einer Partnerschaft gehört so viel mehr.«

Marc hält inne und schaut ihm in die Augen. »Du redest von Ma?«

Norman nickt. »Keine Ehe ist perfekt, es gibt überall Höhen und Tiefen. Alexander und du, ihr seid das Beste, was ich jemals zustande gebracht habe, und daran war eure Mutter nicht ganz unbeteiligt.«

»Ich weiß, was du meinst, Pa.«

»Ich habe Juliana damals gesehen und hätte alles für sie getan – die berühmte ›Liebe auf den ersten Blick‹. Aber damit allein kann man im Alltag nicht bestehen.«

Marc schüttelt sein Jackett aus und legt es sich über den Arm. Selten zeigt sein Vater sich ihm gegenüber so offen. Er würde die Chance gern ergreifen und das Thema vertiefen, denn sonst kommt er damit kaum an ihn heran. Allerdings ist jetzt ein denkbar schlechter Moment für tiefsinnige Gespräche.

»In meinem Fall liegen die Dinge anders«, antwortet Marc deshalb kurz angebunden.

»Kennst du sie denn schon lange?«

»Ich muss wirklich los.« Er schiebt sich an seinem Vater vorbei.

»Und was ist mit dem Ladenlokal?«

»Wir sehen uns später, dann reden wir in Ruhe«, ruft Marc ihm über die Schulter hinweg zu, während er im Laufschritt den Korridor entlang eilt und hinter der nächsten Ecke verschwindet.

Sam steht am Treppenabsatz und lauscht auf die schwerfälligen Schritte, die sich Stufe für Stufe nähern und dabei immer langsamer werden. Ihre Cousins sind es sicher nicht, keiner der beiden macht einen derart unsportlichen Eindruck. Ist Rosella vielleicht doch noch Einkaufen gegangen und hat nun Mühe, die Tüten hinaufzutragen? Aber der Mann, der sich schnaufend in Sams Blickfeld schiebt, hat mit der sympathischen Italienerin wenig gemeinsam. Vereinzelte Strähnen des schütteren Haars hängen ihm in die Stirn, und auch wenn sein Anzug unter der Autofahrt deutlich gelitten hat, sieht man ihm die Hochwertigkeit immer noch an. Eine Maßanfertigung – anders ist die gute Passform bei seiner aus den Fugen geratenen Figur nicht zu erklären. Oben angekommen ringt er um Luft. Seine Krawattennadel hat sich durch die körperliche Betätigung verselbstständigt und verpasst dem Schlips über seinem vorstehenden Bauch das Aussehen einer Wellenrutsche. Mit der flachen Hand streicht er sich die widerspenstigen Haare zurück über seine Halbglatze.

»Guten Tag, junge Frau. Sie haben einen Schlüssel für den Laden im Erdgeschoss?«

Automatisch verschränkt Sam ihre Arme vor der Brust. Er spricht Deutsch, hat aber einen amerikanischen Akzent. Was will der Kerl in ihrem Buchcafé? Er sieht nicht danach aus, als wolle er den Unrat entsorgen, der dort unten in den Ecken herumsteht. Das wäre der einzige Grund, warum Sam ihm den Schlüssel aushändigen würde.

»Tut mir leid, den habe ich nicht«, sagt sie.

Der Mann zieht erst ein Tuch aus der Tasche, mit dem er sich über die feuchten Wangen tupft, dann einen Zettel. Er reißt die Augen auf, wobei seine Stirn sich unnatürlich kräuselt. Da das Heranzoomen der Buchstaben auf dem Papier offensichtlich nicht funktioniert, startet er den nächsten Versuch und hält es mit ausgestrecktem Arm von sich weg. »Sie sind Rosella Mazzini?«, fragt er schließlich.

Sam schüttelt den Kopf.

Die Antwort ist ein grunzendes Lachen. »Das dachte ich mir. Sie sehen auch nicht sehr italienisch aus, wenn ich das so sagen darf.«

Am liebsten würde Sam erwidern, dass er sich derartige Kommentare auch gerne verkneifen könne und ihm außerdem eine Brille gut zu Gesicht stünde, um sich nicht wahllos durchs Haus klingeln zu müssen. Bisher hat er sich nicht einmal vorgestellt – ein Mindestmaß an Höflichkeit ist wohl nicht zu viel verlangt. Doch stattdessen schweigt sie und spielt kurz mit dem Gedanken, ihm einfach die Tür vor der Nase zuzuschlagen.

»Wo ist diese Frau Mazzini denn nun?« Langsam wird er ungeduldig.

»Was wollen Sie von ihr?«

»Den Schlüssel, habe ich das nicht bereits erwähnt?« Der herablassende Ton schmeckt Sam gar nicht und sie wünschte, der Vertrag für das Café läge bereits unterzeichnet in ihrer Schublade. Die Vorstellung, dieser überhebliche Typ könnte ihre Pläne durchkreuzen, macht sie wütend.

»Doch, das haben Sie. Aber nicht Ihren Namen und was Sie dazu berechtigt, sich die Ladenfläche anzuschauen.«

Rote Farbe sickert in seine Poren und verleiht ihm die Optik eines aufgeblasenen Ballons. »Sie überschreiten Ihre Kompetenzen, junge Dame«, poltert er los. »Meine Geschäfte gehen Sie nichts an, wer sind Sie denn überhaupt?«

Sam schluckt. Für ihre harmoniebedürftige Seele ist diese Ansprache deutlich zu barsch. Es fällt ihr schwer, sich gegen solche Menschen durchzusetzen, aber jetzt platzt ihr gleich der Kragen. Herausfordernd streckt sie das Kinn vor. »Das Gleiche könnte ich Sie fragen!«

Bevor der Mann zum nächsten Schlag ausholen kann, steht Rosella plötzlich neben ihnen im Flur. Vor lauter Aufregung hat Sam gar nicht mitbekommen, wie die Nachbarin sich dazugesellt hat. Sie stemmt die Arme in ihre Seiten und mustert den ungebetenen Besucher von oben bis unten.

»Was ist hier los?«, will sie wissen.

Schweigend betrachtet der Mann Rosella und kommt offenbar zu dem Schluss, dass diese Frau einen respektvolleren Umgang verdient hat.

»Guten Tag, Madam«, sagt er so höflich, als hätte es die Auseinandersetzung mit Sam nie gegeben. »Ich bin Peter Bloomberg, der neue Mieter aus dem Erdgeschoss.«

Sams Magen zieht sich zusammen. Ihr Gefühl hat sie nicht getrogen: Er ist der zweite Anwärter – ihr Konkurrent! Eine Flut der Selbstzweifel überrollt sie. Wie soll sie diesen ungleichen Kampf bloß gewinnen? Sie kann weder mit einem dicken Bankkonto noch mit unnachgiebigem Geschäftsgebaren punkten. So muss David sich gefühlt haben, als er gegen Goliath in den Kampf gezogen ist. Die physischen Gegebenheiten spiegeln das Bild zwar nicht ganz wider, denn Bloombergs Körpergröße entspricht ebenso wie Sams eher dem Durchschnitt. Trotzdem fühlt es sich an, als stünde er weit über ihr: unbesiegbar – mit einer millionenschweren Getränkekette und einer ganzen Armee von Anwälten im Hintergrund.

Auch Rosella erscheint verunsichert, denn ihr Po wackelt unruhig hin und her, was Bloomberg wohlwollend zur Kenntnis nimmt. Es kostet ihn sichtlich Überwindung, den Blick von ihren Rundungen zu lösen und sich wieder auf das Gespräch zu konzentrieren.

»Wann eröffnen Sie denn?«, fragt Rosella, nachdem sie sich gefangen hat.

»Das steht noch nicht ganz fest.«

»Wie schade! Ich habe mich schon darauf gefreut, Sie bald öfter zu sehen.«

Aus den Augenwinkeln beobachtet Sam Rosellas Mimik. Was hat sie vor?

»Das lässt sich einrichten«, antwortet Bloomberg. Sein Lächeln entblößt unnötig viele Zähne. Sam möchte nicht wissen, welcher Film gerade vor seinem inneren Auge abläuft.

»Ich hoffe, sie haben den Vertrag schon unterschrieben«, sagt Rosella. »Nicht, dass noch etwas dazwischenkommt.«

Sam beißt sich auf die Zunge, um ernst zu bleiben. Daher weht also der Wind.

»Nun, wir stehen kurz vorm Abschluss. Machen Sie sich keine Sorgen, Madam – es ist alles in trockenen Tüchern. Die Vereinbarung mit Herrn Lindbergh steht. Er hat mir gesagt, ich soll mich wegen der Schlüssel an Sie wenden. Es wird nicht lange dauern. Ich möchte mir nur einen kurzen Überblick verschaffen, bevor meine Leute mit dem Umbau beginnen.«

Bei jedem Wort verlässt Sam der Mut ein bisschen mehr. So sehr kann sie sich in Marc nicht getäuscht haben. Das würde er niemals tun. Oder doch?

»Von welchem der Herren Lindbergh haben Sie die Information?«, fragt Rosella, als hätte sie Sams Gedanken gelesen.

»Lindbergh Senior. Ich wickele alle Geschäfte mit ihm ab.«

Obwohl die Tatsache Sams Lage nicht verbessert, ist sie erleichtert.

»Leider muss ich Sie enttäuschen«, sagt Rosella. »Den Schlüssel habe ich bereits abgegeben.«

Eine steile Falte gräbt sich in Bloombergs Stirn »Abgegeben? An wen?«

»An seinen Sohn.«

»Das ist ärgerlich.« Er schaut sich im Hausflur um, als bestünde die berechtigte Hoffnung, Marc oder Alexander dort irgendwo zu entdecken.

Rosella strahlt ihn an. »Sie werden das managen, da bin ich mir ganz sicher.«

»Ja, natürlich werde ich das.« Er deutet eine kleine Verbeugung an. »Es war mir eine Freude, Madam.« Damit macht er sich an den beschwerlichen Abstieg.

Sam zieht Rosella am Ärmel in die Wohnung und schließt die Tür. Stöhnend lehnt sie sich gegen die Wand. »Was soll ich denn jetzt machen, Rose? Der schnappt mir den Laden weg!«

»Gar nichts schnappt er sich.«

»Gar nichts?« Trotz der angespannten Situation schleicht sich ein verschmitzter Ausdruck auf Sams Gesicht. »Ich kenne da jemanden, bei dem er bedenkenlos zuschnappen würde«, bemerkt sie. »Er hat ein Auge auf dich geworfen.«

»Unsinn!«

»Hast du seinen Blick gesehen? Er war kurz davor, dir die Klamotten vom Leib zu reißen. Hast du etwa kein Interesse?«

»Niemals! Nicht in einer Million Jahren – selbst wenn er der letzte Mann auf der Erde wäre.« Sie schüttelt sich und stimmt in Sams Lachen ein. »Du sollst eine alte Frau doch nicht auf den Arm nehmen!«

Sam drückt Rosella an sich. »Das würde ich nie wagen. Dein Auftritt eben war bühnenreif, damit hast du mir Zeit zum Nachdenken verschafft.«

Rosella winkt ab. »Kein Problem. Wir lassen nicht zu, dass seine Kette sich in unserer schönen Straße breitmacht, und wenn es das Letzte ist, was ich tue.«

»Woher wusste er von dem Schlüssel?«

»Norman muss es ihm gesagt haben, zumindest in der Beziehung hat dieser Bloomberg nicht gelogen.«

»Du hast Norman getroffen?«

»Er ist hier gewesen.«

»Und da hat er ihn dir nicht abgenommen?«

»Nein, er hat das Gleiche gesagt wie du. Dass es gut ist, wenn jemand im Haus Zugriff auf die Wohnung und den Laden hat, solange alles leer steht.«

»Du duzt ihn?«

»Ähm, ja.«

Nachdenklich wickelt Sam sich eine Locke um den Finger. Warum hat er die Möglichkeit nicht genutzt, an die Schlüssel zu kommen? Besteht der Mann etwa doch noch aus etwas anderem als aus Habgier und Ignoranz?

»Wie war er denn so?«

»Sehr nett.«

»*Nett?* Mir würden einige Adjektive zu ihm einfallen, aber ›nett‹ gehört sicher nicht dazu.«

»Warum nicht? Was hat er getan?«

Sam antwortet nicht sofort. Rosella und ihre Großmutter sind trotz der kurzen Bekanntschaft gute Freundinnen gewesen. Doch was weiß sie über die Familiengeschichte?

Vielleicht gar nichts, vielleicht aber auch mehr als alle Betroffenen zusammen. Sam muss unbedingt mit jemandem darüber reden. Über die Briefe, die Testamentseröffnung und über Marc. Ihre Granny hat Rosella vertraut, dann kann Sam es auch.

»Ich möchte etwas mit dir besprechen«, sagt sie entschlossen. »Hast du Zeit für einen Tee?«

13

Sam schaut aus dem Wohnungsfenster. Der Wind treibt das Laub vor sich her, Männer und Frauen schlendern von Laden zu Laden und bestaunen die Auslagen. Keine Spur von der üblichen Hektik einer Großstadt – kein Vergleich zu den restlichen Geschäftsstraßen, auf denen ein Geschiebe und Gedränge herrscht, das mit einem gemütlichen Einkaufsbummel wenig zu tun hat. Hier geht jeder sein eigenes Tempo. Selbst die Hunde werden nicht im Eilschritt über den Gehsteig zum nächsten Grünstreifen gezerrt, als wäre deren tägliche Notdurft planbar wie ein Outlook-Termin.

Sam seufzt. Die Entscheidung, mit Rosella zu sprechen, ist richtig gewesen. Es hat gutgetan, sich einmal alles von der Seele zu reden. Dass der Po ihrer hilfsbereiten Nachbarin im Laufe der Unterhaltung allerdings genauso verräterisch hin und her gerudert ist wie bei der Diskussion mit diesem Bloomberg, hat Sam stutzig gemacht. Sicher hätte Rosella mehr ihrer Fragen beantworten können, wenn sie gewollt hätte. Grundsätzlich steht sie den Lindberghs positiv gegenüber, war von dem Brief, den Norman damals an Ria geschrieben hat, aber ähnlich schockiert wie Sam selbst.

Sam sieht auf die Uhr. In einer guten Stunde muss sie zum Flughafen, ein bisschen Zeit bleibt ihr also noch. Mit Rosellas Zollstock, einem Block und einem Stift bewaffnet macht sie sich auf den Weg nach unten, um Maß für die Möbel zu nehmen. Das Gespräch hat ihr angeknackstes Selbstbewusstsein bezüglich der Caféeröffnung wieder aufpoliert. Rosella versteht es, einen mit wenigen gezielten Worten aufzurichten.

Kaum hat Sam das Treppenhaus betreten, hört sie Geflüster. Für einen Moment befürchtet sie, Bloomberg wäre zurückgekehrt, um auf die Herausgabe des Schlüssels zu pochen. Dann erkennt sie Marcs verhaltenes Lachen. Ihr Herz macht einen kleinen Sprung und sie will sich gerade bemerkbar machen, als sich eine weitere, eindeutig weibliche Stimme dazugesellt. Sam hält inne, unsicher, ob sie zum Geländer vorrücken oder den Rückzug antreten soll. Sie geht ein paar Schritte weiter, reckt den Hals und schaut zwischen den Handläufen durch nach unten, hinab bis zu den Bodenfliesen des Erdgeschosses. Es ist niemand zu sehen. Die zweite Stimme setzt wieder ein – zu hell für die einer erwachsenen Frau und deutlich zittriger als zuvor. Ähnlich der eines Kindes, das kurz davor ist, in Tränen auszubrechen. Marcs brummiger Bass wirkt dadurch noch eine Nuance tiefer und der Hall des Treppenhauses verstärkt ihn zusätzlich. Sam beißt sich auf die Unterlippe. Sie hat Marc nicht einmal gesehen, sondern nur gehört. Das allein wirbelt ihre Gedanken schon durcheinander. Sie darf die Kontrolle über ihre Gefühle nicht verlieren – nicht noch einmal. Damals bei Tim ist sie naiv gewesen, hat ihren Emotionen freien Lauf gelassen, ohne darüber nachzudenken, wie verletzbar sie sich damit macht. Inzwischen weiß sie es besser und richtet sich danach, so gut sie kann. Auch wenn es nicht ihrem Naturell entspricht, denn eigentlich vertraut sie bei Entscheidungen lieber ihrem Bauchgefühl als dem Verstand.

Mit jeder Stufe, die Sam hinabsteigt, werden ihre Beine schwerer und der Zweifel größer, ob sie wirklich weitergehen soll. Sie hat keine Ahnung, wer dort mit Marc zusammen ist und was besprochen wird. Ist ihre Anwesenheit überhaupt erwünscht? Was, wenn die beiden ihr sagen, sie möchten lieber allein sein? Wenn sie sie bitten zu gehen? Die Furcht, abgewiesen zu werden, steckt wie ein Stachel in ihrem Herzen. Die Therapiestunden nach dem Tod ihrer Mutter haben die Verlustängste zwar gelindert, aber ungeschehen machen konnten sie nichts. Und Tim hat später unbestreitbar seinen Beitrag zum Wiederaufflammen genau dieser Symptomatik geleistet.

»Was soll ich denn jetzt machen? Das sind so viele Stunden!« Auf die Worte folgt ein Schniefen, das Sam ihre Bedenken über Bord werfen lässt. Sie läuft los, bis sie auf der ersten Etage ankommt. Und da sitzt er: Marc. Auf dem Boden neben einem etwa zehnjährigen Mädchen, das sie verweint anschaut. In Marcs Augen blitzt etwas auf – gerne würde Sam glauben, dass es die Freude ist, sie zu sehen.

»Lust auf eine Wegbelagerung?« Er zeigt auf den freien Platz zur linken Seite des Kindes. »Komm, setzt dich zu uns.«

Die Anspannung fällt mit einem Schlag von Sam ab. Mit dem Rücken zur Wand lässt sie sich herunterrutschen, bis sie mit dem Po auf den Holzdielen landet. So wie sie es früher gemacht hat, wenn sie vor einem Donnerwetter der leiblichen Mutter flüchten musste und schließlich im Schutz ihres Zimmers angekommen war. Während der depressiven Schübe ist ihre Mutter äußerst reizbar gewesen und durch den geringsten Anlass aus der Fassung zu bringen. Ihr Bruder Scott war ihr in dieser Zeit eine große Hilfe. Er hat ihr immer beigestanden – genau wie ihr Vater.

»Wie heißt du?«, fragt Sam. Sie reicht dem Mädchen ein Tempotuch aus ihrer Hosentasche.

»Anna. Und ich habe mich ausgesperrt«, antwortet die Kleine. Dankbar nimmt sie das Tuch an und schnäuzt lautstark hinein.

»Ich bin Sam. Und mir ist das auch schon passiert.«

»Echt? Was hast du dann gemacht?«

»Wir hatten einen Ersatzschlüssel bei der Nachbarin hinterlegt. Trotzdem war es nicht so einfach, wie es sich anhört. Wo ich wohne, da stehen die Häuser nämlich nicht in einer Reihe, sondern sind eine gute halbe Stunde Fußweg voneinander entfernt.«

Anna reißt die Augen auf. »So weit? Dann hast du ja eine Stunde gebraucht, bis du wieder zurück warst.«

Sam nickt. »Und ich hatte Glück, dass die Nachbarin überhaupt da war. Sonst hätte ich ganz schön dumm dagestanden.«

»Und dein Handy?«

»Im Haus.«

»Meins liegt auch drin.« Annas Kinn zuckt in die Richtung der geschlossenen Tür.

»Wo sind deine Eltern?«

»Papa hat ein Vorstellungsgespräch. Es kann spät werden, hat er gesagt.«

»Und deine Mutter?«

»Sie wohnt nicht bei uns.« Annas Zeigefinger wandert hoch zu ihrem Mund. Sie beginnt, auf dem Nagel herumzuknabbern. »Aber bald kommt sie zu uns zurück. Es dauert bestimmt nicht mehr lange.«

Sam schaut zu Marc hinüber, der offenbar das Gleiche denkt wie sie. Es gibt zu viele zerrüttete Familien, und immer sind es die Kinder, die am meisten darunter leiden.

»Gibt es jemanden, den wir für dich anrufen können?«, fragt Marc.

Anna schlingt die Arme um ihre angezogenen Beine und schüttelt den Kopf, wobei ihr langer Pferdeschwanz wie ein Pendel hin und her schwingt.

»Ich kann die Nummern nicht auswendig. Aber wisst ihr, was noch schlimmer ist? Meine ganze Musik ist auf dem Handy. Die brauche ich und meine Kopfhörer auch. Es ist gut, Musik ganz laut zu hören, damit die vielen Gedanken im Kopf leiser werden.«

Sam schluckt. Aus Annas Mund hört sich das völlig logisch und wie die Lösung aller Probleme an. Dennoch fehlt den Worten die Leichtigkeit, die Kinder in dem Alter noch haben sollten.

»Ich habe eine Idee«, sagt Sam. Eigentlich wollte sie Marc wegen Bloomberg zur Rede stellen, aber das ist jetzt zweitrangig. Sie hat keine Lust mehr, aus ihren Plänen ein Geheimnis zu machen – es kann ruhig jeder wissen, was sie vorhat. Und wenn es ihr taktische Nachteile verschafft, zu früh damit herauszuplatzen, dann ist es eben so.

»Ich wollte gerade runter in den Laden«, fährt sie fort und hält den Zollstock hoch. »Die Möbel für mein Buchcafé sollen schließlich passen. Magst du mir dabei helfen?«

Anna strahlt und springt sofort auf. »Na klar!«, ruft sie. »Ich lese total gern. Ein Buchladen bei uns im Haus, das wäre der Hammer!«

Marc dagegen ist nicht anzumerken, wie er zu der Sache steht. Wenn Sams Ankündigung ihn überrascht hat, kann er es gut überspielen.

»Nehmt ihr mich mit?« Er klopft den Staub von seiner Anzughose, zückt das Smartphone und hält es ihnen wie eine Eintrittskarte entgegen. »Ich hätte auch etwas beizusteuern. Es ist ja nicht so, als würde ich in meinem fortgeschrittenen Alter keine Musik mehr hören.« Sam grinst. Er kann nicht älter sein als Mitte 30.

»Du bist dabei!«, ruft Anna. Leichtfüßig springt sie die Stufen hinunter – ihre Sorgen sind für den Moment vergessen.

Rhythmische Beats dröhnen aus Marcs Smartphone und lassen Anna im Takt auf und ab wippen. Der Zollstock in ihrer Hand bewegt sich mit und Sam ist äußerst skeptisch, ob auf ihre Messkünste in diesem Zustand wirklich Verlass ist. Anna klappt die Holzglieder wieder ineinander und zeigt dann mit dem Stockende in eine der Raumecken. »Da können wir Sitzkissen für die Kinder hinlegen. Bald ist doch Weihnachten. Wir haben Lichterketten mit Sternen, die kann ich dir ausleihen. Und willst du außer Kaffee und Kuchen noch was anderes anbieten? Wie wäre es mit Häppchen oder mit besonderen Teesorten?« Sie rasselt ihre Vorschläge derart schnell herunter, dass Sam ganz schwindelig wird.

»Wir sollten uns die Tage mal in Ruhe zusammensetzen«, sagt sie ehrlich beeindruckt. »Du sprudelst ja über vor lauter Kreativität, jemanden wie dich kann ich gut gebrauchen.«

»Das wird voll cool!« Anna legt den Zollstock ab und klatscht in die Hände. »Wir sind erst vor drei Monaten hergezogen und nach der Schule ist es immer so langweilig. In die Betreuung gehe ich nicht – da hängen zu viele Spinner rum. Aber jetzt weiß ich ja, wo ich hin kann, bis Papa kommt.«

»Du bist immer willkommen«, sagt Sam lächelnd.

Anna klettert auf einen der Barhocker, zieht den Block zu sich heran und notiert die Breite des halbrunden Erkers. »Wo willst du eigentlich wohnen?«, fragt sie.

»Oben im Dach«, antwortet Sam mit einem Seitenblick auf Marc, der gerade die alten Stühle beiseiteschiebt. Er richtet sich auf und krempelt seine Ärmel hoch.

»Du möchtest also in Grannys Wohnung ziehen und unten ein Café eröffnen«, fasst er die Lage in einem nüchternen Satz zusammen. »Das hast du dir gut zurechtgelegt.«

»Ihr euch eure Version davon ja auch«, erwidert Sam schnippischer als beabsichtigt.

Marc dreht die Musik etwas leiser und widmet sich wieder den sperrmüllreifen Hinterlassenschaften des ehemaligen Ladenbesitzers. Seine Kiefermuskulatur arbeitet ähnlich angestrengt wie die Stränge seiner bloßgelegten Unterarme. »Ich finde deinen Plan gut«, sagt er nach einer Weile. »Ein Buchcafé passt optimal in die Straße. Das ist bisher die mit Abstand beste Idee.«

»Ich glaube, dein Vater sieht das anders.«

»Das denke ich nicht. Er war nur zu voreilig und jetzt weiß er nicht, wie er aus der Nummer wieder herauskommen soll. Aber er arbeitet dran.«

»Dann ist er damit nicht sehr erfolgreich. Vorhin hatte ich nämlich Besuch von einem Peter Bloomberg.«

Einer der Stühle rutscht Marc aus der Hand und fällt scheppernd zu Boden. Anna fährt zusammen. »Bloomberg war hier? Wann?«

»Vor ungefähr zwei Stunden.«

»Was wollte er von dir?«

»Von mir nichts. Er hat Rosella und den Ladenschlüssel gesucht.«

»Hat sie ihn abgegeben?«

»Nein. Sie hat gesagt, sie selbst hätte ihn nicht mehr, sondern du.«

»Mmh.« Marcs Körperhaltung entspannt sich ein wenig. »Wenn Bloomberg mich fragt, schicke ich ihn weiter zu meinem Bruder. Damit ist er erst mal beschäftigt und ich kann in Ruhe mit Pa sprechen. Er weiß noch nichts von Grannys Auflagen. Seit der Testamentsverlesung heute früh habe ich ihn nur kurz auf dem Flur gesehen und Alexander hat es ihm sicher auch noch nicht gesagt – er ist den ganzen Tag unterwegs.«

Mit der Zungenspitze fährt Sam sich über die Lippen. Schnell wendet Marc den Blick ab. »Meinst du, ich habe eine Chance gegen ihn?«, fragt sie zögernd.

»Ja«, antwortet Marc, ohne sie dabei anzusehen. »Lass mir etwas Zeit, das zu regeln.«

Er fixiert die trüben Streifen auf dem Schaufensterglas. Das Grundstück für sein Sozialprojekt kann er vergessen – er muss einen anderen Weg finden, seinen Vater davon zu überzeugen. Das Buchcafé hat Vorrang. Natürlich *nur* wegen des kommerziellen Erfolgs, von dem Marc überzeugt ist und der eine langfristige Vermietung sicherstellt. Mit Sam und der Tatsache, dass sie dann in dieselbe Stadt ziehen würde, in der auch er lebt, hat diese Entscheidung rein gar nichts zu tun. »*Wenn du dir etwas lange genug einredest, dann glaubst du irgendwann selbst daran, mein Kind*«, hat seine Mutter immer zu ihm gesagt. Es gibt nicht viele verwertbare Ratschläge von ihr, aber das ist einer, der Marc jetzt gerade recht kommt.

Sam beobachtet ihren Cousin und wünschte, sie könnte seine Gedanken lesen. Wie gerne würde sie noch bleiben, aber Ihr Abflug rückt unaufhaltsam näher – es ist an der Zeit aufzubrechen.

»Sollte ich den Laden wirklich bekommen, gibt es einiges zu tun«, sagt sie und betrachtet den Raum ein letztes Mal.

»Ich könnte dir helfen«, schlägt Marc vor.

Sam dreht sich zu ihm herum. »Kennst du dich damit aus?«

»Du meinst handwerklich? Das will ich meinen, auch wenn du mir das vielleicht nicht zutraust. Ich habe zum Beispiel Grannys Fenster lackiert.«

»Du bist das gewesen? Ich war mir nicht sicher, hatte sie aber irgendwie dunkler in Erinnerung.«

»Vorher waren sie braun, das hat die Wohnung düster gemacht.«

»Du hättest einen Lackierer beauftragen können.«

Marc lächelt. »Das hätte ich wohl, aber Geld ist eben nicht alles. Ich habe sehr gerne Zeit mit Granny verbracht. Da konnte ich mich auch gleich nützlich machen und ihr nicht nur den Kaffee leer trinken.«

Sam erwidert sein Lächeln. »Wenn das so ist, nehme ich dich beim Wort.«

»Wann kommst du wieder?«, fragt Marc. Ginge es nach Sam, dürfte die Frage gern weniger beiläufig klingen.

»In ungefähr zwei Wochen«, antwortet sie. »Bis dahin müsste alles geklärt sein.« Sie nimmt den Stift von der Theke und reißt ein Stück vom oberen Blatt des Blocks ab. »Ich gebe dir meine Nummer. Kannst du mich anrufen, wenn es Neuigkeiten gibt? Du weißt schon, wenn du mit deinem Vater gesprochen hast.«

Marc greift nach seinem Smartphone und schaltet die Musik aus. Trotz der plötzlichen Stille hallen die Klänge in Sams Ohren nach. »Du musst sie nicht aufschreiben, ich tippe sie direkt ein«, sagt er.

Anna guckt von einem zum anderen und zupft Marc schließlich am Ärmel. »Und was ist mit mir?«, fragt sie. Ihre Unterlippe zittert verdächtig. »Soll ich allein auf Papa warten?«

»Ich muss zurück ins Büro. Komm doch einfach mit«, schlägt Marc vor.

»Das kannst du nicht machen«, wirft Sam ein. »Ihr Vater kennt dich doch gar nicht.«

»Stimmt. Wäre sie meine Tochter, könnte derjenige was erleben, der sie einfach mitnimmt. Aber was sollen wir sonst machen?«

»Wir bringen sie zu Rose, da ist sie gut aufgehoben. Und an die Wohnungstür hängen wir einen Zettel, damit ihr Vater weiß, wo sie ist.«

»Rose ist die Frau von oben, oder? Ist sie nett?«, will Anna wissen.

»Sogar sehr nett«, versichert Sam. »Du wirst dich bestimmt gut mir ihr verstehen und sie freut sich, wenn wir ihr ein bisschen Unterhaltung bringen.«

Wie erwartet ist Rosella dankbar für die Gesellschaft und kaum hat Anna ihre Wohnung betreten, stecken die beiden auch schon die Köpfe zusammen. Ihre geheimnisvolle Tuschelei verfolgt Sam bis nach Schottland. Sie hecken etwas aus und Sam hat keine Ahnung, was das sein könnte.

14

Das Erste, was Marc im Büro seines Vaters sieht, ist eine rote Damenbluse. Zusammengeknüllt liegt sie am Rand des Schreibtischs, ein Ärmel ist von der Glasplatte heruntergerutscht und baumelt in der Luft wie eine Warnflagge bei Windstille. Farben fallen auf in diesem Raum – sie stechen heraus aus der ansonsten sterilen Einrichtung. Das Kleidungsstück lässt Bilder in Marcs Kopf entstehen, die er nicht sehen will.

In jedem Büro der Führungsetage gibt es eine Unterbringungsmöglichkeit für die Ersatzgarderobe und einen Waschplatz im Inneren der Einbauschränke. An diesem stehen die Türen sperrangelweit offen. Gerade als Marc sich diskret zurückziehen will, bückt sich die Person darin und ein eindeutig weiblicher Po erscheint in seinem Blickfeld. Schnell kneift er die Augen zusammen, sieht zu seiner Erleichterung aber noch, dass die attraktive Kehrseite mit Rock und Strumpfhose bekleidet ist. Er räuspert sich, woraufhin die Frau mit einem spitzen Aufschrei zurück in die Sicherheit des Schranks springt.

»Es tut mir leid! Ich … ich wollte mich nur umziehen«, stammelt sie.

»Ja, das sehe ich«, antwortet Marc. Ihre Stimme kommt ihm bekannt vor. Wenn er nur wüsste woher.

»Herr Lindbergh weiß, dass ich hier bin. Ehrlich!«

Vor ihm tun sich Abgründe auf – das hat er seinem Vater nicht zugetraut. Nicht, dass es ihn etwas angehen würde, schließlich ist sein alter Herr ungebunden und kann machen, was er will. Trotzdem hinterlässt diese Szene einen Nachgeschmack.

»Oh Gott, oh Gott, oh Gott«, flüstert die Frau. Vorsichtig schiebt sie den Kopf um die Ecke.

»Maresa!«, ruft Marc. »Sie?«

»Es ist nicht das, wonach es aussieht, Herr Lindbergh«, verteidigt die Empfangsdame sich. »Ihr Vater und ich ... bitte schauen Sie mich nicht so an, Sie verstehen das total falsch.«

Marc dreht sich zur Wand. Die junge Frau tut ihm leid – sie wirkt ehrlich zerknirscht. »Ziehen Sie sich erst mal was an«, sagt er. »Ich warte draußen.«

Als Maresa auf den Flur tritt, trägt sie eins von Normans Hemden. Sie hat es notdürftig in den Rockbund geschoben, was die Unförmigkeit des viel zu großen Oberteils jedoch nicht kaschieren kann. In der Hand hält sie ihre rote Bluse, auf die sie mit gesenktem Kopf hinabstarrt.

»Darf ich's Ihnen erklären?«, fragt sie leise.

»Natürlich. Aber Sie müssen es nicht. Wenn Sie sagen, mein Vater weiß Bescheid, dann ist das in Ordnung für mich.«

Sie schüttelt die Bluse auseinander und streckt sie Marc entgegen. Ein dunkler Fleck bedeckt fast die komplette Vorderseite. »Das ist Kaffee«, erklärt sie. »Wir waren im Konferenzraum. Ich habe die Getränke gebracht, weil Herr Lindberghs Assistentin heute früher gehen musste.« Sie stockt und schaut Marc unsicher an. »Er hat sich über einen seiner Kunden geärgert und gerade als ich hinter ihm stand, hat er plötzlich die Hände hochgerissen – so schnell konnte ich nicht ausweichen.« Sie deutet auf die besudelte Bluse. »Ihm war das sehr unangenehm, aber

er hat es ja nicht extra gemacht. Auf jeden Fall hat er gesagt, ich soll in sein Büro gehen und mir eins von seinen Hemden nehmen.«
»Der Kaffee muss heiß gewesen sein.« Marc tippt mit dem Zeigefinger auf den mittlerweile abgekühlten Fleck. »Ich hoffe, Sie haben sich nicht verletzt.«
Maresa schnieft. »Am Bauch und an der Brust habe ich mich schon etwas verbrüht«, sagt sie. »Schauen Sie nur hier.«
»Nein, nein. Das glaube ich Ihnen auch so«, wiegelt Marc ab. Ein Striptease seiner Angestellten auf dem Korridor hat ihm gerade noch gefehlt. »Aber Sie sollten das kühlen. Kommen Sie mit. Die Kantine ist zwar längst geschlossen, aber sicher finden wir ein paar Kühlpacks im Gefrierschrank.«

Nachdem die Mitarbeiterin versorgt ist, geht Marc in sein Büro. Die Akten, die er am Nachmittag auf den Schreibtisch geworfen hatte, liegen immer noch dort. Er räumt sie nacheinander in das dafür vorgesehene Regal, bis unter dem letzten Ordner ein Brief zum Vorschein kommt. Er ist lediglich mit einem Wort beschriftet: *Marc* steht in großen Lettern auf der Frontseite. Marc weiß sofort, von wem das Schreiben ist. Die Tatsache, dass er seine Großmutter nie mehr sehen wird, ist mit einem Schlag wieder präsent. Langsam sinkt er auf seinen Drehstuhl und betrachtet das Kuvert von allen Seiten. Keine Postadresse, keine Briefmarke – es muss persönlich gebracht worden sein. Hätte Marc es bloß früher entdeckt, dann hätte ihm vielleicht jemand etwas über den Boten erzählen können. Nun ist der Empfang nicht mehr besetzt und auch Maresa hat sich mit den Kühlpacks bereits auf den Heimweg gemacht. Mit einem Brieföffner schlitzt er den Umschlag auf und atmet tief durch, bevor er das darin enthaltene Papier auseinanderfaltet.

Lieber Marc,

es ist spät. Ich hoffe, nicht zu spät für das, was ich dir sagen möchte. Manchmal macht dein Vater es einem nicht leicht, das weißt du selbst am besten. Aber er ist ein guter Mensch. Ich bin nicht sicher, was damals zwischen ihm und Ria vorgefallen ist, doch es liegt ihm schwer auf der Seele und er findet keinen Weg, damit umzugehen. Er wollte nicht, dass ich mit irgendjemandem darüber rede. Daran konnte ich ablesen, wie groß seine Verzweiflung gewesen sein muss. Ich habe ihm früher mehr zugemutet, als er verkraften konnte, und wollte unser Verhältnis nicht zusätzlich belasten. Also habe ich seinen Wunsch akzeptiert. Wahrscheinlich hätte es auch keine Konsequenzen gehabt, wenn ich mich dagegen aufgelehnt hätte, aber die Schuldgefühle haben mich einknicken lassen. Bitte verzeih mir meine Schwäche und gib deinen Vater nicht auf, er braucht deine Hilfe. Genau wie Sammy. Vielleicht konnte sie dich von ihren Plänen für das Buchcafé schon überzeugen, das würde ihr ähnlichsehen. Sie ist auf deine Unterstützung angewiesen und ich verspreche dir, du wirst nichts von dem bereuen, was du für sie tust. Hab keine Scheu vor ihrer Familie, sie werden dich mit offenen Armen empfangen. Es ist an der Zeit, reinen Tisch zu machen und das anzugehen, was ich mich nie getraut habe. Sorge dich nicht um mich. Ich hatte ein schönes Leben und gehe mit der Gewissheit, dass alles gut werden wird. Egal, welche Entscheidungen du triffst: Ein besonderer Platz in meinem Herzen ist dir sicher.

In Liebe
Deine Granny

Marc lässt das Blatt sinken. Er hatte keine Ahnung, dass sie sich wegen Norman und Ria solche Vorwürfe gemacht hat. Ein intensives Gespräch mit seinem Vater ist unausweichlich, das hat er bereits vor diesem Schreiben gewusst. Doch wie sehr ihm der Streit mit Ria wirklich im Magen liegt, hat Marc bisher nicht geahnt. Er muss der Sache auf den Grund gehen. Für seine Großmutter, für seinen Vater und nicht zuletzt für Sam und ihre Familie. Sam! Natürlich wird er sie bei ihrem Vorhaben unterstützen – er kann ja gar nicht anders.

»Geht es dir gut, Junge?«, fragt Norman in die Stille hinein. Marc hat seine Anwesenheit nicht bemerkt – wie lange steht er schon dort an der Tür und beobachtet ihn?

»Alles bestens«, antwortet er und deutet auf einen freien Sessel. »Setz dich.«

Norman nimmt auf der kühlen Lederfläche Platz und schlägt sich mit beiden Handflächen auf die Oberschenkel. »Das war vielleicht ein Tag«, sagt er. Sein Adrenalinspiegel hält sich auf konstant hohem Level, von Müdigkeit fehlt jede Spur.

»Das klingt nach einem guten Vertragsabschluss«, mutmaßt Marc. Es gibt kaum etwas anderes, das seinen Vater derart fröhlich stimmt.

»So ist es. Aber jetzt bist du erst mal dran. Wie sieht es mit der Ladenfläche für Bloomberg aus? Ich hatte einige verpasste Anrufe von ihm auf dem Handy.«

»Also, das ist kompliziert.«

»Warum?«

»Es gibt Auflagen. Deine Schwester soll über den Nachmieter entscheiden.«

»Ria?« Norman richtet sich im Sessel auf. »Was hat sie mit Immobilienvermietungen zu tun?«

Marcs Hände ruhen auf der Armlehne des Bürostuhls, aber sein Innenleben ruft den Alarmzustand aus. Er kriegt den Dreh nicht, so wird er seinen Vater nie überzeugen.

»Was hat Mutter sich dabei bloß gedacht?« Norman springt auf und läuft vor Marcs Schreibtisch auf und ab. »Wir machen ihr ein Angebot, das sie nicht ablehnen kann«, sagt er schließlich.

»Du willst Ria aus dem Erbe rauskaufen?«

»Nein, natürlich nicht! Nur aus dem einen Passus, damit wir Bloomberg ruhigstellen können. Alles andere soll ihr gehören. Ob du es glaubst oder nicht: Ich möchte, dass es ihr gut geht.«

»Ich weiß, Pa. Reg dich nicht auf.« Marc presst die Finger auf seine Schläfen. Kopfschmerzen kündigen sich an, der Tag hat seine Spuren hinterlassen. »Wir finden eine andere Lösung für Bloomberg. Das, was Ria mit dem Laden vorhat, ist viel besser. Ihre Tochter Samantha möchte ein Buchcafé eröffnen – die Idee ist genial. Eine Getränkekette würde sich in dem Umfeld niemals halten, das weißt du so gut wie ich. Die Leute würden sie vom ersten Tag an boykottieren.«

»Ja, wahrscheinlich. Aber wenn es so kommt, wird Bloomberg freiwillig das Feld räumen und dann können Ria und ihre Tochter damit machen, was sie möchten.«
»Sie sind keine Notstopfen, die du in der Schublade parken und wieder herauskramen kannst, wenn dein Plan A nicht funktioniert!« Es fällt Marc zunehmend schwerer, sich zu beherrschen. Er ruft sich Grannys Brief in Erinnerung und zählt im Geiste bis drei.
»Dir scheint was an dieser Samantha zu liegen.«
Marcs Augenlider senken sich. Sein Vater ist kurz davor, eine Grenze zu überschreiten. »Allerdings«, sagt er betont langsam. »Sie ist meine Cousine.«
Prüfend schaut Norman seinen Sohn an. »Das ist alles?«
»Und sie weiß, wovon sie redet.«
»Ich dachte, du hast eine Freundin.«
»Pa, mit ihr läuft nichts!«
»Aber das würdest du gern ändern, oder?«
Marc lehnt sich zurück. Er denkt an das Mittagessen mit Sam, daran, wie sie sich ihre widerspenstigen Locken aus dem Gesicht streicht. Solche Haare hat er bisher bei keiner blonden Frau gesehen und es hat ihn enorme Anstrengung gekostet, die Finger davon zu lassen. Er möchte von ihr erzählen – am liebsten jedem, der ihm über den Weg läuft. Aber nicht jetzt, wo sein Vater wieder einmal versucht, durch Provokation von sich selbst abzulenken. So einfach wird er es ihm nicht machen. Seit über 20 Jahren schweigt er das Thema nun tot – irgendwann ist es genug.
»Willst du gar nicht wissen, ob Ria heute früh da war?«, fragt Marc. »Ob wir uns kennengelernt haben? Ob sie was über dich gesagt hat?«

Es klopft und Alexander kommt herein. Norman atmet auf. Sein Zweitgeborener hätte sich keinen günstigeren Zeitpunkt für sein Erscheinen aussuchen können.

»Na, ihr beiden«, ruft Alexander gut gelaunt in die angespannte Atmosphäre. Er holt zwei Dosen Cola aus einem prall gefüllten Jutebeutel, auf dem ihr Firmenlogo prangt. Eine davon reicht er seinem Vater, die andere wirft er Marc zu, der sie mit einer Hand auffängt. »Hier, damit ihr nicht einschlaft. Mit besten Grüßen von unserem frisch an Land gezogenen Neukunden.«

Norman setzt sich wieder hin und schlägt die Beine übereinander. »Gratuliere«, sagt er. »Dein Bruder hat mir gerade eröffnet, dass er kein Interesse mehr an dem Grundstück für sein Sozialprojekt hat.«

»Pa, verdammt noch mal! Darum geht es doch gar nicht.«

»Wir hatten eine Vereinbarung: Du besorgst die Ladenfläche und bekommst im Gegenzug das Grundstück. Aber verloren haben wir dadurch ohnehin nichts, der Bau hätte uns mehr Geld gekostet als eingebracht.«

»Geld, Geld, Geld. Ist das alles, woran du denken kannst? Wir haben doch alles: Häuser, Autos, Magerquark für deinen ramponierten Magen. Was willst du denn noch?«

Norman presst die Lippen zusammen und seine selbstsichere Haltung gerät ins Wanken. »Entschuldige, das war unfair von mir«, sagt er leise. »Der Job ist mein Leben. Er ist das Einzige, worin ich gut bin – er ist alles, was ich habe.«

Marc schließt die Augen. Da blitzt sie auf, die Verletzlichkeit seines Vaters, die Granny gemeint hat. »Das muss so nicht bleiben«, antwortet er. »Du hast uns. Und wenn du mit deiner Schwester sprichst, wird sich alles aufklären. Dann seid ihr wieder eine Familie.«

Norman steht auf und geht zur Tür. »Das kann ich nicht«, sagt er. »Aber ich überlege mir etwas für Bloomberg. Sag Samantha, sie kann den Laden haben. Ich lasse die Verträge morgen aufsetzen.«

15

Drei Wochen später

Ratlos steht Sam im Treppenhaus und starrt auf ihren Koffer. Er ist um einiges größer und schwerer ausgefallen als bei ihrer letzten Reise. Für den Transport der Umzugskartons und Möbel hat sie eine Spedition beauftragt, deshalb wird sie bis zur Anlieferung mit einer Matratze auf dem Boden vorliebnehmen müssen – für die Übergangsphase ist das eine gute Lösung. Wie sie den Koffer in den zweiten Stock hieven soll, weiß sie dagegen nicht. So schön das alte Gebäude in seiner ursprünglichen Form auch ist, ein Lift wäre durchaus hilfreich. Mit beiden Händen packt Sam den Griff und zerrt das Gepäckstück die ersten Stufen hinauf. Schnaufend bleibt sie stehen und ringt um ihr Gleichgewicht. Rosella möchte sie mit der undankbaren Schlepperei nicht behelligen, aber wie es aussieht, wird sie darum nicht herumkommen. Alleine schafft sie es nicht.

»Sam!«, schallt es von oben durch den Hausflur. Anna lehnt sich fröhlich winkend über das Geländer.

»Warte«, ruft sie. »Ich hole Papa.« Mit diesen Worten verschwindet sie und kehrt kurz darauf mit einem Mann im Schlepptau zurück. Sie schiebt ihn die Treppen hinab wie einen bockigen Esel, den man antreiben muss – obwohl er gar nicht unwillig, sondern ziemlich freundlich aussieht.

»Du bist also unser Neuzugang im Haus«, begrüßt er Sam. »Ich bin Niklas.« Er greift sich den Koffer und trägt ihn hoch. »Anna hat mir schon viel von dir und deinen Plänen erzählt. Vielen Dank, dass du dich um sie gekümmert hast. Das mit dem Schlüssel ist wirklich dumm gelaufen. Jetzt haben wir einen bei Rosella hinterlegt.«

»Das habe ich gerne gemacht«, antwortet Sam. Sie mag Menschen, die sich nicht mit der steifen Siezerei aufhalten, sondern einen lockeren Umgangston bevorzugen. »Anna hat tolle Ideen. Ich würde mich freuen, wenn sie mir bei der Einrichtung des Cafés ein bisschen helfen dürfte.«

»Hörst du, Papa? Sie findet, ich habe tolle Ideen.«

»Ja, davon bin ich überzeugt.« Vor seiner Wohnungstür legt Niklas eine Pause ein und streicht seiner Tochter übers Haar. Dann wendet er sich an Sam. »Trinken wir einen Kaffee, Frau Nachbarin?«

Sam nickt. Den kann sie tatsächlich gut gebrauchen. »Anna hat uns verraten, dass du ein Vorstellungsgespräch hattest. Ist es gut gelaufen?«

Niklas' Strahlen ist Antwort genug, seine Erleichterung unübersehbar. »Ich habe zum 1. November angefangen«, sagt er. »Als Elektriker, also zurück zu meinen Wurzeln. Die Arbeitszeiten sind einfach besser als in der Gastronomie – das war besonders für Anna ein Problem.«

»Hattest du ein eigenes Geschäft?«

»Eine kleine Gaststätte.« Er winkt ab. »Viel zu viel Arbeit für mich allein. Früher hat meine Frau mitgeholfen, aber jetzt ...« Hastig räumt er zwei benutzte Teller und ein paar Geschirrtücher vom Küchentisch. »Tut mir leid wegen der Unordnung, ich bin nicht zum Aufräumen gekommen.« Er zuckt mit den Schultern. »Tja, wenn ein Kerl den Haushalt führt.«

Sam lacht. »Das trifft nicht auf alle zu. Mein Vater war ein erstklassiger Hausmann.«

»Mit solchen Qualitäten kann ich leider nicht glänzen. Aber wenigstens bereite ich einen anständigen Kaffee zu. Hast du eigentlich schon eine vernünftige Espressomaschine für das Café?«

»Nein, leider nicht. Ich habe mich mit dem Thema zwar beschäftigt, bisher aber keine gekauft. Die, die ich gerne hätte, sind zu teuer für mich. Aber neben den Büchern ist das Getränkeangebot wirklich wichtig – ich möchte den Gästen richtig gute italienische Qualität anbieten, auch wenn ich selbst eher ein Tee-Fan bin.«

»Schau mal hier.« Stolz tätschelt Niklas den silbernen Automaten auf seiner Küchenablage. »Den habe ich aus unserer Gaststätte gerettet. Der Nachmieter wollte die Einrichtung fast geschenkt – er hat meine Lage hemmungslos ausgenutzt. Alles andere habe ich ihm notgedrungen überlassen, ich hatte ja keine Wahl. Aber das gute Stück hier hätte ich ihm um nichts in der Welt gegeben.«

»Das kann ich verstehen. Die Maschine muss teuer gewesen sein, sie ist von einem der besten Hersteller.«

»Ja, das war sie. Für mich allein ist sie allerdings reine Verschwendung. Du kannst sie übernehmen, wenn du möchtest.«

»Das wäre toll! Aber ich fürchte, das kann ich mir nicht leisten.«

»Ich mache dir einen guten Preis, dafür wirst du nichts Vergleichbares finden.« Er nennt Sam einen Betrag, der sie zwar schlucken lässt, ihre Augen dabei aber zum Leuchten bringt. Das Angebot klingt verlockend. »Sie ist erst anderthalb Jahre alt und noch in der Garantiezeit«, fügt Niklas zu.

»Mmh.« Sam steht auf und geht näher an den Automaten heran. Für ihre Anforderungen wäre er perfekt. Sie sieht ihn schon blank geputzt hinter dem Tresen stehen. Das wird ein Blickfang! Trotzdem möchte sie nichts übers Knie brechen. »Kann ich eine Nacht drüber schlafen?«, fragt sie.

»Klar, kein Problem«, antwortet Niklas. »Mein Angebot steht. Übrigens hat Anna mir auch von Marc erzählt.«

Sams Herz macht einen Satz. »Er hat ihr im Treppenhaus Gesellschaft geleistet, ich bin erst später dazugekommen.«

»Ist er dein Mann?«

»Nicht direkt. Quatsch, ich meine natürlich nein. Er ist mein Cousin.«

»Aha.«

»Also, eigentlich nicht mein richtiger Cousin.«

Niklas kratzt sich am Kopf. »Ich fürchte, jetzt bin ich überfordert.«

»Das ist eine lange Geschichte.«

»Ich mag lange Geschichten. Wenn du dich abends langweilst: Mein offenes Ohr ist jederzeit empfangsbereit.«

»Vielleicht komme ich drauf zurück«, sagt Sam. »Aber nach dem Probekaffee aus deinem Wunderautomat, gehe ich erst mal hoch und packe in Ruhe aus. Außerdem möchte ich heute noch eine Rezension auf meinem Bücherblog einstellen.«

»Du hast einen eigenen Bücherblog?« Niklas stellt eine Tasse mit dampfendem Kaffee vor Sam auf den Tisch. »Ist das nur ein Hobby oder verdienst du Geld damit?«

»Für mich ist es mehr als ein Hobby. Stellt man sich gut an, kann es sich sogar richtig lohnen. Allerdings ist das Ganze ziemlich zeitintensiv, und damit gerade jetzt ein Problem, wo ich das Café aufbauen möchte. Deshalb köchelt es momentan auf kleiner Flamme, wirft aber trotzdem ein bisschen ab. Ich kann mich nicht beschweren.«

»Wie sich das finanziert, habe ich immer noch nicht verstanden.«

Sam nimmt einen Schluck von ihrem Kaffee und nickt anerkennend. »Der ist richtig gut«, sagt sie. Dann kehrt sie zum eigentlichen Gesprächsthema zurück. »Das läuft zum Beispiel über Partnerprogramme und Provisionszahlungen anderer Unternehmen, wenn ich ihre Artikel auf meiner Seite empfehle. Das mache ich natürlich nur für Produkte, von denen ich selbst überzeugt bin und die zu meinen Lesern passen. Je besser mein Blog besucht wird, desto interessanter werde ich für die Firmen. Außerdem biete ich einen Lektoratsservice für Selbstverleger an, der steckt allerdings noch in den Anfängen. Den nächsten Auftrag habe ich erst für Anfang Februar. Ein Jugendroman – ich bin schon gespannt. Es ist mir aber ganz recht, dass es erst in zwei Monaten losgeht. Jetzt möchte ich mich erst mal um das Café kümmern.«

Sam leert die Kaffeetasse und wirft einen Blick auf die Küchenuhr. »Ach du Schreck, schon so spät?« Sie springt vom Stuhl auf. »Ich muss los. Vielen lieben Dank für den Kaffee.«

»Immer wieder gerne«, antwortet Niklas. »Ich trage dir den Koffer eben hoch. Und wenn du mir mehr über dich und deinen vermeintlichen Cousin erzählen möchtest, dann weißt du ja, wo du mich findest.«

In der Dachgeschosswohnung angekommen, traut Sam ihren Augen nicht. Im Schlafzimmer steht ein Bett. Keine notdürftige Schlafmöglichkeit, sondern ein richtiges Bett. Sie legt ihren Koffer darauf ab und öffnet den Reißverschluss. In der Abstellkammer findet sie eine kleine Trittstufe, die ihr vorübergehend als Nachttisch dienen wird.

Vorsichtig zieht Sam die Traumkugel ihres Vaters zwischen der Kleidung hervor, befreit sie aus der Polsterverpackung und platziert sie auf der Ablagefläche der Stufe. Dann geht sie in die Hocke und stützt sich mit den Ellbogen auf ihren Knien ab. Versonnen betrachtet Sam das winzige Mädchen auf dem Bücherstapel. Die Kugel wird einen Ehrenplatz in ihrem Café bekommen. Eine ganz besondere Stelle, an der sie für jeden sichtbar und trotzdem geschützt ist – vielleicht in dem Fach über Niklas' Espressomaschine.

Die Klingel reißt Sam aus ihren Überlegungen. Marc hat ihr am Telefon versichert, dass die Sache mit Bloomberg vom Tisch ist – *er* kann es also nicht sein.

»Habe ich doch richtig gehört: Du bist angekommen! Gut, dass die Wände so dünn sind.« Rosella zieht Sam ohne Vorwarnung an ihre Brust und macht keinerlei Anstalten, sie in absehbarer Zeit wieder loszulassen. Sachte löst Sam sich aus der Umarmung. »Ich freue mich so, Rose!«, sagt sie. »Ich kann es gar nicht abwarten, das Café herzurichten.«

»Ich auch nicht.« Rosella greift nach Sams Hand. »Komm mit, Anna und ich haben etwas vorbereitet. Du wirst staunen!«

Und Sam staunt tatsächlich, als sie die Snack- und Häppchenempfehlungen für die Speisekarte sieht, die Rosella ihr überreicht. »Du musst natürlich nichts davon nehmen, wenn es dir nicht gefällt«, erklärt die Italienerin eifrig. »Es sind nur Vorschläge – nicht mehr und nicht weniger.«

Sam überfliegt den Inhalt und wischt sich eine Träne aus den Augenwinkeln. »Das ist unglaublich, Rose. Du hast sogar schon die Preise kalkuliert. Aber wer soll das alles vorbereiten?«

Rosella tippt sich ans Dekolleté. »Ich natürlich, wer denn sonst?«

»Das würdest du tun?«

»Selbstverständlich – oder hattest du etwa an jemand anderen gedacht?« Rosellas sonst so aufrechte Körperhaltung fällt zusehends in sich zusammen.

»Niemals! Aber viel zahlen kann ich dir am Anfang nicht.«

»Geld!« Aus Rosellas Mund klingt das Wort wie ein unanständiger Witz. »Ich kann endlich wieder tun, was ich liebe – das ist unbezahlbar. Erst wenn dein Geschäft etwas abwirft, lasse ich darüber mit mir diskutieren. Bis dahin trägst du nur die Lebensmittelkosten, den Rest erledige ich.«

»Mir fehlen echt die Worte. Danke, Rose.«

»Ach, dafür doch nicht.« Sie wedelt mit beiden Händen durch die Luft. »Sag mir lieber, ob du schon eine Idee hast, wie die Karten gestaltet werden sollen.«

»Nicht nur eine Idee. Ich bin in den letzten zwei Wochen auch nicht untätig gewesen. In Inverness habe ich eine Freundin, die etwas davon versteht. Sie hat mir bei der Ausarbeitung geholfen. Wir haben alles vorbereitet: das Design für die Speise- und Getränkekarten, die Schriftzüge für die Frontscheibe und sogar die Tafel mit den Öffnungszeiten. Jetzt muss ich nur eine Druckerei finden, die nicht mit einem Schlag mein komplettes Budget auffrisst.«

Rosella strahlt. »Ich wusste, dass du die Richtige dafür bist – schon als ich dich damals beim Abendessen mit Josefine kennengelernt habe. Du bist wirklich gut organisiert. Hast du dich auch um die Genehmigung für den Ausschank gekümmert?«

»Ein paar Formalitäten fehlen noch, aber die Zusage habe ich. Es kann also losgehen!«

»Du hast es ihr schon gezeigt?« Anna zieht eine Schnute, als sie Sam und Rosella mit den Kartenentwürfen auf der Treppe abfängt. »Du wolltest doch auf mich warten!«

»Tut mir leid, cara mia, sei mir nicht böse. Es ist aus mir herausgeplatzt. Dafür darfst du ihr den zweiten Teil der Überraschung zeigen.«

Sam fasst sich an die Stirn. »Noch mehr Überraschungen? Solche Tage hätte ich gern öfter.«

Anna schiebt die beiden vor sich her die Stufen hinunter, wie zuvor ihren Vater. Bei der Anreise hat Sam nur Augen für ihre Kofferproblematik gehabt und die Ladenfläche dabei völlig außer Acht gelassen. Doch jetzt erkennt sie die Veränderung bereits von außen: Endlich kann man ungehindert durch die Scheiben schauen. Sie sind gereinigt worden – der ganze Innenraum wirkt heller. Sie schließt die Tür auf und betritt staunend ihr neues Reich. Die alten Tische, Stühle und Barhocker sind verschwunden, der Tresen ist vom Fett befreit und sieht fast wie neu aus. Die Bodendielen sind sauber, die vormals dreckigen Wände weiß gestrichen. Auch der penetrante Essensgeruch hat sich verflüchtigt – ein Gesamteindruck, der Sam mit Glückshormonen überschwemmt. Neben ihr wippt Anna auf den Fußballen. »Und? Wie gefällt es dir?«

»Ich bin echt sprachlos«, flüstert Sam. »Seid ihr das gewesen?«

»Ich würde gerne ›ja‹ sagen«, antwortet Rosella. »Aber mit fremden Federn schmückt man sich wohl nicht. Herr Lindbergh hat das organisiert.«

»Herr Lindbergh?« Die Worte bleiben Sam fast im Hals stecken.

»Marc. Ich meine natürlich Marc Lindbergh. Entschuldige, ich vergesse ständig, dass es mehrere gibt. Er hat den Handwerkern sogar geholfen. Du scheinst ihn beeindruckt zu haben.«

Auch ohne diese letzte Aussage läuft Sam rot an, denn bei der Erwähnung von Marcs Namen fällt ihr erschreckenderweise sofort das Bett in ihrem Schlafzimmer ein. Sie ringt die Vorstellung nieder, die damit einhergeht, und konzentriert sich wieder auf das Gespräch. »Wisst ihr, wer das Bett in meine Wohnung gestellt hat?«, fragt sie.

Rosella räuspert sich. »Damit habe ich nichts zu tun.« Ihr Augenaufschlag wirkt auffällig unschuldig. »Aber es könnte sein, dass ich Marc mit ein paar Holzplanken im Hausflur gesehen habe.«

»Hast du sie wegen des Adventsmarkts gefragt?«, plappert Anna dazwischen, die dem Betten-Thema im Gegensatz zu Sam nicht sonderlich viel abgewinnen kann.

»Noch nicht«, antwortet Rosella. »Wir dachten, es wäre eine gute Idee, die Eröffnung parallel zum Adventsmarkt laufen zu lassen«, erklärt sie. »Er zieht sich über die ganze Straße und ist jedes Jahr ziemlich gut besucht. Du könntest einen eigenen Stand bestücken und wenn es kalt wird, wärmen die Besucher sich in deinem Café auf.«

Die Eröffnung! Je weiter ihr Projekt sich entwickelt, desto stärker wird das Kribbeln in Sams Bauch. »Das hört sich gut an«, sagt sie. »Wann wäre das denn?«

»Am zweiten Dezemberwochenende«, antwortet Anna an Rosellas Stelle. »Wir gehen jedes Jahr hin. Mama findet, es ist der schönste Markt von allen, weil er nicht so kommerzig ... kommerzisch ....«

»Kommerziell«, hilft Sam ihr auf die Sprünge.

»Ja, genau! Weil er nicht so kommerziell ist. Du warst noch nie da?«

»Nein, leider nicht.« Sams Herz wird schwer. Das Versprechen, ihn in diesem Jahr gemeinsam mit ihrer Granny zu besuchen, hat sie nicht mehr einlösen können.

»Lass die trüben Gedanken nicht zu, Sammy.« Behutsam legt Rosella ihr eine Hand auf die Schulter. »Erinnere dich an die schönen Dinge, die du gemeinsam mit ihr erlebt hast.«

»Ich wünschte, sie wäre bei uns.«

»Das ist sie. Und ich bin mir sicher, ihr gefällt, was sie sieht.«

Sam lächelt. »Das hoffe ich.« Sie krempelt die Ärmel ihrer Strickjacke hoch. »Dann lass uns mal loslegen. Am besten schreiben wir zuerst alle offenen Punkte auf. Ich brauche eine komplette Einrichtung: Tische, Stühle, Regale, Lampen.«

»Ich kenne jemanden, bei dem du sicher fündig wirst.«

»Ich auch«, antwortet Sam. »Granny hat mir einen Brief hinterlassen, in dem sie mich gebeten hat, bei Ninos Schreinerei vorbeizuschauen.«

»Tatsächlich?« Rosellas Blick flattert durch den Raum.

Misstrauisch mustert Sam die Freundin. Ihre schauspielerische Leistung Bloomberg gegenüber ist beeindruckend gewesen, umso armseliger wirkt ihr jetziger Versuch, Unwissenheit vorzugaukeln.

16

Mit einem Knopfdruck schließt Marc seinen Wagen ab und geht über die Straße. Hoffentlich ist er mit der Renovierung des Ladengeschäfts nicht übers Ziel hinausgeschossen. Entrümpelt und gereinigt werden musste es auf jeden Fall – eine derartige Müllhalde würde die »Lindbergh Real Estate GmbH« an niemanden weitergeben. Doch die weiß gestrichenen Wände und Zargen umfasst ihr Service eigentlich nicht. Ob sie Sams Geschmack treffen? So, wie er seine Cousine bisher kennengelernt hat, kann er sich nur schwer vorstellen, dass sie bei der Gestaltung ihres Buchcafés zu Knallfarben greifen würde. Andererseits ist Sam sicher keine Frau, die sich ihre Entscheidungen gerne von einem Mann abnehmen lässt. Sie hat ihre eigenen Vorstellungen und das ist gut so. Mit jedem Meter, den Marc sich der Haustür nähert, werden seine Schritte zögerlicher. Was, wenn sie wütend auf ihn ist? Wenn sie ihn für anmaßend hält – für jemanden, der anderen seinen Willen aufdiktieren will. Draußen ist es frostig geworden, trotzdem steigt Hitze in ihm auf. Er öffnet seinen Mantel ein Stück und der kalte Wind nutzt die Chance sofort: Er bläht den Stoff auf und pfeift durch jedes Knopfloch. Marc bleibt stehen. Er hätte Sam vorher fragen müssen! Und dann stellt er ihr auch noch ungefragt sein Gästebett ins Schlafzimmer. Je länger er darüber nachdenkt, desto ausgiebiger könnte er sich ohrfeigen. Was hat er sich nur dabei gedacht? Die Vorstellung, Sam eine Freude zu machen, hat ihm offenbar den Blick auf die Realität vernebelt.

Kurz bevor die Stimme in seinem Ohr, die ihn zum Rückzug bewegen will, die Oberhand gewinnt, taucht

Sam am Treppenabsatz auf. Statt der wilden Locken fallen ihr heute sanfte Wellen über die Schultern. Marc beobachtet, wie sie die Ladentür abschließt. Sie trägt schlichte Jeans, Stiefel und einen warmen Parka – trotzdem sieht sie femininer aus als manche Filmdiva.

Kaum hat Sam sich herumgedreht, entdeckt sie ihren Cousin auf dem Bürgersteig. »Marc«, ruft sie und steuert geradewegs auf ihn zu.

Anstatt ihr entgegenzugehen, verweigern Marcs Beine ihm den Dienst. Erst als Sam vor ihm steht, löst sich seine Anspannung. Sie sieht glücklich aus. Kein Zweifel: Sie freut sich, ihn zu sehen!

Ohne darüber nachzudenken, schlingt Sam die Arme um ihn, hält jedoch mitten in der Bewegung inne. Was tut sie da? Zwar begrüßt sie all ihre engen Freunde auf diese Weise, aber dieses Mal fühlt es sich anders an. Ihre Hände wollen in seinen Nacken wandern, möchten ihn zu sich herunterziehen. Mit einem Satz springt sie nach hinten. »Vielen Dank für deine Hilfe«, sagt sie mit gebührendem Sicherheitsabstand.

»Das habe ich gern gemacht«, antwortet Marc, dem die Schwingungen keineswegs entgangen sind. »Ich hoffe, es gefällt dir.«

»Sehr sogar«, sagt sie so gefasst wie möglich, doch der innere Aufruhr ist längst nicht abgeebbt. Für ihr Seelenheil ist es wohl besser, ihm zukünftig nicht mehr ganz so nahezukommen. Apropos nahekommen: »Ist das Bett in meiner Wohnung von dir?«, fragt sie. »Rosella ist sich nicht sicher gewesen.«

Marc fährt mit zwei Fingern in seinen Hemdkragen und löst ihn ein Stück vom Hals. »Ich wollte dir damit nicht auf die Pelle rücken.« Er ist kerngesund, von Erkältung keine Spur – trotzdem klingt seine Stimme rau. »Es ist aus meinem Gästezimmer. Am Telefon meintest du, du bräuchtest nur eine Matratze für die Übergangszeit, bis deine Möbel kommen. Ich dachte, ein richtiges Bett wäre bequemer. Und da ich in der nächsten Zeit keinen Übernachtungsbesuch erwarte ...« Er bricht mitten im Satz ab. Hoffentlich kriegt sie das nicht in den falschen Hals.

Doch Sam lächelt. »Das ist lieb von dir«, sagt sie. »Ich wollte gerade zum Schreiner. Da soll eine Überraschung auf mich warten.«

»Eine Überraschung? Von wem?«

»Von Granny. Sie hat mir einen Brief hinterlassen, in dem sie mich gebeten hat dort hinzugehen.«

»Das hört sich spannend an. Darf ich mitkommen?«

Sam nestelt an ihrer Tasche. An der, die sie im letzten Jahr in dem kleinen Ledergeschäft am Ende der Straße erstanden hatte, nachdem ihr am Flughafen der Gurt ihrer Alten gerissen war. »Musst du denn nicht arbeiten?«

»Mein nächster Termin ist erst um zwei. Ich wäre wirklich gern dabei. Und das hat natürlich nichts mit meiner Neugier zu tun.«

»Natürlich nicht!« Sam lacht. »Wir können mit der Bahn fahren. Ich überlege noch, ob ich mir ein Auto anschaffen soll, aber wahrscheinlich lohnt es sich für mich nicht. Es gibt sowieso keine Parkplätze und die Verbindungen mit den öffentlichen Verkehrsmitteln sind gut. Man kommt damit problemlos durch die ganze Stadt.«

»Lass uns heute mit meinem fahren«, schlägt Marc vor. Er deutet auf den Wagen, der mit eingeschaltetem Warnblinker im Halteverbot steht. »Da sollte er zumindest nicht bleiben, sonst kann ich mich nachher mit dem Abschleppdienst unterhalten.«

Sam schluckt. Die Nobelkarosse erinnert sie an Tim. Seine Eltern hatten mehrere Autos dieser Klasse und für sie und ihr Fahrrad nicht mehr als ein Naserümpfen übrig. Nie wieder will sie in solch eine Situation geraten, keiner soll mehr in dieser Weise auf sie herabsehen. Marcs Familie muss ähnlich wohlhabend sein. Bisher hat er sie nicht spüren lassen, dass zwischen den gesellschaftlichen Kreisen, in denen sie sich bewegen, Welten liegen. Das hat Tim zwar auch nie getan, aber ihr den Rücken gestärkt, als es drauf ankam, hat er ebenso wenig. Warum kann Marcs Job und sein Leben ihrem eigenen nicht etwas ähnlicher sein, das würde vieles erleichtern. Sam strafft die Schultern und marschiert auf den Wagen zu. Nein! Es gibt keinen Grund sich zu verstecken. Sie wird sich das, was sie vorhat, von niemandem mehr kleinreden lassen.

Die Veränderung, die der Anblick seines Firmenwagens in Sams Verhalten auslöst, macht Marc nachdenklich. »Wenn ich ihn nicht für die Arbeit bräuchte, hätte ich auch keinen«, sagt er und eilt neben ihr her. »Die Parkplatzsuche in der Stadt ist eine Zumutung. Aber danach fragt mich ja keiner – dem Druck der Außendarstellung können wir uns als Unternehmen in manchen Bereichen leider nicht entziehen.« Marc kommt als Erster auf der

Beifahrerseite an. Mit einem Klick entriegelt er das Auto und öffnet ihr die Tür.

Sam steigt ein. »Das scheint eine neue Zivilisationskrankheit zu sein«, sagt sie.

»Was?«

»Etwas darzustellen, das man nicht sein will.«

Marc seufzt. »Das unterschreibe ich sofort.«

»Macht deine Arbeit dir denn keinen Spaß?« Einen unzufriedenen Eindruck hat er bisher eigentlich nicht auf sie gemacht.

Marc schaltet das Navigationsgerät ein. »Hast du die Adresse?«

Sam zieht einen Zettel aus der Handtasche und liest den Straßennamen davon ab. Verstohlen schaut sie Marc von der Seite an. Er wirkt locker. Nicht so, als würde er ihrer Frage nach seinem Job absichtlich ausweichen. Müsste sie selbst das Auto gleich durch die überfüllten Straßen manövrieren, wäre sie deutlich angespannter.

»Ob ich meine Arbeit mag?«, greift Marc die Unterhaltung wieder auf und startet den Motor. »Sehr sogar. Immobilien haben mich immer interessiert und ich bin gerne Teil unseres Familienunternehmens.« Langsam lässt er den Wagen den Bordstein hinunterrollen und fädelt sich in den Verkehr ein. »Mein Vater hat die Firma hauptsächlich auf Gewerbeflächen und hochwertige Eigentumswohnungen ausgerichtet. Ich versuche, ihn zu überzeugen, dass wir die finanziell weniger gut ausgestattete Kundschaft nicht vergessen sollten. Bisher bin ich damit allerdings nur mäßig erfolgreich.«

Sam stutzt. »Was hast du denn vor?«

»Gegenüber des Friedensparks gibt es ein freies Grundstück. Momentan steht ein verfallener Gebäudekomplex drauf, bei dem Anfang nächsten Jahres die Abrissarbeiten starten. Pa hat es gekauft und plant dort eine exklusive Eigentumsanlage.«

»Das wäre sicher ein gutes Geschäft.«

»Ohne Frage lukrativ, aber mir geht es gegen den Strich. Ich stelle mir für die Zukunft unserer Firma deutlich mehr vor als Protz und Prunk.«

Sam schaut auf die vorbeiziehenden Häuser. »Was würdest du tun, wenn du allein darüber entscheiden könntest?«

»Ich würde eine neue Unternehmenssparte schaffen, unabhängig von den bestehenden. Aber nicht mit dem Bau typischer Sozialwohnungen, sondern einem völlig anderen Konzept: preiswert, aber nicht billig.«

»Das hört sich interessant an. Gibt es Pläne davon?«

»Ja. Ich kann sie dir zeigen, wenn du magst«, antwortet Marc bereitwillig. »Es ist alles fertig, ich habe nur noch kein grünes Licht für die Umsetzung.« Dass sein Vater versucht hat, ihn damit zu erpressen, verschweigt er lieber. Sams Eindruck von ihm ist ohnehin nicht der beste – was Marc ihr nicht verübeln kann, so wie sein alter Herr sich derzeit aufführt.

»Dein Vater sollte das Projekt unterstützen. Er ist ein Sturkopf«, bemerkt Sam prompt.

»Das ist er zweifellos«, bestätigt Marc. »Aber er hat viel für Alex und mich getan, besonders nachdem unsere Mutter weg war. Wir können uns nicht beschweren. Er trägt den größten Kampf mit sich selbst und seinem Stolz aus. Die Probleme, die er mit sich herumschleppt, machen ihn jedes Jahr griesgrämiger. Wenn er nicht aufpasst, endet er wie der alte Scrooge aus Charles Dickens' Weihnachtsgeschichte.«

Sam runzelt die Stirn. »Was ist mit eurer Mutter passiert?«

»Sie hat uns verlassen, aber das ist lange her. Sie wollte immer raus in die Welt. Wenigstens hat sie damit gewartet, bis wir aus dem Gröbsten raus waren.«

»Sie ist einfach gegangen und hat nicht zurückgeblickt«, flüstert Sam. Es ist keine Frage, sondern eine Feststellung. Schmerz flackert in ihren Augen auf, den Marc, dank des Stadtverkehrs, nicht sehen kann.

»Pa wollte damals für sie ins Ausland ziehen – Kanada war ihr großer Traum. Sie ist rübergeflogen, um vor Ort alles zu organisieren. Da hat sie dann jemand anderen kennengelernt.«

»Und seitdem hast du sie nicht wiedergesehen?«

»Doch, natürlich. Aber im Grunde genommen hat Ma ihr Leben und wir haben unseres.«

»Wenigstens hat sie noch eins«, murmelt Sam kaum hörbar.

Marc bremst abrupt ab. Ein Wagen schräg vor ihm zwängt sich aus einer Parklücke und zieht umgehend die begierigen Blicke aller nachfolgenden Fahrer auf sich. »Den Platz nehmen wir«, sagt Marc. »Von hier aus sind es zu Fuß keine zehn Minuten mehr bis zur Schreinerei.«

Die Werkstatt liegt versteckt hinter den restlichen Häusern der Straße, hat jedoch auf den ersten Blick etwas Außergewöhnliches. Aufwendige Schnitzereien zieren die Fensterrahmen und auf der massiven Tür prangt ein riesiger Messingklopfer. Das Schild über dem Torbogen, durch den sie ins Hofinnere gelangt sind, kündigt »Ninos Holzträume« an – für jeden Passanten gut sichtbar. Neben dem Eingang steht eine Truhe mit schweren Beschlägen, die bestimmt die ein oder andere Seeräubergeschichte erzählen könnte. Leider sieht sie nicht nur wunderschön, sondern auch unbezahlbar aus.

Marc und Sam gehen hinein. Auf den Kommoden im Ausstellungsraum stehen Kästchen und Figuren in verschiedensten Größen und Formen. Der intensive Holzgeruch verstärkt nicht nur Sams Vorfreude auf die Eröffnung ihres Cafés, sondern auch die Neugier darauf, was es mit der Überraschung auf sich hat. Doch momentan ist niemand da, der ihr diese Frage beantworten könnte. Auf dem Verkaufstresen liegt ein Notizbuch. Links davon steht eine antike Registrierkasse, neben der das moderne Kreditkarten-Lesegerät verloren und fehl am Platz wirkt. Sie wollen sich gerade bemerkbar machen, da kommt ein junger Mann mit dunkelbraunem gelockten Haar aus dem mit einem Vorhang abgetrennten Nebenraum. Als er die unerwartete Kundschaft sieht, lässt er beinahe den Teller mit seinem Sandwich fallen. »Dios mío!«, ruft er und fasst sich an die Brust. »Habe ich mich erschrocken.«

»Tut uns wirklich leid, das wollten wir nicht«, entschuldigt Sam sich.

»Sie können nichts dafür, dass die Klingel kaputt ist. Ich muss sie dringend reparieren.« Der junge Mann atmet tief durch. Mit der Normalisierung seines Herzschlags verblasst auch sein spanischer Akzent. »Was kann ich für Sie tun?«, fragt er.

Sam tritt von einem Bein auf das andere, unsicher, wie sie anfangen soll. »Meine Großmutter ist vor einigen Wochen verstorben und sie hat mir einen Brief hinterlassen, in dem sie mich gebeten hat, diese Schreinerei aufzusuchen«, bringt sie ihr Anliegen schließlich mit einem

Satz auf den Punkt. Es fühlt sich seltsam an, einem Fremden von Granny zu erzählen.

Der junge Spanier mustert sie neugierig. »Wie war der Name Ihrer Großmutter?«

»Josefine Lindbergh.«

»Señora Lindbergh! Dann bist du Samantha mit dem Buchcafé?«

Sam lächelt. »Ja, die bin ich. Und du heißt Nino?«

»Mein Urgroßvater hieß Nino, mein Großvater auch und mein Vater ... rate.«

»Vielleicht Nino?«

»So ist es. Meine Eltern waren kreativer, deshalb bin ich ein Pablo geworden.«

Marc wünschte, er könnte etwas Geistreiches zu dem Gespräch beitragen, aber für ihn ist anscheinend nur eine Statistenrolle vorgesehen.

Pablo winkt Sam heran und führt sie zum Vorhang, durch den er selbst einige Minuten zuvor gekommen war. Sie hat ein Nebenzimmer erwartet, ausgestattet mit einer Sitzgelegenheit und vielleicht einer kleinen Kochstelle. Doch mit dem, was sich stattdessen vor ihr auftut, hat sie nicht gerechnet. Die Halle ist weitläufig und unterteilt in einen Werkstatt- und einen Lagerbereich. Durch die gläserne Decke fällt Tageslicht, das jeden minimalen Verarbeitungsfehler sichtbar machen würde. Aber davon kann keine Rede sein. Jedes Möbelstück ist ein präzise gearbeitetes Unikat, teils klassisch und schlicht, teils mit Schnitzereien verziert.

»Hast du all diese wunderschönen Holzmöbel selbst hergestellt?«, fragt Sam.

»Zusammen mit meinem Vater«, antwortet Pablo. »Wir haben Josefine sehr gut gekannt – vor allem mein Großvater. Er hätte sie vom Fleck weg geheiratet, wenn sie gewollt hätte. Aber ihr Herz war schon vergeben.«

»An Joseph«, flüstert Sam. »Sie hat ihn auch nach all den Jahren nie vergessen können.« Ihr Blick bleibt an einem weißen Regal mit sechs Böden und einer fein geschwungenen Abschlussleiste hängen. »Darf ich?«, fragt sie.

»Nur zu«, sagt Pablo. »Dafür habe ich es gemacht.«

Als Sam näherkommt, traut sie ihren Augen kaum. In das Holz sind Buchstaben geschnitzt, die sie nur allzu gut kennt: »Sam's coffee tales«, steht dort klar und deutlich geschrieben.

»Das ist für mich?«

Pablo schmunzelt. »Deine Großmutter hat es mit entworfen. Es hat ein wenig gedauert, bis sie verstanden hat, dass sich die Planung eines Regals vom Schnittmuster eines Kleides unterscheidet. Aber es hat sich gelohnt, oder?«

»Und ob. Wenn ich nicht längst beschlossen hätte, das Café zu eröffnen, wäre ich spätestens jetzt durch nichts mehr davon abzubringen.«

»Ich möchte Granny keinen Vorsatz unterstellen«, meldet Marc sich zu Wort. »Aber genau das hat sie damit wohl beabsichtigt.«

»Wir können an dem oberen Teil noch etwas ändern, wenn du es für die restlichen Regale anders haben möchtest«, sagt Pablo.

»Nein, nein, keine Änderungen. Es ist perfekt, wie es ist. Aber welche restlichen Regale meinst du?«

»Die übrigen neun – insgesamt sind es zehn. Mit einem allein kommst du in einem Buchcafé nicht weit, oder?«

Sam reißt die Augen auf. »Zehn Stück? Die kann ich nicht bezahlen!«

»Das sind sie schon.«

»Von wem?«

»Josefine hat die Rechnung beglichen.«

»Und was wäre gewesen, wenn ich mich gegen das Café entschieden hätte?«

Pablo zuckt mit den Schultern. »Dazu hat sie nichts gesagt.«

»Ich glaube nicht, dass das eine Option für sie gewesen ist«, bemerkt Marc schmunzelnd.

Sam schaut von dem Regal zu Pablo und wieder zurück. »Habt ihr einen Lieferservice?«, fragt sie.

»Normalerweise schon, aber unser Transporter hat vorgestern schlapp gemacht. Mein Vater ist auf der Suche nach Ersatz – hoffentlich hat er damit heute mehr Glück als gestern.«

»Kein Problem.« Marc setzt sich auf die Truhe an der Wand. »Wir leihen uns einen aus. Wann können wir die Regale denn abholen?«

»Ende der Woche«, antwortet Pablo. »Bis auf den Schriftzug sind sie fertig und am Freitag bin ich auch mit den Schnitzarbeiten durch. Allerdings sind sie nicht aufgebaut. Ich kann das gern übernehmen, dann wird es aber vor Montagabend nichts.«

»Ich könnte sie Samstag um die Mittagszeit abholen und anschließend im Café aufstellen«, sagt Marc. »Anfang nächster Woche bin ich nicht da und außerdem glaube ich nicht, dass wir die zusammengebauten Möbel in einem normalen Transporter unterkriegen.«

Sams Augen leuchten auf. »Schon am Samstag?«

Pablo nickt und lässt sich neben Marc auf die Sitztruhe fallen.

»Die Truhe sieht chic aus. Ist sie noch zu haben?«, fragt Sam.

»Eigentlich ist sie für einen Stammkunden reserviert.«

»Schade.«

»Er holt sie aber erst in zwei Monaten ab, wenn seine Wohnung bezugsfertig ist. Bis dahin könnte ich eine Neue bauen.«

Nachdenklich legt Sam den Kopf schräg. »Machst du mir einen Freundschaftspreis?«

»Klar, schließlich hätte ich beinahe zur Familie gehört, wenn deine Großmutter den Heiratsantrag von meinem Großvater angenommen hätte.« Pablo grinst, wobei er zwei unverschämt weiße Zahnreihen entblößt. Dann steht er auf, krempelt seine Pulloverärmel hoch und zieht hinter einem Kartonstapel einen weißen Stuhl hervor. Marc beobachtet das Spiel seiner beeindruckenden Unterarmmuskeln. Ihm ist bewusst, dass Sam gerade denselben Anblick genießt – würde der junge Spanier bei dem, was er tut, bloß weniger gut aussehen.

»Brauchst du so etwas auch noch?«, fragt Pablo.

»Der Stuhl ist toll«, sagt Sam. »Aber ich habe schon Sessel bestellt, die wunderbar zur restlichen Einrichtung passen. Trotzdem vielen Dank für das Angebot. Kommst du mich mal im Café besuchen, wenn alles fertig ist?«

»Darauf kannst du dich verlassen«, antwortet Pablo. Dabei rückt er vertraulich nah an Sam heran, was Marc mit einem Stirnrunzeln quittiert.

17

Sam steht am Fenster des Buchcafés und wartet. Endlich fährt der Transporter vor. Marc steigt aus, geht um das Fahrzeug herum und öffnet die Hecktüren. Seine Hände stecken in dicken Arbeitshandschuhen, mit denen er einen Haufen Bretter von der Ladefläche zieht und sie die Stufen zum Laden hochträgt. Sam ist gar nicht bewusst, dass sie ihn anstarrt.

»Alles okay?«, fragt Marc.

»Ja, klar«, versichert sie hastig. »Du siehst nur irgendwie anders aus.«

Prüfend schaut er an sich hinab. »Findest du?«

»Schon. Bisher kenne ich dich nur im Anzug.«

»Stimmt. Aber heute habe ich frei und da sind Jeans und T-Shirt angesagt. Ist das gut oder schlecht?«

»Gut«, antwortet Sam. *Und herrlich bequem – so, wie ich es mag*, fügt sie in Gedanken hinzu. Dann deutet sie auf die Regalböden unter seinem Arm und auf die Bücherkisten im Flur, deren Inhalt sie später einsortieren möchte. »So hast du dir deinen freien Tag sicher nicht vorgestellt.«

Marc lächelt. »Das würde ich nicht sagen. Ein bisschen Abwechslung kommt genau richtig. Außerdem hat sich Bloomberg für heute in der Firma angekündigt. Ich bin nicht böse, ihn zu verpassen. Er ist nicht besonders gut auf uns zu sprechen, seit er erfahren hat, dass wir das Ladenlokal anderweitig vermietet haben.«

»Das kann ich mir vorstellen. Konntet ihr ihn denn mit einem anderen Standort trösten?«

»Mach dir mal keine Sorgen. Pa kriegt das in den Griff, Bloomberg wird hier nicht mehr auftauchen.«

Das wäre Sam sehr recht, denn auf einen weiteren Zusammenstoß mit ihm kann sie gut verzichten. Marc legt die erste Ladung Bretter auf dem Boden ab und zieht einen zerknüllten Zettel aus seiner Hosentasche. Nach einem kurzen Blick darauf beginnt er, die einzelnen Regalteile zu sortieren, und macht sich dann auf, die nächste Fuhre aus dem Transporter zu holen. Der Zusammenbau geht ihm leicht von der Hand, trotzdem dauert er seine Zeit.

Sam sortiert derweil sorgfältig ihre Bücher und legt sie auf unterschiedliche Stapel ab. Doch mit jeder verstrichenen Minute fällt es ihr schwerer, die Buchtitel im Zwielicht auseinanderzuhalten. »Wir sollten das Licht anmachen«, sagt sie und geht hinter die Theke. Doch keiner der Schalter bringt den gewünschten Erfolg.

Marc schaut zur Decke hinauf, wo die dunkle Neonröhre der Vormieter hängt. »Das Ding flackert schon seit Wochen, wahrscheinlich ist es nun ganz hin. Vielleicht besser so, denn damit konnte man glatt ein Fußballstadion beleuchten.«

Sam öffnet einen Karton auf der Ablage. »Ich habe schon ein paar Kerzen für die Eröffnung besorgt. Die werden jetzt wohl dran glauben müssen.« Sie platziert einige davon auf dem Tresen, nimmt ein Feuerzeug aus der Kiste und zündet sie an. Die sanften Farben des Kerzenscheins schmiegen sich um ihren Körper und lassen Marc seine Arbeit vergessen. Er kann sich nicht von ihr abwenden – er muss sie anschauen, jede ihrer Bewegungen einfangen.

»Vielleicht sollten wir für heute Schluss machen«, sagt er, obwohl alles in ihm sich dagegen wehrt.

Sam dreht sich zu ihm herum. Der Schimmer in ihren Augen fordert ihn auf näherzukommen. Bevor er dem nachgeben kann, hält er sich am Thekenrand fest.

»Es ist okay, wenn du losmusst«, sagt sie. »Du hast wirklich genug für mich getan. Ich mache noch ein bisschen weiter. Wenigstens das eine Regal möchte ich heute komplett befüllen – vorher habe ich keine Ruhe.«

»Wo hast du die Bücher eigentlich her?«

»Von Harry, meinem Bibliothekschef in Inverness. Eine Abfindung konnte er mir nicht zahlen, aber einfach gehen lassen wollte er mich auch nicht. Wir haben uns wirklich gut verstanden. Er hat gesagt, ich soll seine Bücherspende als kleines Abschiedsgeschenk betrachten. Ein paar Böden mit englischsprachigen Werken sind eine gute Ergänzung zu dem deutschen Bestand, den ich mir gerade aufbaue.«

Ehe Marc darauf antworten kann, kommt Rosella herein. Auf ihren Armen balanciert sie ein Tablett. »Ihr müsst hungrig sein«, sagt sie und stellt die Snacks auf dem Tresen ab. Ihr Blick bleibt an den Regalen hängen. »Wunderschön«, wispert sie und fährt mit den Fingerspitzen vorsichtig über das glatte Holz. »Der Raum bekommt gleich eine ganz andere Atmosphäre.«

»Ja.« Sam nickt zufrieden. »Das finde ich auch. Und du hast natürlich recht: Wir haben das Essen völlig vergessen.« Sie wendet sich an Marc und zeigt auf das Tablett. »Bleib noch ein bisschen, das kannst du dir unmöglich entgehen lassen.«

Marc steht vor einer Entscheidung, die eigentlich keine ist. Sein Magen knurrt unüberhörbar. »Wir haben keine Tische und Stühle«, sagt er. »Picknick auf dem Boden?«

Rosella zieht die mitgebrachte Decke von ihrer Schulter und drückt sie Sam in die Hand. »Als wenn ich es geahnt hätte«, bemerkt sie lächelnd. »Macht es euch bequem – die passende Beleuchtung habt ihr ja schon.«

»Du willst wieder gehen?« Sam weiß nicht, ob sie darüber enttäuscht sein oder sich freuen soll. Sie ist gerne mit Marc allein. Aber auf einer Picknickdecke bei Kerzenschein? Wie soll sie da eine gesunde Distanz wahren?

»Ich habe keinen Hunger«, sagt Rosella. »Außerdem komme ich nicht mehr hoch, wenn ich einmal auf dem Boden sitze. Ganz zu schweigen von meinen Rückenschmerzen. Bringt ihr mir das Geschirr nachher rauf?«

Sam schüttelt die Decke auf und breitet sie auf den Holzdielen aus. »Natürlich. Vielen Dank, Rose.«

»Erzählst du mir von Schottland?«, bittet Marc, nachdem Rosella gegangen ist. »Die Highlands sollen traumhaft schön sein.«

»Oh ja, das sind sie. Es ist mir nicht leichtgefallen, sie zu verlassen. Dornoch ist ein kleines Dorf, aber ich vermisse es jetzt schon.«

»Wie ist es dort?«

Sam rührt in ihrem Kakao. »Es hat nur 1200 Einwohner, aber trotzdem viel zu bieten. Zum Beispiel einen Golfplatz und den zweifelhaften Ruhm als Ort der letzten Hexenverbrennung.«

»Ernsthaft?«

»Ja. Es gibt sogar einen Gedenkstein.« Sie senkt die Stimme. »Darauf steht, ihr Name war Janet Horne. Aber wahrscheinlich hieß sie anders, denn dieser Name war zur damaligen Zeit ein allgemein üblicher Begriff für eine Hexe. Die Inschrift datiert ihr Todesjahr auf 1722, andere Quellen behaupten, sie sei erst 1727 verurteilt worden. Man erzählt sich, sie habe nie zur Ruhe gefunden und die Dorfbewohner mitsamt Nachfahren verflucht, während sie auf dem Scheiterhaufen brannte. Tatsächlich sind seitdem einige Menschen spurlos verschwunden. Unserem Dorfältesten ist sie einige Male auf einem Felsvorsprung am Meer erschienen. Sie zeigt sich nur in besonders stürmischen Nächten, dann trägt der Wind den Geruch von Ruß und Rauch bis ins Ortsinnere. Wir schließen die Fenster, wenn es wieder so weit ist – denn niemand weiß, wann sie sich ihr nächstes Opfer holt.«

Marcs Finger umklammern die Kaffeetasse. Erst jetzt bemerkt er, dass sein Mund offen steht. Er räuspert sich. »Das ist ganz schön düster, du bist eine talentierte Geschichtenerzählerin. Die Leute werden deine Lesungen lieben. Für die Kinder solltest du dir allerdings eine weniger makabere Story ausdenken.«

Sam grinst. »Okay, wie wäre es damit: In Dornoch hat eine bekannte Sängerin ihr Baby taufen lassen. Rate, welche es war.«

Marcs Schultern zucken hilflos nach oben. »Ganz ehrlich? Ich habe keine Ahnung.«

»Ich gebe dir einen Tipp: Es war im Jahr 2000.«

»Wenigstens entfernen wir uns auf dem Zeitstrahl von der Hexenverbrennung. Aber ich weiß es trotzdem nicht.«

»Der Junge heißt Rocco.«

»Mmh.« Die Erleuchtung auf Marcs Gesicht hält sich in Grenzen.

»Rocco ist der Sohn von Madonna!«

»Da klafft wohl unübersehbar eine Lücke in meiner Allgemeinbildung.«

Sam lacht. »Eine Verzeihliche, würde ich sagen.« Sie nimmt sich ein weiteres Häppchen vom Tablett.

»Bist du in Schottland geboren?«, erkundigt Marc sich.

»Ja, aber nicht in Dornoch, sondern in Glasgow. Irgendwie bin ich also doch ein halbes Großstadtkind und kein reines Landei.«

Marc überlegt. Er weiß nicht viel über seine Tante Ria, ist sich aber ziemlich sicher, dass sie seit ihrer Auswanderung immer an der Ostküste gelebt hat. »Was hat deine Mutter in Glasgow gemacht? Habt ihr Verwandtschaft dort?«

Sam blickt auf. »Sie hat mit meinem Dad und meinem Bruder dort gewohnt.«

»Ria hat in Glasgow gewohnt, als sie dich bekommen hat?«

»Ria?«

Jetzt versteht Marc gar nichts mehr. Warum schaut Sam ihn so seltsam an und wieso sagt sie nichts mehr?

»Nein«, antwortet sie nach einer gefühlten Ewigkeit. »Ria hat nie in Glasgow gewohnt.«

Es dauert eine Weile, bis Marc diese Aussage richtig zuordnen kann. Dann steigt ein Kribbeln in ihm auf. Sein Mund wird trocken – er muss sofort etwas trinken. Das Wasser in seinem Glas schwappt bedenklich hin und her, während er es an die Lippen führt. »Ria ist gar nicht deine Mutter?«, platzt es schließlich aus ihm heraus.

»Nein, hast du das nicht gewusst?«

Marc schüttelt den Kopf. »Ich dachte, du wärst meine richtige Cousine.«

Sam schluckt. Was soll das bedeuten? Ist er nur so nett zu ihr gewesen, weil er meinte, sie gehöre zur Verwandtschaft? Der Raum erscheint ihr plötzlich dunkler, die eben noch friedlichen Kerzenflammen flackern unruhig auf und ab.

Marc steht auf – er muss raus und sich sammeln. All seine unterdrückten Emotionen kämpfen sich an die Oberfläche wie Wassermassen durch die geöffneten Schleusen eines Staudamms. Wartet er noch lange, wird er sich zu unüberlegten Gefühlsausbrüchen hinreißen lassen. »Ich bin sofort wieder da«, murmelt er und eilt zur Ausgangstür. Mit zusammengepressten Zähnen und der Klinke in der Hand hält er inne. Seine Finger umklammern das Metall, bis es schmerzt. Dann dreht er sich zu Sam herum. »Geh nicht«, bittet er sie. »Ich erkläre es dir gleich.«

Draußen lehnt Marc sich rückwärts gegen die Hauswand und starrt in den Himmel. Es ist erst halb sieben und schon stockdunkel. Der volle Mond schickt sein kühles Licht zu ihm herab und unzählige Sterne funkeln ihn an.

»Du hast es gewusst und mir verschwiegen, Granny«, sagt er, den Blick weiterhin nach oben gerichtet. »Warum?« Er wartet, doch jegliche Rückmeldung bleibt aus. »Weil es für dich keine Rolle gespielt hat«, beantwortet er sich seine Frage nach einer Weile selbst. »Aber ganz ehrlich: Es wäre es hilfreich gewesen, wenn du diese kleine, für dich unwichtige Tatsache, in einem unserer vielen Gespräche erwähnt hättest.« Einige Passanten ignorieren Marcs Selbstgespräche und laufen unbeirrt an ihm vorbei, andere mustern ihn neugierig. Ihm ist es gleich – sollen sie denken, was sie wollen. Der Wind hat sich gelegt und nichts als frische Winterluft zurückgelassen, die Kälte verschafft ihm einen klaren Kopf. Ein Lächeln breitet sich auf seinem Gesicht aus. Sam und er sind nicht verwandt! Aber wie geht er die Sache nun am besten an?

»*Zumindest nicht, indem du hier draußen herumstehst, mit meinem Geist redest und sie drinnen warten lässt!*« Die tadelnde Stimme seiner Großmutter hallt durch Marcs Gedanken. Sie ist kaum zu überhören – und hat noch nie so recht gehabt. Mit einem Satz springt er die drei Stufen zum Eingang hinauf. Das Glöckchen über der Tür kündigt seine Rückkehr an.

Sam blickt ihm entgegen. »Du bist enttäuscht«, stellt sie tonlos fest. In diesem kleinen Satz schwingt eine Traurigkeit mit, die ihn ohne Umweg zu ihr hinzieht. Mittlerweile ist sie ebenfalls vom Boden aufgestanden und steht mit vor der Brust verschränkten Armen mitten im Raum.

»Das bin ich ganz sicher nicht.« Marcs Hände wandern hoch zu ihrem offenen Haar, verharren für einen kleinen Moment in der Luft, bevor sie sanft an ihrem Hals entlangfahren und schließlich in ihre dichten Locken eintauchen. Genau so hat er es sich vorgestellt. Die Strähnen streichen über seine Haut und hinterlassen ein Prickeln an den Stellen, die sie berührt haben. »Im Gegenteil«, sagt er leise. »Ich bin so erleichtert darüber, dass ich …«

Die Türglocke bimmelt erneut. Marc und Sam fahren auseinander.

»Ihr seid ja doch da! Warum steht ihr halb im Dunkeln?«, quasselt Anna drauflos. »Wir sind gerade heimgekommen und ich wollte fragen, ob ich etwas helfen kann. Eine halbe Stunde habe ich noch bis zum Abendbrot.« Sie geht um die Theke herum und drückt auf den ersten von drei Lichtschaltern, dann auf den zweiten und schließlich auf den letzten. Abgesehen vom schummrigen Kerzenlicht bleibt der Raum jedoch weiterhin unbeleuchtet. »Die Lampe geht ja gar nicht«, kommentiert sie das Offensichtliche.

Marc schließt die Augen und fährt sich über die Stirn. Er mag Kinder wirklich sehr und Anna insbesondere, aber jetzt würde er sie am liebsten am Kragen packen und zurück zu ihrem Vater tragen. Er schaut Sam verstohlen an. Ihr ist nichts von dem anzumerken, was eben beinahe zwischen ihnen geschehen wäre.

»Das Café bekommt sowieso eine komplett neue Beleuchtung«, sagt sie, als sei nichts passiert. »Ich bin ganz froh, dass die Lampe kaputtgegangen ist. In dem Licht habe ich mich wie auf einem Zahnarztstuhl gefühlt.«

Anna verzieht das Gesicht – Zahnärzte gehören nicht zu ihren Lieblingsthemen.

»Hat dein Papa dir schon erzählt, dass ich sein Angebot mit der Kaffeemaschine annehmen werde?«, fragt Sam sie.

»Ja. Er mag dich ziemlich gern, genau wie ich.«

Marc horcht auf. Diese Information ruft gespaltene Gefühle in ihm hervor. Er kennt den Mann nicht einmal, trotzdem ist er ihm auf Anhieb unsympathisch. Annas Mutter lebt nicht mit ihm zusammen, das weiß er. Sam ist ebenfalls Single. Sie hat das Mädchen zweifellos ins Herz geschlossen und nun wohnt sie mit ihnen im selben

Haus. Das Schicksal hat ihnen eine Steilvorlage geliefert – eine, die ihn selbst nicht berücksichtigt.

»Marc?«

Marcs trüber Blick wird schlagartig klar. »Ja?«

»Du bist mit deinen Gedanken ganz woanders.« Stirnrunzelnd sieht Sam ihn an.

»Tut mir leid. Worum ging es?«

»Niklas verkauft mir seine Espressomaschine.« Marc versucht, möglichst sachlich zu klingen. »Diese Maschinen sind neu unglaublich teuer. Es ist eine gute Idee, sie gebraucht zu kaufen. Und ihre Funktionen reichen aus?«

»Absolut! Er hatte einen Gastronomiebetrieb. Sie passt perfekt auf die Anrichte dort und in das Fach darüber stelle ich meine Traumkugel.«

Mit aller Macht konzentriert Marc sich auf das Gespräch und drängt die zermürbenden Bilder in seinem Kopf zurück. »Welche Traumkugel?«, fragt er.

»Ich sammle alle Arten von Schneekugeln. Weil manche mit etwas anderem als Schnee befüllt sind, hat mein Dad seine Kreationen in Traumkugeln umbenannt. Er hat sie im Keller unseres Hauses selbst hergestellt. Die, die im Café einen Ehrenplatz bekommt, ist die Erste gewesen, die er mir persönlich gewidmet hat. Sie ist oben in meiner Wohnung. Ich kann sie euch nachher zeigen.«

»Au ja!« Anna dreht eine Pirouette, die mit der einer Ballerina allerdings wenig gemein hat. »Vielleicht kann dein Papa auch mal eine für mich machen.«

Sam lächelt. »Das würde er sicher gern«, sagt sie. »Aber leider kann er das nicht mehr. Er ist vor zwei Jahren gestorben.«

»Dann wird es ja nie wieder welche von ihm geben!« In Annas Augen flackert die Erkenntnis über die Endlichkeit des Lebens auf, die sie jedoch schnell abschüttelt – das ist nichts, womit sie sich jetzt beschäftigen kann. Die Trennung ihrer Eltern zu verarbeiten, zehrt genug an ihren Kräften. »Wo sind denn deine anderen Kugeln?«, fragt sie.

»Die kommen mit meinen restlichen Sachen hoffentlich bald nach. Ein Umzugsunternehmen kümmert sich darum.«

Annas Handy klingelt. Sie wischt mit dem Finger übers Display und nimmt das Gespräch an. Kommentarlos hört sie dem Anrufer zu, legt dann auf und rollt mit den Augen. »Ich muss los, Papa hat das Essen fertig. Von wegen halbe Stunde.« Murrend stapft sie aus dem Laden.

Marc sieht ihr hinterher. »Wo wir gerade beim Thema Essen sind«, sagt er dann kurz entschlossen zu Sam. »Morgen ist der erste Advent. Hast du abends etwas vor?«

»Der Advent beginnt dieses Jahr schon Ende November?« Vor lauter Café-Planung ist Sam das glatt entgangen, obwohl dieser Tag ihre liebste Zeit des Jahres einläutet. Bei vielen Menschen bricht in den Wochen vor Weihnachten der pure Stress aus, aber sie hat sich dem bisher immer entzogen. Frühzeitige Vorbereitungen und ein gemütlicher Rückzugsort zum Auftanken haben ihr dabei geholfen. In Schottland ist das Sitzkissen im Pensionszimmer ihre Zuflucht und wenn gerade keine Gäste dort sind, auch die Lesestube. In Köln wird es der Schaukelstuhl in ihrer Bücherecke sein, den sie vergangenes Wochenende erstanden hat. Bisher gibt es keinerlei Weihnachtsdekoration – weder für ihre Wohnung noch fürs Café. Aber zumindest sind die Essenskarten und Möbel, die Lampen, das Geschirr und der Schriftzug für die Fensterfront bestellt. Bis zur Eröffnung in zwei Wochen wartet nichtsdestotrotz noch eine Menge Arbeit auf sie.

»Ja, morgen ist es so weit«, sagt Marc. »Ziemlich früh dieses Jahr, aber trotzdem ein guter Tag, um endlich deinen Onkel kennenzulernen. Schließlich gehörst du zur Familie.«

»Obwohl wir eigentlich gar nicht richtig verwandt sind?«

»Das ist nicht dein Ernst, oder? Dass Ria deine Stiefmutter ist, ändert daran gar nichts.«

Sam räuspert sich. Sie soll Norman kennenlernen! Allein die Vorstellung bringt sie ins Schwitzen. »Und wie würde das ablaufen?«

»Ich komme um sieben zu dir und wir fahren zusammen hin.«

»Wohin?«

»Zu meinem Vater nach Hause.«

»Zu *ihm* nach Hause?«

»Du sagst das, als hätte ich dich ins Haifischbecken eingeladen.«

»Na ja, ein Goldfisch ist er zumindest nicht.«

Marc lacht. »Nein, der Vergleich hinkt. Aber du weißt sicher, was man über bellende Hunde sagt.«

Sam wiegt den Kopf hin und her. »95 Prozent davon beißen nicht.«

»Tatsächlich? Die Statistik kenne ich noch nicht.«

»Erfahrungswerte.«

»Mmh. Was mit den restlichen fünf Prozent ist, frage ich dann wohl besser nicht.«

Sam überlegt. Die Entscheidung fällt ihr nicht leicht. Sie freut sich über Marcs Einladung, aber das Treffen mit Norman liegt ihr jetzt schon im Magen. Andererseits lebt sie nun in Köln, nicht weit von seiner Firma entfernt. Irgendwann wird dieser Schritt unvermeidlich sein – warum also aufschieben, was sofort erledigt werden kann. »Okay«, sagt sie entschlossen. »Ich bin um sieben Uhr fertig.«

Marc tritt aus dem Aufzug und geht den kurzen Flur zu seiner Dachgeschosswohnung entlang, die er seit gut fünf Jahren bewohnt. Die kleine Espressomaschine auf der Küchenablage erinnert ihn sofort an Sam. Ebenso wie jedes einzelne Buch im Regal und der leere Platz im Gästebereich, wo bis vor wenigen Tagen das Bett stand, das nun zu ihrem neuen Nachtlager geworden ist. Wie schnell Gegenstände sich mit Empfindungen verknüpfen, ist ihm bisher nie aufgefallen. Er mag seine Wohnung, fühlt sich wohl auf der mediterran angelegten Terrasse und auf dem Sofa mit der extra breiten Liegefläche, das er aufgrund seines chronischen Zeitmangels viel zu selten nutzt. Die Zimmer sind aufgeräumt, alles sieht aus wie immer – dennoch haben sie nie so verlassen gewirkt wie heute. Eigentlich ist er mit seinem Leben bislang ganz zufrieden gewesen. Die Arbeit erfüllte ihn, lockere Bekanntschaften reichten ihm aus. Hätte man ihn gefragt, was er gerne ändern würde, hätte er keine Antwort darauf gehabt. Bis zu dem Tag, an dem Sam den Flur des Amtsgerichts herunterkam und den Wunsch nach mehr in ihm weckte. Ein Verlangen, das sein bisheriges Dasein plötzlich trist und farblos wirken lässt.

Als Marc die Terrassentür öffnet, schlägt ihm kalte Luft entgegen. Sein Atmen hinterlässt feinen Nebel in der Dunkelheit – das Wetter verändert sich. Tagsüber ist die Luft frisch und rein gewesen, nun fühlt sie sich dumpfer an, irgendwie schwerer. Seine Großmutter hat in ihrem Brief geschrieben, es sei an der Zeit, reinen Tisch zu machen. Sie ist davon überzeugt gewesen, dass der erste Schnee die Wende zum Guten bringt – für manchen sogar Wunder bewirkt. Marc lehnt den Kopf nach hinten und schließt die Augen. Er kann die Flocken schon riechen. Noch sind keine da, aber sie werden kommen. Und vielleicht haben sie dieses Mal ja etwas für ihn im Gepäck.

18

Sam schaut über ihre Schulter nach hinten. Der provisorische Spiegel gibt nur einen kleinen Ausschnitt ihrer Rückansicht preis, aber das, was sie erkennt, gefällt ihr. Seit dem katastrophalen Abend bei Tims Eltern in Erfurt hat sie diesen schulterfreien Hosenanzug nicht mehr getragen. Gott sei Dank hat sie ihn nicht mit den Sommersachen in einem der Umzugskartons verstaut – so sehr sie ihre Pullover und Jeans auch liebt, für diesen Anlass wären sie unpassend gewesen. Der schwarze Stoff schmiegt sich sanft um ihre Rundungen und bietet genau die richtige Mischung aus Eleganz und Natürlichkeit für ein offizielles Essen.

Es ist Punkt sieben. Das Klingeln kommt nicht überraschend und doch fährt Sam zusammen. Sie kann nicht abschätzen, was sie heute erwartet, hat aber den festen Vorsatz gefasst, sich für niemanden mehr zu verbiegen. Entschlossen drückt sie den Türöffner, nimmt ihren Mantel vom Haken und legt ihn sich über den Arm.

Während Sam die Wohnung abschließt, hallen Marcs Schritte bereits durchs Treppenhaus. »Ich komme runter«, ruft sie und lässt den Schlüssel in ihrer Tasche verschwinden. Marc wartet im ersten Stock. Als sie ihm ins Gesicht sieht, bleibt ihr die Begrüßung im Hals stecken. Wie versteinert schaut er ihr entgegen – nichts an seiner Haltung verrät, was er gerade denkt. Sie nähert sich ihm Stufe für Stufe, bis er endlich aus der Starre erwacht.

»Du siehst toll aus!«, sagt er. Und dieses Kompliment ist seiner Meinung nach die Untertreibung des Jahres, nur will ihm kein Adjektiv einfallen, das Sam gerecht werden würde. Vom ersten Moment an hat sie ihn fasziniert, aber dieser Anblick gibt ihm den Rest. Wie gerne würde er sie in den Arm nehmen und ihre warme Haut unter dem fließenden Stoff spüren, während seine Finger langsam ihren Rücken hinabwandern und ... »*Schluss damit!*«, ruft er sich innerlich zur Ordnung und atmet tief durch. Jetzt wäre es gut, etwas möglichst Intelligentes zu sagen, aber sein Körper hat gerade offensichtlich andere Sorgen. Also beschränkt Marc sich aufs Schweigen und führt Sam hinaus zu seinem Wagen. Die Kälte bringt ihn einigermaßen zur Besinnung – trotzdem fällt es ihm schwer, sich auf die Fahrt zu konzentrieren. Aus den Augenwinkeln beobachtet er Sam auf dem Beifahrersitz. Sie ist ebenfalls ungewohnt still.

»Bist du okay?« Erleichtert stellt Marc fest, dass seine Stimme ihm wieder uneingeschränkt gehorcht.

»Ein bisschen nervös«, antwortet Sam.

»Wegen ihm?«

»Ja. Was, wenn er mich nicht mag?«

Auch wenn es Marc einiges an Überredungskunst gekostet hat, seinen Vater von dem Abendessen zu überzeugen, erscheint ihm der Gedanke völlig abwegig. Wer könnte diese Frau nicht mögen?

»Dann ist ihm nicht mehr zu helfen«, sagt er. »Du bist genau richtig so, wie du bist.«

Bei diesen lieb gemeinten Worten gerät Sams Herzschlag aus dem Takt. Genau das Gleiche hat auch Tim damals im Auto zu ihr gesagt. Sie war ähnlich aufgeregt wie jetzt und er versicherte ihr, dass er voll und ganz hinter ihr stünde. Von diesem ehrenvollen Vorsatz blieb im Beisein seiner Familie allerdings nicht viel übrig. Schutzlos setzte er Sam dem Sturm aus und sah wortlos dabei zu, wie seine Eltern sie zum Kentern brachten. Wird sich Marc in Gegenwart seines Vaters ebenso verhalten? Das gemeinsame Essen ist bestimmt seine Idee gewesen. Denn dass Norman sie eigentlich gar nicht kennenlernen will, hat er ihr unmissverständlich klar gemacht. Schließlich ist er es gewesen, der sie letztes Jahr im Foyer seiner Firma durch die Empfangsdame hat abblitzen lassen – keine guten Voraussetzungen für einen gelungenen Abend. Die Erkenntnis bringt Sam trotz der Sitzheizung zum Frösteln.

Nach etwa 20 Minuten hält der Wagen vor einem schmiedeeisernen Tor. Marc fährt das Seitenfenster hinunter und drückt auf den Knopf eines schwarzen Kastens.

»Ja?«, bellt eine dunkle Stimme in den Lautsprecher. Sam rutscht ein Stück tiefer in den Sitz hinein.

Marc lehnt sich vor. »Wir sind es, Pa«, ruft er der Gegensprechanlage zu.

Ohne weitere Nachfragen schwingen die Torflügel auf und geben den Blick auf die Einfahrt frei. Ein langer Weg führt leicht bergauf, bis er sich vor einem kreisförmig angelegten Blumenbeet gabelt. Marc lenkt das Auto rechts daran vorbei, wobei der Kies unter den Reifen aufspritzt. Sams Knie sind weich, als er ihr die Autotür öffnet. Beim Aussteigen schaut sie die Fassade empor. Geschmack hat ihr Onkel, das muss man ihm lassen. Sie hat eine herrschaftliche Villa erwartet, mit klaren Linien und nüchterner Architektur, ohne jeglichen Klimbim – wie im Empfangsbereich der »Lindbergh Real Estate GmbH«. Aber das Haus ist nicht annähernd so unterkühlt, wie sie es sich vorgestellt hat. Der helle Außenputz wirkt freundlich, die Natursteinsäulen neben dem Eingang geben dem Ambiente einen edlen, aber bodenständigen Touch. Durch das klare Glas im oberen Teil der Eingangstür dringt warmes Licht und der darunter angebrachte Kranz aus unterschiedlichsten Tannenzweigen versetzt Sam pünktlich zum ersten Advent in Weihnachtsstimmung. Ein Hoffnungsschimmer keimt in ihr auf. Hat sie sich die ganze Situation düsterer ausgemalt, als sie in Wirklichkeit ist?

Die Frau, die ihnen öffnet, ist jung – nicht älter als Anfang 20. Das dunkle Kleid steht ihr gut und die Schürze, die sie darüber trägt, betont ihre schlanke Taille.

»Natalie!«, begrüßt Marc sie. »Was machst du denn hier?«

»Mutter hat sich gestern den Fuß gebrochen«, sagt sie und streicht sich über das streng zurückgebundene Haar. »Beim Einkaufen.«

»Beim Einkaufen?«

»Sie ist über eine Getränkekiste gestolpert, umgeknickt und schon war es passiert.«

»Entschuldige«, wendet Marc sich an Sam. »Das ist Natalie. Ihre Mutter kümmert sich normalerweise um die Hausarbeit, das Essen und was sich sonst alles ansammelt.«

Natalie senkt die Stimme. »Und wenn sie ausfällt, muss ich ran. Allein ist Norman nämlich nicht überlebensfähig.«

Marc versucht, möglichst streng dreinzuschauen, aber das entlockt der jungen Frau nicht mehr als ein Grinsen. »Ist doch so«, sagt sie. »Er ist mit dem ganzen Haushaltskram komplett überfordert. Wahrscheinlich würde er sich nur von Tütensuppen ernähren und jeden Tag denselben Anzug tragen, wenn Mutter nicht wäre.«

Sam presst die Lippen aufeinander, damit ihr kein Kichern entschlüpft. »Ich bin Samantha McKay«, stellt sie sich vor und streckt Natalie zur Begrüßung die Hand entgegen.

»Freut mich, Sie kennenzulernen. Ich bin gespannt, wie er auf Sie reagiert. Was seine Familie angeht, ist er nämlich leider nur beschränkt gesellschaftstauglich. Nehmen Sie seine mürrische Art nicht persönlich, er meint es nicht so. Ich war fünf, als meine Mutter bei ihm angefangen hat, und ich kann mich an keine Situation erinnern, in der er nicht gut zu uns war. Manchmal bin ich nach der Schule mit ihr hergekommen. Wenn er zu Hause war, hat er mit mir im Garten Fußball gespielt. Ich weiß, ich sehe nicht danach aus, aber Fußbälle sind mir schon immer lieber gewesen als Puppenwagen.« Sie tritt beiseite, während Marc Sam den Mantel abnimmt und ihn an einen der Garderobenhaken hängt. »Auf die Familie seiner Schwester sollte man ihn allerdings nicht ansprechen«, fährt Natalie fort. »Umso überraschter war ich, als ich gehört habe, dass Sie zum Abendessen kommen.«

Sam geht durch eine breite Schiebetür. Der dahinterliegende Raum ist groß, aber nicht anonym. Den zentralen Punkt bildet neben dem offenen Kochbereich ein festlich gedeckter Esstisch, dessen dunkles Holz einen harmonischen Kontrast zu der sonst hellen Einrichtung bildet. Die cremefarbenen Schränke und Anrichten im Stil der englischen Landhausküche hätte Sam hier ebenso wenig erwartet wie den Kamin gegenüber der Sitzgruppe.

Es ist angenehm warm und die unter dem Fenster gestapelten Holzscheite versprechen, dass es den Abend über so bleiben wird.

»Du siehst umwerfend aus!«, ruft Alexander, der unbemerkt das Zimmer betreten hat. Mit ausgebreiteten Armen und einem strahlenden Lächeln bewaffnet, kommt er auf Sam zu. »Setz dich«, fordert er sie auf. »Dad wird gleich da sein.« Kaum hat er seine Ankündigung ausgesprochen, erscheint ein Mann um die 60 an dem Seiteneingang neben der Küchenzeile. Eigentlich hat Sam die Tür gedanklich einer Speisekammer zugeordnet, aber mit der Einschätzung lag sie offenbar daneben. Das hofft sie zumindest, denn sollte Norman sich tatsächlich die ganze Zeit über in einem Abstellraum verschanzt haben, wäre das äußerst bedenklich.

Nun steht Sam ihrem Onkel nach all den Jahren also zum ersten Mal persönlich gegenüber. Bisher kannte sie ihn nur von offiziellen Firmenfotos, die eindeutig seit längerer Zeit nicht mehr aktualisiert worden sind. Seine Stirn ist höher, das Gesicht magerer und die Miene ernster als auf den Bildern. Ohne mit der Wimper zu zucken, starrt er sie aus sicherer Entfernung an. In Sams Bauch rumort es und das liegt nicht allein an ihrem leeren Magen. Marc hat seine Bemerkung über die Einladung ins Haifischbecken sicher nicht ernst gemeint und ist der Realität damit doch gefährlich nah gekommen.

»Das ist also eine von Rias Töchtern«, sagt Norman schließlich betont langsam.

Sam fühlt sich unter seinem Blick wie ein seltenes Zootier. Sie verspürt das dringende Bedürfnis, sich auf dem Absatz herumzudrehen und ihn in seinem Designeranzug stehenzulassen.

»Eine persönliche Begrüßung wäre nett, Pa. Sam steht direkt vor dir«, sagt Marc. Sein Ton ist ruhig, lässt aber keinen Zweifel daran aufkommen, dass sein Vater gut beraten wäre, der Aufforderung zu folgen.

Für einen Moment wendet Norman sich ab. Er fixiert den Schneebesen auf der Ablage und gerade als Sam glaubt, er würde den Rückzug antreten, kommt er auf sie zu und schüttelt ihr die Hand.

»Es tut mir leid«, sagt er. »Ich freue mich wirklich, dich kennenzulernen, Samantha.« Auf seine eigene verquere Art hört es sich ehrlich an.

Sie nehmen Platz. Alexander erzählt von seiner letzten Geschäftsreise nach Erfurt, während Natalie das Essen aufträgt. Ein Zimt-Orangen-Duft steigt Sam in die Nase und ohne die angespannte Stimmung zwischen ihr und ihrem Onkel würde sie sich hier sehr wohl fühlen.

»Marc meint, du hast in Erfurt Literatur studiert«, sagt Alexander zu Sam. »Dann bist du sicher auch im Dom gewesen, oder? Ist das nicht ein beeindruckendes Bauwerk?«

Norman legt seinen Löffel beiseite und greift nach dem Salzstreuer. »Du hast Literatur studiert?«, hakt er nach.

Sam lässt ihr Besteck ebenfalls sinken. Aus seinem Mund hört sich das wie eine Krankheit an. Wenn er jetzt fragt, was zur Hölle man denn mit diesem Studium anfangen will, war es das mit ihrer Selbstbeherrschung. Entsetzt bemerkt sie, wie sich ein Kloß in ihrem Hals bildet. Nein! Auf keinen Fall wird sie in Tränen ausbrechen!

Marc holt tief Luft, um etwas zu erwidern, doch Sam ist schneller. »Stopp«, sagt sie energisch und hebt die Hand wie eine Polizistin, die den Verkehr regeln will. »So geht das nicht!« Ihr Herz rast, sie ist es nicht gewohnt, sich derart selbstbewusst in den Mittelpunkt zu drängen. Normans Augenbrauen zucken nach oben, aber er schweigt und wartet ab, was sie zu sagen hat.

»Ich fühle mich unwohl. Die ganze Zeit warte ich darauf, dass etwas Unangenehmes passiert. Die Einladung war Marcs Idee. Ich weiß, dass du mich eigentlich gar nicht hier haben wolltest. Mich würde interessieren, warum. Weil ich die Verkaufsfläche in Grannys Haus für mein Café bekommen habe oder weil du dich mit meiner Mutter überworfen hast?«

Norman faltet seine Serviette auseinander und tupft sich damit über den ohnehin sauberen Mund. »Keins von beidem«, sagt er. »Das mit dem Ladenlokal ist ein hausgemachtes Problem, ich war voreilig mit meinen Zusagen. Deine Geschäftsidee hat Potenzial und gute Chancen, erfolgreich zu werden – besonders in dieser Einkaufsstraße. Und dass ich dich nicht kennenlernen wollte, ist so nicht richtig. Weiß meine Schwester eigentlich von unserem Treffen?«

Sam runzelt die Stirn. Den Einwand versteht sie nicht. Was sollte ihre Mutter dagegen haben? »Marc hat mich gestern erst gefragt, ob ich zum Essen kommen möchte, und seitdem habe ich nicht mehr mit ihr telefoniert«, antwortet sie wahrheitsgemäß. »Mum ist schon bei Grannys Testamentseröffnung davon ausgegangen, dass wir uns begegnen, und es war völlig in Ordnung für sie.«

»Tatsächlich?«, murmelt Norman nachdenklich. Prüfend sieht er seine Nichte an, unsicher, ob er weiterreden soll. Weiß Sam über den Brief Bescheid, den Ria ihm damals geschrieben hat? Er legt seine Serviette zurück neben den Teller. Nein, wahrscheinlich nicht. Denn wäre das der Fall, würde Sam nicht hier sitzen. Zumindest scheint seine Schwester mittlerweile kein Problem mehr damit zu haben, dass ihre Tochter ihn kennenlernt. »Aber *sie* will mich trotzdem nicht wiedersehen«, fügt er hinzu – mehr zu sich selbst als für die Runde bestimmt.

»Was hast du gesagt?«, fragt Marc.

»Nichts, Junge. Iss, bevor die Suppe kalt wird.«

»Du redest *nie* über nichts, Pa!«

»Lass das Thema für heute bitte ruhen. Tust du mir den Gefallen?« Norman wendet sich an Sam. Zum ersten Mal schaut er sie direkt an. »Ich freue mich ehrlich, dass du da bist.«

Marc nimmt ebenfalls Blickkontakt zu Sam auf, die ihm daraufhin zunickt. Sie hat ihren Standpunkt klargemacht und damit muss es für den Moment gut sein. Auch im weiteren Verlauf des Abends fällt es ihr schwer, Norman einzuschätzen. Eine gewisse Distanz ist geblieben, auch wenn er sich alle Mühe gibt, ein möglichst höflicher Gastgeber zu sein. Doch nach und nach öffnet er sich immer mehr und wenn er Sam ansieht, liegt Wärme in seinen Augen. Als es an der Zeit ist zu gehen, hat sie tatsächlich das Gefühl, er hat das, was zwischen ihnen steht, beinahe vergessen.

»Du hast ihn mächtig beeindruckt«, bemerkt Marc, als sie nebeneinander im Auto sitzen und zurück in Richtung Innenstadt fahren. »Noch nie hat ihm jemand seine Gefühle so klar ins Gesicht gesagt wie du.«

»Er tut unnahbar, aber ich glaube, das ist er gar nicht. Was am Schluss in ihm aufgeblitzt ist, hat mir gefallen. Er kann richtig charmant sein – wenn er will.«

»Ob du es glaubst oder nicht: Das hat mich auch überrascht. Da kannst du mal sehen, was du alles aus den Menschen herausholst.« *Und welche Gefühle du in ihnen auslöst*, fügt er in Gedanken hinzu. Die Vorstellung, sie zu küssen, lässt ihn nicht los. Gott sei Dank fordert der Straßenverkehr ihm um diese Uhrzeit keine Höchstleistung ab, denn die zu erbringen, wäre er im Moment außerstande. Es ist ihm immer leicht gefallen, den ersten Schritt zu machen – die Initiative zu ergreifen, wenn eine Frau ihm gefallen hat. Doch das Zusammensein mit Sam ruft bislang unbekanntes Lampenfieber in ihm hervor.

Marc fährt mit dem Wagen halb auf den Bürgersteig und hält direkt vor dem Café. Es ist spät, der Gehweg menschenleer. Im schummrigen Licht der Straßenlaternen wirken Sams sanft geschwungene Lippen noch einladender als ohnehin schon.

»Du bist in den nächsten Tagen viel unterwegs, oder?«, fragt sie.

»Ja«, antwortet Marc. »Ich komme erst am Mittwoch zurück nach Köln.« Diese verfluchten Geschäftstermine! Was würde er darum geben, ihr stattdessen bei den Eröffnungsvorbereitungen zu helfen.

Gerade als er aus dem Auto steigen will, legt Sam ihm die Hand auf den Unterarm. »Bleib ruhig sitzen«, sagt sie. »Telefonieren wir morgen?«

Marc nickt. »Ich rufe dich an, wenn ich in Freiburg angekommen bin.« Bevor er etwas dagegen unternehmen kann, stößt Sam die Beifahrertür auf, winkt ihm kurz zu und verschwindet dann im Hauseingang.

19
Drei Tage später

Sam hält sich am Türrahmen fest. Schon beim Aufstehen ist ihr schwindelig gewesen und im Laufe der letzten Stunde hat ihr Zustand sich nicht gerade verbessert. Es hat ungewöhnlich lange gedauert, bis sie sich an diesem Morgen aufraffen und die Treppen zum Café hinunterschleppen konnte. Sie fasst sich an die Stirn und blinzelt. Hoffentlich ist keine Grippe im Anflug – denn eine ordentliche Erkältungskrankheit ist so ziemlich das Letzte, was sie gerade gebrauchen kann. Draußen ist es hell. Eigentlich müsste der Sonnenschein den Innenraum des Cafés in sanftes Licht tauchen, trotzdem wirkt er seltsam düster. Als Sam klar wird, woran das liegt, geht das Pochen in ihrem Kopf in ein dumpfes Wummern über. Langsam geht sie die Stufen zur Straße hinunter und starrt die vormals blank geputzte Schaufensterscheibe an, die nun mit schwarzer Farbe besprüht ist. Hässliche Flecke ziehen sich nicht nur über die komplette Front, sondern besudeln auch den neuen Schriftzug, den sie erst gestern gemeinsam mit Rosella angebracht hat. Die rechte Hand, an der ihr Schlüssel baumelt, zittert. Das kann doch nicht wahr sein! Sie kehrt zur Eingangstür zurück und als sie aufschließen will, lassen sich die unterdrückten Tränen nicht mehr zurückhalten. Jemand hat sich am Schloss zu schaffen gemacht! Es ist nicht aufgebrochen worden, aber zweifellos hat man genau *das* versucht – die Dellen und Schrammen daran lassen keinen anderen Schluss zu. Aber wer um Himmels willen sollte so etwas tun? Die Einrichtung ist wunderschön geworden, aber Wertgegenstände sucht man hier vergebens. Es gibt noch keine Kasse und die teure Espressomaschine wird Niklas erst im Laufe der nächsten Tage herunterbringen. Die neuen Möbel werden potenzielle Diebe kaum interessieren – ebenso wenig wie die liebevoll gestaltete Weihnachtsdekoration. Zögernd legt Sam beide Hände an die in die Eingangstür eingelassene Scheibe und schaut in den Raum hinein. Das Herz schlägt ihr bis zum Hals. Was, wenn *doch* jemand drin gewesen ist? Auf den ersten Blick sieht zwar alles aus wie am Abend zuvor, doch ganz auszuschließen ist es trotzdem nicht.

»Was ist denn hier los?« Beim Klang von Marcs Stimme wirbelt Sam herum und wischt die Tränen von ihren Wangen. Sie ist noch nie so froh gewesen, ihn zu sehen, bringt aber trotzdem keinen Ton heraus. Ohne darüber nachzudenken, zieht Marc sie an sich. Sam legt den Kopf an seine Brust und versucht, den aufkommenden Schluchzer zu unterdrücken.

»Wer ist das gewesen?«, flüstert sie fassungslos.

»Ich weiß es nicht.« Marcs Gesichtsausdruck verdunkelt sich. »Aber ich werde es herausfinden.« Er streicht ihr eine Locke aus dem Gesicht, wobei seine Hand leicht ihre Haut berührt. »Du hast Fieber«, stellt er besorgt fest und hebt sachte ihren Kopf an. »Deine Augen sind ganz glasig. Du gehörst ins Bett! Komm, ich bringe dich nach oben.«

»Aber was ist mit dem Café?«

Marc legt ihr den Arm um die Schulter und führt sie zurück in Richtung Hausflur. »Darum kümmere ich mich.

Du musst jetzt erst mal zusehen, dass du wieder richtig gesund wirst.«

Die Schiebetüren zum Eingangsbereich der »Lindbergh Real Estate GmbH« sind noch nicht ganz beiseite gefahren, als Marc sich schon hindurchdrängt. Die hellen Ziffern über dem Lift im Foyer zeigen an, dass sich beide Aufzüge im obersten Stockwerk befinden. Marc läuft an ihnen vorbei zum Treppenhaus. Immer zwei Stufen auf einmal nehmend hetzt er hinauf und reißt die Verbindungstür zum Flur so schwungvoll auf, dass sie beinahe gegen die Wand schlägt. Sein Vater kann sich gerade noch in Sicherheit bringen, als Marc um die Ecke biegt.

»Was ist passiert?«, fragt Norman. Da sein Sohn nicht antwortet und keine Anstalten macht stehenzubleiben, eilt er in seinem Windschatten hinter ihm her. Kurz vor dem Büro erwischt er ihn am Ärmel.

»Was ist passiert?«, wiederholt er seine Frage.

»Es reicht!«, knurrt Marc. »Jetzt ist Bloomberg zu weit gegangen. Ich hoffe für dich, dass du nichts davon gewusst hast.«

Norman schaut ihn ratlos an. »Wovon soll ich gewusst haben?«

»Von dem Einbruch in Sams Geschäft.«

»Einbruch?« Jegliche Farbe weicht aus Normans Gesicht. »Geht es ihr gut?«

»Nein, Pa. Natürlich geht es ihr *nicht* gut!«

»Ist sie etwa verletzt?« Die Worte kommen ihm nur mühsam über die Lippen. Halt suchend stützt er sich am Türrahmen ab.

»Verletzt ist sie nicht«, antwortet Marc in versöhnlicherem Ton. »Sie war in ihrer Wohnung, als es passiert ist. Allerdings hat sie eine starke Erkältung und diese Aufregung hat ihr sicher nicht gutgetan.«

»Wurde etwas gestohlen?«

»Nein. Ich denke, der Täter wurde gestört. Aber das Fenster ist nun mit Farbe besprüht und den Möbeln hätte wahrscheinlich das Gleiche geblüht, wenn er hineingekommen wäre.«

Norman schüttelt bestürzt den Kopf. »Und du meinst, Bloomberg hat seine Finger im Spiel?«

»Wer denn sonst? Sicher ist er es nicht selbst gewesen, dafür hat er seine Handlanger. Die Leute in der Straße freuen sich auf Sams Buchcafé. Er ist der Einzige, dem es sauer aufstößt. Außerdem wäre es nicht das erste Mal, dass er zu solchen Maßnahmen greift. Ich weiß von mindestens einem weiteren Fall, bei dem er ähnlich vorgegangen ist.«

»Davon hast du mir nie erzählt.«

»Das ist schon lange her. Er hat sich damals entschuldigt und eine ordentliche Entschädigung gezahlt. Damit haben wir die Sache auf sich beruhen lassen.«

»Du willst du ihn also anrufen?«

»Oh ja, das will ich!«

»Soll ich mich zuschalten?«

»Nein, das regele *ich* mit ihm.«

Norman wirkt erleichtert und angespannt zugleich. »Tu, was getan werden muss, mein Junge«, sagt er. »Sollte er es wirklich gewesen sein, können wir ihm das nicht durchgehen lassen – egal, welche Auswirkungen es auf unsere Geschäftsbeziehungen hat.«

Zehn Minuten später steht Norman immer noch wartend auf dem Flur. In Marcs Büro ist es verdächtig still, das Gespräch scheint sachlich zu verlaufen. Als die Tür sich endlich öffnet, schaut er seinen Sohn erwartungsvoll an.
»Und? Was hat Bloomberg gesagt?«

Marc betrachtet seinen Vater einen Moment lang. Er wirkt verloren in seinem Anzug – Norman hat in den letzten Wochen mehr abgenommen, als gut für ihn ist. »Bloomberg wird Sam zukünftig in Ruhe lassen und sich gedulden, bis du ihm eine passende Geschäftsfläche anbieten kannst«, antwortet Marc. »Auch wenn es länger dauert, als ihm lieb ist.«

»Wie hast du das geschafft?«

Marcs Miene ist unbewegt und lässt keinerlei Deutung zu. »Ich habe etwas gemacht, von dem ich mir eigentlich geschworen hatte, es niemals zu tun«, sagt er.

Norman räuspert sich. Er ist nicht sicher, ob er das hören möchte.

»Ich weiß Dinge über Bloomberg, die besser keiner erfahren sollte«, fährt Marc unbeirrt fort. »Ich habe damals im Waschraum ein Telefonat mitbekommen, das er mit seinem Steuerberater geführt hat. Das Gespräch war eindeutig nicht für meine Ohren bestimmt. Wenn seine Mafia-Methoden mitsamt der Steuerhinterziehung ans Licht kommen, kann er einpacken. Ich hätte nie gedacht, dass ich es eines Tages gegen ihn einsetzen würde – du weißt, wie zuwider mir solche Praktiken sind.«

»Du hast richtig gehandelt«, sagt Norman. »Wahrscheinlich wäre Bloomberg sonst noch weiter gegangen. Du hast deine Prinzipien aus gutem Grund gebrochen.«

»Ja«, antwortet Marc. »Für das, was wirklich wichtig ist. Für Sam und dich und unsere Familie.«

20

Sam richtet sich im Bett auf und zieht ein Taschentuch aus der Verpackung. Der letzte Blick in den Spiegel ist einige Stunden her, aber bei ihrem momentanen Verbrauch an Tempotüchern hat die Rötung ihrer Nase seitdem vermutlich eher zugenommen als nachgelassen. Wenigstens umsorgt Rosella sie mit ihrer Gesellschaft, Tee und literweise Hühnersuppe, die Sam langsam zurück ins Leben holt. Drei geschlagene Tage liegt sie nun schon hier und ist zum Nichtstun verdammt. Selbst das Lesen hat sie aufgrund der andauernden Kopfschmerzen vernachlässigt und stattdessen lieber leise Musik gehört. Doch es geht aufwärts. Zum ersten Mal kann sie aufstehen, ohne dass ihr schwindelig wird. Eine Dusche würde jetzt guttun. Sie schaut zu ihrem Smartphone hinüber, das am Ladekabel angeschlossen an der Steckdose hängt. Bisher hat Marc sie jeden Tag angerufen, aber heute hat er sich noch gar nicht gemeldet.

Die Türglocke schrillt – das wird sicher Rosella mit dem Essen sein. Doch schon auf dem Weg durch den Flur hört Sam zwei Personen im Treppenhaus und eine davon ist eindeutig Marc. Sie erstarrt. In diesem Zustand kann sie ihm unmöglich öffnen! Vielleicht geht er wieder, wenn sie sich ganz ruhig verhält. Sie könnte so tun, als würde sie schlafen. Andererseits möchte sie ihn furchtbar gerne sehen, die vergangenen drei Tage kommen ihr vor wie eine Ewigkeit. Es schellt erneut.

»Sam?« Nun klopft er auch noch an die Tür. »Ist alles in Ordnung bei dir?«

»Ja, alles gut«, antwortet sie und legt das Ohr von innen gegen das Holz.

»Tut mir leid, ich wollte nicht stören«, dringt Marcs gedämpfte Stimme durch die Barriere. »Aber ich versuche schon den ganzen Tag, dich anzurufen, und du gehst nicht ran. Ich habe mir Sorgen gemacht.«

Sam überlegt. Ein Telefon für den Festanschluss gibt es nicht und ihr Smartphone lädt gerade auf. Warum hat sie Marcs Anruf nicht gehört? Hatte das Gerät sich aufgrund des leeren Akkus womöglich abgeschaltet, bevor sie es an den Strom angeschlossen hat? Ist es lautlos gestellt oder der Flugmodus aktiv? Ihr schwirrt der Kopf.

»Rosella hat mir gerade eine Schüssel in die Hand gedrückt«, fährt Marc fort, als keine Reaktion kommt. »Sie meinte, ich soll sie dir geben.«

Sam schließt die Augen. Sie fühlt sich zurückversetzt in ihre Kindheit, als sie sich in unangenehmen Situationen gerne hinter irgendwelchen Gegenständen versteckte.

»Ich kann dir das Essen auch vor die Tür stellen und wieder gehen«, sagt Marc. »Dann telefonieren wir nachher.«

Langsam kommt Sam sich albern vor. Mit einem Ruck reißt sie die Tür auf.

»Hey.« Marcs Begrüßung ist nicht mehr als ein Hauch und der warme Ausdruck in seinen Augen bringt Sam dazu, ihre Erkältung zum x-ten Mal auf den Blocksberg zu wünschen.

»Hey«, antwortet sie.

»Soll ich dir die Schüssel in die Küche stellen?«, fragt er. Seine Stimme klingt rau. Obwohl Sam sich wie eine verschnupfte Vogelscheuche fühlt, schaut er sie an, als hätte sie nie besser ausgesehen.

»Gerne, wenn du dich in die Virenhöhle traust.«

Marc lächelt. »Ein paar Viren werden mich sicher nicht aufhalten.« Er schiebt sich an Sam vorbei. »Ich habe dir noch etwas anderes mitgebracht.«

»Was denn?« Neugierig folgt sie ihm den Gang entlang.

»Ein Geschenk.«

»Ein Geschenk? Einfach so?«

»Ja, einfach so.« Er stellt die Schüssel neben dem Herd ab und zieht eine kleine Box aus dem Beutel, der um seine Schulter hängt.

Sam setzt sich auf einen Stuhl und zupft vorsichtig an der weißen Schleife. Sie traut sich kaum, das schöne Päckchen zu öffnen. Unsicher sieht sie Marc an. »Und es ist wirklich für mich?«

»Ganz sicher.«

Immer noch zögerlich löst sie das Geschenkband und klappt die Schachtel auf. Was darin zum Vorschein kommt, verschlägt ihr den Atem. Sachte umfasst Sam die gläserne Kugel, befreit sie von der Polsterverpackung und hält sie gegen das Licht. Schon bei leichtem Schütteln wirbelt goldener Staub auf und verleiht dem Innenleben einen geheimnisvollen Schimmer. Wie auch bei ihrer Lieblingstraumkugel ist der zentrale Punkt ein Bücherstapel, doch auf diesem hier befindet sich kein Mädchen, sondern eine kleine Kaffeetasse. Aber den Blickfang bildet ohne Frage ein gebogener Schriftzug, der sich von der einen Seite der Kugel bis zur anderen spannt. »Sam's coffee tales« verkünden die sorgfältig eingearbeiteten Buchstaben. Der

Name klingt wie Musik in ihren Ohren. »Sie ... sie ist wunderschön«, flüstert Sam gerührt.

»Gegen die Kunstwerke deines Vaters kommt sie natürlich nicht an, aber ich hoffe, sie gefällt dir trotzdem.«

»Und *wie* sie mir gefällt! Wo hast du sie her?«

»Ein Bekannter von mir kennt sich damit ziemlich gut aus. Er hat mir geholfen.«

»Geholfen? Das heißt, du hast die Kugel *selbst* gemacht?« Beinahe verschluckt Sam sich an dem Hustenbonbon, das Rosella ihr anstelle des geliebten Karamells aufgeschwatzt hat.

»Na ja, das wäre übertrieben. Meine Mitarbeit hat sich ehrlich gesagt darauf beschränkt, ihm zu sagen, wie ich sie mir vorstelle. Hätte *ich* die Kugel gemacht, hätte der Anblick wahrscheinlich nicht gerade zu deiner Genesung beigetragen.«

Sam schmunzelt. Am liebsten würde sie Marc um den Hals fallen und ihren desolaten Zustand für einen Moment vergessen. Aber sie hält sich zurück. »Vielen Dank«, sagt sie stattdessen. »Du hast dir wirklich Gedanken gemacht.«

Vor allen Dingen hat er ihr richtig zugehört – eine Eigenschaft, die Sam der männlichen Spezies nicht uneingeschränkt zuordnen würde. Sie streicht mit der Fingerspitze über die gläserne Kugel. Plötzlich fällt ihr der versuchte Einbruch wieder ein. »Ich muss den Schaden am Café in Ordnung bringen«, ruft sie und springt auf.

»Erst mal musst du dich stärken«, erwidert Marc und drückt sie sanft zurück auf den Stuhl. »Wie wäre das: Ich mache dir die Suppe warm und nach dem Essen gehen wir zusammen runter.«

Sam neigt den Kopf. »Hühnersuppe?«, fragt sie.

Marc hebt den Deckel von der Schüssel und schaut hinein. »Ja, sieht danach aus.«

»Die hatte ich ja lange nicht mehr«, seufzt Sam.

»Bitte?«

»Och, nichts. Rosella sagt, wenn ich esse, was sie mir vorsetzt, dann bin ich ruckzuck gesund. Und das ist seit drei Tagen Hühnersuppe.«

Marc schmunzelt und schiebt einen Topf auf den Herd. »Tja, wo sie recht hat, hat sie recht.«

Eine gute Stunde später steht Sam geduscht und angezogen mit Marc auf dem Bürgersteig. Sie fühlt sich zwar noch etwas schwach auf den Beinen, aber ihre Lebensgeister sind wieder geweckt. Die gereinigte Frontscheibe des Cafés leistet ihren Beitrag dazu. »Wie hast du sie sauber bekommen? Ich hätte nicht gedacht, dass die schwarze Farbe jemals wieder verschwindet.«

»Mit einem Spezialreiniger. Die Stelle, an der sie über den Schriftzug ging, war etwas mühsam. Aber das Ergebnis kann sich sehen lassen, oder?«

»Allerdings! Was würde ich bloß ohne euch machen?« *Speziell ohne dich*, fügt Sam in Gedanken hinzu.

»Wir haben ein neues Schloss eingebaut und die Kratzer am Holz ausgebessert. Mittelfristig solltest du trotzdem über zusätzliche Schutzmaßnahmen nachdenken.«

»Okay, das mache ich.«

Prüfend schaut Marc sie von der Seite an. »Was ist los? Du wirkst bedrückt.«

»Was passiert, wenn diejenigen wiederkommen, die dafür verantwortlich waren?«

»Darüber mach dir mal keine Sorgen. Das werden sie nicht.«

»Wie kannst du dir da so sicher sein?«

Nach kurzer Überlegung rückt Marc mit der Wahrheit heraus. »Den Einbruchsversuch hast du Bloomberg zu verdanken. Er hat jemanden auf dich angesetzt.«

»Aber ...«

»Vertraust du mir?«, unterbricht Marc sie.

»Ja«, antwortet Sam ohne Zögern.

»Dann frag bitte nicht weiter und glaub mir, dass er dir nicht mehr zu nahe kommen wird.«

Bevor Sam etwas erwidern kann, legt Marc ihr eine Hand auf die Schulter und hält sich den Zeigefinger der anderen vor seine Lippen. Als er von oben ein Geräusch hört, schaut er die Hausfassade empor. Sam folgt seinem Blick und zuckt zusammen, als sie Rosella im zweiten Stock halb auf dem Fensterbrett stehen sieht. Sie schlägt sich die Hand vor den Mund, um nicht laut loszuschreien. Was um Gottes willen tut ihre Freundin da?

»Was machen wir jetzt?«, wispert Sam mit erstickter Stimme. »Wir dürfen sie nicht erschrecken.«

Marc tritt ein paar Schritte zurück und zieht Sam mit sich. »Hallo Rose«, ruft er in bemüht unaufgeregtem Ton. »Geht es dir gut?«

Sam schließt die Augen. Ihre Nägel krallen sich in Marcs Jackenärmel.

Mit der rechten Hand hält Rosella sich am Rahmen fest und zieht mit der linken ein Tuch hervor, mit dem sie ihnen zuwinkt. »Ist mein Putztag heute«, ruft sie. »Nicht gerade meine Lieblingsbeschäftigung, aber einmal im Monat sind die Fenster dran.«

»Das kann doch nicht wahr sein«, murmelt Marc. »Warum sagt sie denn nichts, wenn sie irgendwo nicht drankommt?«

Sam stößt einen erstickten Seufzer aus und lockert ihren Griff. »Lass uns zu ihr hochgehen«, sagt sie.

Marc nickt. »Rose«, ruft er noch einmal. »Tust du uns den Gefallen und steigst da bitte vorsichtig runter? Wir kommen rauf und helfen dir.«

»Das ist nett von euch, aber ich schaffe das schon.«

»Rose!«

Verstohlen blinzelt Sam Marc an. Diesen Ton ist sie von ihm nicht gewohnt, aber zumindest führt er zu dem gewünschten Ergebnis. Ohne ein weiteres Widerwort klettert Rosella vom Fensterbrett in die Sicherheit ihrer Wohnung.

Marc schüttelt den Kopf. »Die Frau kommt auf Ideen. Beauftragen wir ab sofort eine Firma für die Fensterreinigung?«, fragt er an Sam gewandt.

Sie nickt und atmet tief durch. »Auf jeden Fall!«

21
Erster Sonntag im Dezember

Von Tag zu Tag wird es kälter. Selbst für das kleine Stück zwischen Haustür und Buchcafé wäre eine Jacke inzwischen angebracht. Schnell schließt Sam das Geschäft auf und huscht ins Innere. Zufrieden sieht sie sich um. Noch fünf Tage bis zur Eröffnung und die Vorbereitungen sind nahezu abgeschlossen – zumindest, was die Ladenfläche betrifft. Für den Weihnachtsmarktstand gibt es dagegen noch einiges zu organisieren.

Sam fröstelt. Für ihre Gäste muss sie die Heizung sicherlich ein wenig höher drehen, aber bis auf ein paar Kleinigkeiten ist ansonsten alles genau so, wie sie es sich vorgestellt hat. Die Regale sind bestückt, die Speisekarten ebenso optimal positioniert wie die Tischdekorationen. Das neue Beleuchtungssystem schafft eine angenehme Wohlfühlatmosphäre und Niklas' Espressomaschine auf der Anrichte hinter der Theke könnte nicht besser aussehen. Separat ausgeleuchtet steht in dem Fach darüber die Traumkugel ihres Vaters, direkt neben jener, die Marc ihr geschenkt hat. Annas Lichterkette umspannt die Kinderleseecke und verleiht ihr eine verlockend warme Gemütlichkeit. Auch die in den Erker eingelassene Bank lädt zum Verweilen ein. Pablos liebevoll verzierte Truhe hat ihren Platz vor einer Säule gefunden und wird dem Vorleser während der Veranstaltungen als Sitzgelegenheit dienen. Allerdings wirkt die weiße Fläche darüber ein wenig kahl, hier muss Sam sich noch etwas einfallen lassen.

Sie stellt ihre Tasche ab und stutzt. Auf dem Tresen liegt ein Kuvert mit ihrem Namen – er sieht genauso aus wie der, den sie einige Wochen zuvor im Umzugskarton ihrer Großmutter gefunden hat. Wo kommt er auf einmal her? Vorsichtig öffnet Sam den Umschlag und zieht das Papier heraus.

Liebe Sammy,

sicher wird die Eröffnung deines Buchcafés ein voller Erfolg – ich wünsche es dir so sehr! Sonntags in der Adventszeit bin ich mit Joseph oft in den Friedenspark zu der großen Eiche gegangen, wo wir gemeinsam eine Tasse des weltbesten Weihnachtstees getrunken haben. Gegenüber des Eingangstors gibt es ein kleines Geschäft, das im Dezember jeden Tag geöffnet hat. Die Inhaber führen es in der dritten Generation und bieten über die bestehenden Teesorten hinaus auch der Jahreszeit entsprechende Mischungen an. Ihr Wintertee ist wahrlich unübertroffen. Auch nach seinem Tod habe ich mich Joseph mit einem Tässchen davon in der Hand unter unserer alten Eiche so nahe gefühlt. Sie steht direkt neben der Ruine und überragt alle anderen Bäume. Vielleicht hast du Freude daran, diese Tradition fortzuführen – es ist ein wunderbarer Ort.

Für mich ist es an der Zeit zu gehen, Sammy. Es dauert nicht mehr lang, das spüre ich. Jeden Tag stelle ich mir vor, wie ich Joseph bald in meine Arme schließe – dabei sind mir folgende Zeilen in den Sinn gekommen. Ich möchte sie gerne mit dir teilen und hoffe, sie inspirieren dich ebenso wie mich.

Für Joseph

Die Liebe ist stark, sie hat mich getragen durch Raum und Zeit,
das Warten endet jetzt, der Frieden kehrt ein – es ist so weit.
Wir sehen uns wieder, nicht hier, sondern dort, du und ich,
die Erde dreht sich, doch wir sind gemeinsam unendlich.
Und ein Zauber legt sich über meine Welt,
wie jedes Jahr, wenn der erste Schnee fällt.

In Liebe
Deine Granny

Sam wischt sich eine Träne aus dem Augenwinkel und tritt ans Fenster. Der Himmel ist klar, Raureif umhüllt die Straßenlaternen. Noch ist kein Schnee in Sicht – den Temperaturen nach zu urteilen, kann es aber nicht mehr allzu lange dauern.

Es ist zwölf Uhr. Mittagszeit. Kurzentschlossen verlässt Sam das Buchcafé und geht zurück in ihre Wohnung, um einen Mantel zu holen. Diese Tradition ihrer Großmutter wird sie gerne weiterführen und eine gute Tasse Tee an der frischen Luft kommt jetzt genau richtig.

Beinahe wäre Sam an der kleinen Gasse vorbeigelaufen, an deren Anfang sich das Teegeschäft befindet. Nur dank des auffälligen Mosaiks in der roten Holztür ist sie auf den Eingang aufmerksam geworden. Doch hat man den Laden erst einmal entdeckt, versprechen einem schon die Auslagen im Schaufenster eine wahre Sinnesreise. Transparente Tütchen und bunte Päckchen mit fremdländischen Namen wechseln sich mit den unterschiedlichsten Kannen und Tassen ab. Vom klassischen Porzellan bis hin zu orientalisch verziertem Glas ist alles dabei. Sam betritt den Shop und nimmt den Duft, der ihr entgegenweht, mit einem tiefen Atemzug in sich auf. Nie zuvor hat sie eine solche Geruchsvielfalt erlebt. Zweifellos beinhaltet das Produktangebot neben Tee- auch diverse Gewürzmischungen. Obwohl große Mengen verschiedener Duftnoten Sam normalerweise eher abschrecken, nehmen diese sie auf faszinierende Weise gefangen. Sie verschwimmen nicht miteinander, wie es in Parfümerien üblich ist, sondern sind trotz ihres Variantenreichtums gut auseinanderzuhalten.

»Wie kann ich Ihnen behilflich sein?«, fragt die Bedienung hinter dem Verkaufstresen. Der verschmitzte Ausdruck auf dem Gesicht der Frau ist dem von Sams Granny sehr ähnlich. Bestimmt haben die beiden sich gut verstanden.

»Ich würde gerne Ihren Weihnachtstee probieren«, sagt Sam. »Meine Großmutter hat ihn mir empfohlen. Sie ist in jedem Jahr um diese Zeit zu Ihnen gekommen, um eine Tasse davon mit in den Park zu nehmen.«

»Josefine, natürlich! Sie sind also die Enkelin mit dem Buchcafé?«

Sam lächelt in sich hinein. Offenbar hat ihre Oma der halben Stadt von ihren Plänen erzählt. »Ja, die bin ich«, antwortet sie.

»Wie schön, Sie kennenzulernen. Mein Name ist Elisabeth und mit mir haben Sie Ihren ersten Stammgast sicher – ein Buchcafé hat in unserem Viertel schon lange gefehlt.«

»Das freut mich sehr. Wenn Ihr Tee so gut schmeckt, wie er riecht, kann mein Angebot gegen Ihre Qualität allerdings einpacken.«

»Von welchem Hersteller beziehen Sie Ihre Ware denn bisher?«

»Ehrlich gesagt habe ich noch keinen festen Lieferanten. Meine Erstbestückung kommt aus dem Großhandel.«

»Aus dem Großhandel?« Elisabeth stützt sich mit beiden Armen auf dem Tresen ab, als fürchte sie, ansonsten in Ohnmacht zu fallen. »In ein außergewöhnliches Buchcafé gehört auch ein außergewöhnlicher Tee.« Sie reicht Sam einen Zettel und einen Bleistift. »Schreiben Sie mir einfach auf, was Sie brauchen, und ich besorge es Ihnen. Die Grundlagen für meine Waren stammen ausschließlich aus den Ursprungsländern – und das schmeckt man. Über die Kosten werden wir uns schon einig. Eine Hand wäscht die andere: Durch den Verkauf bei Ihnen wird mein Tee bekannter und bringt mir neue Kundschaft. Dafür können Sie Ihren Gästen die beste Qualität anbieten und ich mache Ihnen einen Freundschaftspreis. Vielleicht möchten Sie ja auch meinen wechselnden ›Tee des Monats‹ mit in ihr Programm aufnehmen.«

Nachdem Sam alle benötigten Sorten notiert hat, gibt sie Elisabeth den Zettel zurück. Der Ausflug hierher hat sich jetzt schon gelohnt.

»Die Damen scheinen sich ja prächtig zu verstehen«, kommt eine dunkle Stimme aus dem Hintergrund.

Sam wirbelt herum. Marc! Mit ihm hat sie nun wirklich nicht gerechnet. »Was machst du denn hier?«, platzt es aus ihr heraus.

Marc grinst. »Na, das ist ja eine nette Begrüßung«, antwortet er und geht einen Schritt auf Sam zu. Als sie voreinander stehen, stellt sich die Frage, wie das »Hallo« nun ausfallen soll. Sam steuert eine Umarmung an, während Marc zum Wangenkuss ansetzt. Im letzten Moment zucken beide zurück.

Ihre Unsicherheit ist auch Elisabeth nicht entgangen. Sie hüstelt und der Wunsch, sich auf der Stelle in Luft aufzulösen, steht ihr ins Gesicht geschrieben.

»Wo steckt Josefine eigentlich?«, fragt Elisabeth schließlich nach endlos erscheinenden Schweigesekunden. »Ich habe sie lange nicht gesehen.«

Sam schaut Marc besorgt an. Elisabeth weiß es noch gar nicht.

Marc geht einen Augenblick in sich, doch für Botschaften dieser Art fällt ihm keine schonende Formulierung ein. »Leider ist sie Anfang Oktober verstorben«, antwortet er schließlich geradeheraus.

»Das tut mir leid«, murmelt Elisabeth betroffen. Doch dann hellt ihre Miene sich auf. »So hat sie es gewollt. Jetzt ist sie wieder mit ihrem Joseph vereint.«

Die Vorstellung zaubert ein Lächeln auf Sams Gesicht. »Ja, das hat Granny sich mehr gewünscht als alles andere.« Sie wendet sich Marc zu. »Hast du eigentlich auch einen Brief von ihr bekommen?«

»Ja, darum bin ich hier.«

»Hat sie darin von der Eiche neben der Ruine erzählt?«

»Allerdings. Ich wollte mir gerade eine Tasse Weihnachtstee besorgen und dann dorthin gehen. Begleitest du mich?«

Ein warmes Kribbeln breitet sich in Sam aus. »Sehr gerne«, antwortet sie. »Ich denke, so in etwa hat Granny sich das vorgestellt.«

Der strahlende Sonnenschein und die dampfenden Tassen in Sams und Marcs Händen drängen die Kälte in den Hintergrund. Trotzdem hinterlässt der Wind ein Prickeln auf ihren Gesichtern. Der Rasen ist mit einer Frostschicht überzogen, ebenso wie die Bänke am Wegesrand. Kein Zweifel: Der Winter ist da.

Während sie nebeneinander durch den Park spazieren, probiert Marc von seinem Tee. Beeindruckt hebt er die Augenbrauen. »Da hat Granny nicht zu viel versprochen. Ich habe selten etwas so Gutes getrunken.«

Auch Sam nimmt einen Schluck davon. »Du hast recht, er ist wunderbar. Hast du vorhin mitbekommen, dass Elisabeth mich zukünftig mit ihren Mischungen beliefern wird?«

»Nein, aber das ist eine tolle Idee und es hilft euch beiden. Die Frau macht einen netten Eindruck und die Qualität ihrer Ware ist fantastisch.«

»Das finde ich auch. Sie erinnert mich an Granny und auch ein wenig an Ria.«

»Und was ist mit deiner leiblichen Mutter«, fragt Marc. »Magst du mir von ihr erzählen?«

Sam bleibt kurz stehen und nippt betont ausgiebig an ihrem Tee. Sie hat lange nicht mehr darüber gesprochen. »Sie hieß Mona und war sehr krank«, antwortet Sam langsam und schlendert weiter. »Ihre Sicht auf das Leben war eher nüchtern und wenig emotional. Mein Bruder Scott ist ihr in dem Punkt sehr ähnlich. Aber er hat diese Eigenschaft in eine völlig andere Richtung gelenkt und ist damit beruflich ziemlich erfolgreich. Meiner Mutter dagegen fiel es schwer, all die schönen Kleinigkeiten zu sehen, geschweige denn sie zu genießen. Sie war ständig auf der Suche nach dem Sinn des Lebens und hat ihn bis zum Schluss nicht gefunden. Ich schätze, die Depressionen waren genauso gern bei ihr, wie wir es früher gewesen sind. Ich habe meine Mutter wirklich geliebt, aber gegen die Krankheit hatte ich keine Chance. Mit der Zeit ist es immer schlimmer geworden. Trotz der psychiatrischen Behandlung hat das schwarze Loch sie irgendwann verschluckt und nicht mehr hergegeben. Entweder war ihr alles gleichgültig oder sie wurde ungehalten, ihre Stimmung konnte sehr schnell umschlagen. Und egal, was Scott und ich gemacht haben, alles war falsch.«

»Wie alt warst du?«, fragt Marc und greift nach Sams Hand, als wäre es das Selbstverständlichste der Welt.

»Ich war acht und Scott elf. An manchen Tagen ist sie gar nicht mehr aufgestanden. Eines Abends musste Dad zu einer Schulveranstaltung. Er hat sich schwergetan, uns drei allein zu lassen, aber wir haben ihn überredet, trotzdem zu gehen. Er ist ohnehin kaum noch aus dem Haus gekommen. Scott hat mich ins Bett gebracht, aber da bin ich nicht geblieben. Ich bin aufgestanden und zu ihr ins Zimmer gegangen. Ich weiß nicht warum, sonst habe ich das nie gemacht. Sie hat schon geschlafen. Ihr Gesicht sah anders aus als sonst – weniger verkrampft, mehr so wie früher. Ich bin zu ihr unter die Decke gekrochen und neben ihr eingeschlafen. Als Dad nach Hause kam, hat er mich zurück in mein Zimmer getragen. Später habe ich dann ein Gespräch mitbekommen, das eigentlich nicht für meine Ohren bestimmt war. Ein bisschen weniger Neugier hätte mir gutgetan. Dad hat einem Freund erzählt, dass sie schon tot gewesen sein muss, als ich mich an dem Abend zu ihr gelegt habe. Sie hatte Tabletten genommen.«

Marc bleibt stehen und schaut in den klaren Himmel hinauf, als würde er dort die passenden Worte finden. »Ich weiß nicht, was ich sagen soll«, flüstert er schließlich.

»Du musst nichts sagen, Marc.« Erst jetzt bemerkt Sam, dass ihre Hand in seiner liegt. »Es ist schon so lange her, ich habe meinen Frieden damit geschlossen. Dad hat Ria kennengelernt. Sie hat ihn glücklich gemacht und auch ich bin sehr froh, dass ich sie habe.« Der Anblick ihrer ineinander verschlungenen Finger beschleunigt Sams Herzschlag. »Siehst du die Eiche dorthinten?«, ruft sie und zieht Marc mit sich. »Das muss der Baum sein, den Granny meinte.«

Marc folgt Sam den Pfad entlang, der sich durch hohe Hecken schlängelt und vor der imposanten Eiche endet. Sie stellen ihre Tassen auf dem gefrorenen Boden ab und sehen hinauf in die Baumkrone. Eine Amsel fliegt los. Sie dreht einen großen Bogen, landet dann auf einem der unteren Äste und blinzelt von dort aus auf sie herab. Marc stutzt. Wenn er es nicht besser wüsste, würde er sagen, dass es sich um den gleichen aufgeweckten Vogel handelt wie vor einigen Wochen am Grab seiner Großmutter.

»Schau mal hier.« Sam deutet auf ein schwaches, in die Rinde des Baumstamms geritztes Herz mit der Inschrift »J & J«. Darunter ist eine waagrecht gezeichnete 8 erkennbar – das Symbol der Unendlichkeit. »Es ist von ihnen«, haucht Sam. »Josefine und Joseph, ist das nicht romantisch?«

Anstelle einer Antwort zieht Marc sie in seine Arme. Sams Atmung beschleunigt sich. Seine Finger streichen ihren Hals entlang, über ihre Wange und … ein leises Kichern durchbricht die Stille. Zwei kleine Jungs springen mit einem Satz aus dem Busch und rennen den Weg in Richtung Ausgang entlang.

Marc schnappt nach Luft. Seine Gefühle Sam gegenüber unter Kontrolle zu bekommen, fällt ihm immer schwerer. Das ist nun bereits das zweite Mal, dass Kinder seine Pläne durchkreuzen.

»Mir wird langsam kalt«, meint Sam. »Lass uns die Tassen zurückbringen. Vielleicht haben wir ja Glück und bekommen sie noch einmal aufgefüllt.«

Marc nickt. In Wahrheit schwebt ihm allerdings etwas völlig anderes vor als eine aufgefüllte Teetasse.

Es klingelt. Sam speichert den Entwurf ihrer aktuellen Buchrezension ab, nimmt den Laptop vom Schoß und schält sich aus ihrem Sitzsack. Eigentlich erwartet sie keinen Besuch. Auf dem Weg durch den Flur macht sie einen Abstecher zum Küchenabfall und entsorgt die leeren Papiere ihrer Karamellbonbons. Dann drückt sie auf den Knopf, der die Haustür im Erdgeschoss entriegelt. Seit sie eingezogen ist, fehlt ihr kaum etwas – außer das Meer, Marian und ihre Mutter. Aber eine Gegensprechfunktion im Haus wäre nicht übel. Damit könnte sie Typen wie Bloomberg direkt abwimmeln und müsste nicht darauf lauern, wer oben vor ihrer Wohnung auftaucht. Sam bringt sich vor dem Spion in Stellung und wartet. Sie erkennt Marc direkt, als er um die Ecke biegt. Erschrocken sieht sie an sich hinunter: Plüschsocken und Schlafanzug! Nun öffnet sie ihm wieder in diesem Aufzug die Tür, aber dieses Mal hat sie keine Ausrede mehr.

Es klopft. Zum Umziehen bleibt keine Zeit, also zupft Sam schnell ein paar Haarsträhnen zurecht und öffnet.

»Hi«, sagt sie.

Marc steht einen guten Meter von ihr entfernt und trotzdem spürt sie seine Berührung auf jedem Zentimeter ihrer Haut. Seine Augen sind dunkler als gewöhnlich und in ihnen liegt ein Ausdruck, den Sam eindeutig zuordnen kann. Wenn sie ihm nicht sofort die Tür vor der Nase zuschlägt, liegt auf der Hand, was passieren wird. Als hätte er ihre Gedanken gelesen, macht Marc einen großen Schritt auf sie zu und nimmt ihr damit jegliche Chance, das Unausweichliche weiter aufzuschieben. Er zieht sie sanft zu sich heran – so nah, dass es kein Entrinnen mehr gibt. Die Zweifel in ihr weichen einem Verlangen, das sie in dieser Weise niemals zuvor für einen Mann empfunden hat. Was hier mit ihr geschieht, kann nicht falsch sein. Sam hebt den Kopf, ihre Arme wandern Marcs Rücken entlang und schmiegen sich um seinen Nacken. Langsam fährt sie ihm mit den Fingern durchs Haar – die Vorstellung, welche Stellen sie gleich noch berühren werden, lässt sie erzittern. Behutsam streicht Marc ihr über die geröteten Wangen, bevor er sich zu ihr hinunterbeugt und seine Lippen sich auf ihre legen. Ein Kribbeln schießt durch Sams Körper, alles in ihr verlangt nach mehr. Ohne sie loszulassen, drängt Marc Sam in den Wohnungsflur und schiebt die Tür mit dem Fuß hinter sich zu. Dann umfasst er ihre Taille und hebt sie hoch. Wie selbstverständlich schlingt Sam ihre Beine um seine Hüfte, während Marc sie ins Nebenzimmer trägt. Sein warmer Atem auf ihrer Haut ist alles, was sie jetzt braucht. Sie sind allein. Niemand kann sie stören, keiner wird sie aufhalten. Und genau dazu ist Sam nun bereit. Ja, sie wird das Risiko eingehen. Schon die letzten Sekunden sind es allemal wert gewesen.

22

Zweiter Sonntag im Dezember

Sam legt den Hammer beiseite und nimmt einen braunen Bilderrahmen vom Tresen. Hinter dem eingespannten Glas befindet sich der Briefausschnitt mit dem Gedicht, das ihre Großmutter kurz vor ihrem Tod für Joseph geschrieben hat. Wo wären diese Zeilen besser aufgehoben als hier im Buchcafé. Vorsichtig hängt Sam es an den freien Platz auf der Säule, direkt über Pablos Sitztruhe. Dann tritt sie einen Schritt zurück und betrachtet ihr Werk. Sie hat noch nicht häufig Nägel in die Wand geschlagen, aber dieser Versuch ist fraglos geglückt – der Rahmen hängt absolut gerade.

In einer Stunde beginnt die Eröffnungsfeier. Auch wenn es bis zum Weihnachtsfest noch ein paar Tage dauert, könnte Sam nicht aufgeregter sein. Sie zieht ihren Mantel über und geht auf die Straße hinaus. Ein Weihnachtsmarktstand reiht sich an den nächsten und um sie herum herrscht reges Treiben. Letzte Kartons werden ausgepackt, die Auslagen zurechtgerückt. Sam lehnt sich über die Holzablage ihrer Hütte und stupst Rosella von hinten an, die vor Schreck beinahe den Teller in ihrer Hand fallenlässt.

»Mamma mia!«, ruft sie und wirbelt herum. »Ich war in meinem ganzen Leben noch nie so nervös. Ich kriege eine Herzattacke!«

Sam lacht. »Bitte nicht, Rose. Du wirst dringend gebraucht. Wie weit bist du denn mit den Häppchen und den Zimtäpfeln?«

Entrüstet stemmt Rosella die Arme gegen ihre Hüften. »Was für eine Frage! Natürlich bin ich *fertig* damit.

Sie stehen im Café, aber einen Teil davon hole ich gleich her, dann können wir sie drinnen und draußen verkaufen. Hast du dir überlegt, wie wir das mit dem Kaffee machen? Tee und Glühwein haben wir hier, aber wie sieh es mit der Espressomaschine aus?

»Die bleibt, wo sie ist«, antwortet Sam. »Anna und Niklas helfen mir. Wir machen den Kaffee auf Bestellung fertig und bringen ihn dann raus.«

»Na, dann kann es ja losgehen.« Rosella klatscht vor Begeisterung in die Hände. »Ich wäre auf jeden Fall so weit.«

»Ich sehe, ihr seid bestens vorbereitet,« sagt Marc, der sich unbemerkt an Sam herangeschlichen hat. Ihr Herz macht einen Satz. Sie dreht sich um und zieht ihn zu sich herunter. Den Begrüßungskuss bedenkt Rosella mit einem wohlwollenden Nicken.

»Hast du mit Ria gesprochen?«, fragt Marc, nachdem sie sich voneinander gelöst haben. »Wann kommt sie?«

»Am 23. Dezember. Sie bringt Marian mit und Scott nimmt sich auch für einige Tage frei.«

»Das sind ja tolle Nachrichten – aber was ist mit der Pension?«

»Sie wird so lange geschlossen. Der nächste Gast reist erst nach Weihnachten an.«

»Hast du schon eine Übernachtungsmöglichkeit für sie?«

»Ich dachte an ein paar zusätzliche Matratzen bei mir im Dachgeschoss.«

Marc legt den Arm um Sams Schultern. »Sie können in meiner Wohnung bleiben. Da gibt es genug Schlafmöglichkeiten. Ich selbst bin ja kaum noch dort, seit deine

Möbel geliefert worden sind. Dein Bett ist viel bequemer.«

Bei dem Gedanken an die vergangenen Nächte läuft Sam rot an und wechselt schnell das Thema. »Ich dachte, wir könnten am 23. eine kleine Feier mit einer Lesung im Café veranstalten. Frag doch Alex und deinen Vater, ob sie auch vorbeikommen.«

»Ich habe letztes Jahr einen schönen Weihnachtsroman gelesen«, schaltet sich Rosella in das Gespräch ein. »Eine Romanze vor traumhafter Winterkulisse. Wie hieß er noch gleich ... kurzer Titel, irgendetwas mit Schnee.«

»Der kommt bei Weihnachtsgeschichten schon mal schnell vor«, bemerkt Marc trocken.

Ohne auf seinen Kommentar einzugehen, grübelt Rosella weiter. »Schnee im Glück ... nein. Schnee sei Dank – ja, das ist es! Ich habe die Autorin auf einer Veranstaltung persönlich kennengelernt. Sie wohnt ganz in der Nähe und würde sich bestimmt freuen, wenn sie hier aus ihrem Buch vorlesen dürfte. Soll ich dir ihre Kontaktdaten heraussuchen?«

»Sehr gerne, Rose.« Sam dreht sich um und schaut die festlich beleuchtete Straße entlang. Der Duft von Tannennadeln und Lebkuchen steigt ihr in die Nase. Wie auch in den vergangenen Tagen ist der Himmel klar und es ist klirrend kalt. Die Wolken, die den Schnee bringen sollen, lassen immer noch auf sich warten.

Sam lehnt sich in ihrem Schaukelstuhl zurück und beobachtet Marc, der auf dem Bett liegt und Josefines Schnittmusterentwürfe durchgeht. Die Eröffnung am Nachmittag hätte nicht besser verlaufen können. Nie hätte sie mit einem solchen Erfolg gerechnet. Nicht nur die Kollegen aus den umliegenden Läden haben sie mit offenen Armen in ihre Gemeinschaft aufgenommen, auch der neu gewonnene Kundenkreis ist beachtlich. Die Einnahmen der vergangenen Stunden haben ihre kühnsten Erwartungen übertroffen.

Marc legt Josefines Mappe beiseite. »Ich bin kein Modeexperte«, sagt er. »Aber in meinen laienhaften Augen hat das Design Potenzial. Zumindest hebt es sich von der Masse ab.«

Sam nickt. »Das war auch mein erster Gedanke.«

»Wir sollten mit den Entwürfen mal zu der Schneiderei am Ende der Straße gehen. Soweit ich weiß, haben sie dort eine eigene kleine Modelinie. Vielleicht finden sie Gefallen an Grannys Ideen.«

Sam steht auf, bückt sich und hebt ein Bonbonpapier vom Boden auf, wobei sich ihr Po in Marcs Blickfeld schiebt. »Ein guter Plan. Allein die Aussicht darauf wäre ganz nach ihrem Geschmack«, bemerkt sie.

»Mmh«, brummt Marc. »Das ist aber nichts gegen die Aussicht, die ich gerade habe.« Er schlingt ihr von hinten die Arme um den Bauch und zieht sie rückwärts zu sich auf die Matratze.

23

23. Dezember

Der Himmel hat sich zugezogen, eine geschlossene Wolkendecke liegt über der Stadt. Marc schaltet die Deckenbeleuchtung im Büro seines Vaters an. »Überleg es dir noch mal, Pa.« Seufzend fährt er sich mit den Händen durchs Haar. »Alle werden bei Sam im Café sein, da kannst du dich nicht einfach verdrücken.«

»Es ist besser so, Junge. Glaub mir einfach«, antwortet Norman und stützt sich auf den Griff seines Reisetrolleys.

»Nein, Pa! So leicht mache ich es dir dieses Mal nicht.«

»Es ist *nie* leicht für mich gewesen.«

Marc entfährt ein unwilliges Schnaufen. »Tust du mir den Gefallen und hörst endlich auf, in Rätseln mit mir zu sprechen?« Er baut sich vor seinem Vater im Türrahmen auf. »Die Dinge haben sich in eine andere Richtung entwickelt, seit Sam hier ist. Es *kann* nicht weitergehen wie bisher. Du kommst hier erst raus, wenn du mir gesagt hast, was zum Teufel dein Problem ist.«

Norman starrt seinen Sohn an. Dann setzt er sich zurück an den Schreibtisch und reibt sich über die Augen. »Gut«, sagt er. »Hol Rias Brief aus dem Tresor und lies ihn.«

Marc traut seinen Ohren nicht. So viele Jahre hat das Schreiben in der Dunkelheit gelegen und nun gibt sein Vater es endlich frei. Bevor sein alter Herr es sich anders überlegen kann, geht Marc zum Safe und gibt die Zahlenkombination ein. Summend entriegelt sich das Schloss. Das Papier in seinen Händen bebt, während er durch die Zeilen fliegt.

»Das sind ziemlich harte Worte«, gibt Marc zu, als er am Ende angelangt ist. »Sie macht dich nicht nur für ihre verpfuschte Kindheit, sondern auch noch für das Scheitern ihrer ersten Ehe verantwortlich? Du sollst ein Trauma bei ihr ausgelöst haben? Um so etwas zu schreiben, muss es schon ziemlich weit gekommen sein.«

»Vielleicht verstehst du mich jetzt besser.«

»Warum hast du ihn mir nicht vorher gezeigt?«

»Ich wollte Ria vor dir nicht schlecht machen, denn das ist sie nicht.«

»Das weiß ich doch. Die Art und Weise, wie der Brief verfasst ist, passt nicht zu ihr, wenn du mich fragst.«

»Woher willst du das wissen? Du kennst sie doch gar nicht.«

»Der Briefinhalt könnte nicht persönlicher sein und trotzdem ist er mit der Maschine getippt. Hast du das nie hinterfragt?«

»Das musste ich nicht hinterfragen. Du kennst doch meine Handschrift – die kann ich selbst kaum lesen. Und Rias steht meiner da in nichts nach. Sogar die Weihnachtskarten, die sie mir damals noch geschickt hat, konnte ich nur entziffern, weil ich ohnehin wusste, was draufsteht. Das liegt wohl in den Genen, unser Vater hatte genauso eine Klaue.«

»Trotzdem hat das keine Ähnlichkeit mit dem Bild *der* Ria, über die Sam mir erzählt hat. Übrigens hofft deine Schwester sehr, dass du heute Abend dabei bist. Sie hat es mir selbst gesagt, als wir sie und Marian vorhin vom Flughafen abgeholt haben.«

»Das denkst du dir doch nur aus, um mich zum Mitkommen zu überreden.«

Tiefe Falten graben sich in Marcs Stirn. »So was traust du mir zu?«

»Nein, eigentlich nicht«, sagt Norman eine Spur versöhnlicher. »Aber Ria hat damals unmissverständlich klargestellt, dass ich sie und ihre Familie nie wieder belästigen soll. Solange ich keine gegenteilige Aussage von ihr habe, bin ich es ihr schuldig, diese Forderung zu respektieren.«

»All das hat sie dir aber nie ins Gesicht gesagt, oder?« Marc verschränkt die Arme vor seiner Brust. »Du hast die ganzen Jahre über nichts weiter als ein verdammtes Stück Papier in der Hand gehabt und zugelassen, dass es dein Leben bestimmt?«

»Wir haben uns gestritten. Kurz darauf kam der Brief. Heutzutage kann ich gut verstehen, dass sie mich ausgeschlossen hat. Ich habe mich unmöglich benommen, sie mit meiner Fürsorge erdrückt und ständig bevormundet. Ich hätte das Leben, das sie für sich und ihre Familie gewählt hat, einfach akzeptieren müssen. Ich habe es also nicht besser verdient. Sie hat genug unter mir gelitten.«

»Selbstmitleid bringt dich nicht weiter, Pa. Spring über deinen Schatten und sprich dich mit ihr aus. Heute hast du die Gelegenheit dazu.«

Norman presst die Lippen zu einem schmalen Strich zusammen. »Ich habe ihr zurückgeschrieben und sie um Verzeihung gebeten, aber nie eine Antwort erhalten.«

»Mein Gott, das ist über 20 Jahre her. Irgendwann reicht es auch mal.«

»Ja, das finde ich auch. Es ist *meine* Entscheidung. Misch dich nicht in Sachen ein, die dich nichts angehen.« Norman steht auf, zieht Marc im Vorbeigehen den Brief aus der Hand und steckt ihn ein. Auch wenn er nicht mehr wiegt als ein paar Schneeflocken, fühlt seine Tasche sich plötzlich schwerer an. Mit strammen Schritten eilt er den Flur hinunter. Er muss sich beeilen, wenn er den Flieger erwischen will, der ihn zu seinem Geschäftsfreund nach Amerika bringen soll. Weit weg von den Erinnerungen an vergangene Zeiten, die sich nicht länger im fernen Schottland isolieren lassen, sondern ungefragt mitten in seinem Kölner Leben eingeschlagen sind.

Rosella knetet ihre Finger und wandert im Café auf und ab. Dann wendet sie sich Marc zu. »Du bist dir sicher, dass er nicht kommt?«

»Ja, er ist auf dem Weg zum Flughafen.«

Sie schaut von Sam zu Marc. Eigentlich hat Rosella sich niemals in fremde Familienangelegenheiten einmischen wollen – in den meisten Fällen bringt so etwas nichts als Ärger ein. Doch heute ist es an der Zeit, diesen Vorsatz über Bord zu werfen.

»Hast du Marc von dem Brief mit den Anschuldigungen erzählt?«, fragt sie Sam.

»Von dem, den Ria an meinen Vater geschrieben hat?«, wundert Marc sich. Woher weiß Rosella davon?

»Nein«, antwortet Rosella erstaunt. »Ich meine den Brief, den *dein Vater* an *Ria* geschickt hat. Er hat ihr darin schlimme Vorwürfe gemacht.«

»Jetzt versteh ich gar nichts mehr.« Marc hebt hilflos die Schultern. »Pa hat mir vorhin ein Schreiben von Ria gezeigt, in dem sie ihn eindringlich aufgefordert hat, dass er sie und ihre Familie in Ruhe lassen soll. Und das ist noch nett umschrieben. Der Originalton war um einiges härter.«

Sam stellt das Tablett mit den sauberen Gläsern auf dem Tresen ab. »Dann steht er dem Wortlaut aus dem Brief, den meine Mutter mir von *ihm* gezeigt hat, in nichts nach. Darin hat er ihr eindeutig klargemacht, dass sie ein Klotz an seinem Bein gewesen und für ihn gestorben sei.«

»Pa behauptet, er hätte versucht, sich für seine Fehler bei ihr zu entschuldigen, und sie hätte nie darauf reagiert.«

Sam schluckt. »Da stimmt doch was nicht.«

»So kommen wir nicht weiter«, mischt Rosella sich ein. »Wo ist Ria jetzt?«

»In Marcs Wohnung – mit Marian«, antwortet Sam. »Sie wollten sich frisch machen. Mein Bruder fährt auch dorthin, sobald er gelandet ist.«

»Du musst deinen Vater anrufen, Marc«, sagt Rosella. »Erzähl ihm von dem Schreiben, dass Ria in seinem Namen bekommen hat. Frag ihn, ob es wirklich von ihm stammt.«

»Er wird mir nicht glauben, dass es überhaupt eins gibt«, erwidert Marc niedergeschlagen. »Er meint, ich will ihn nur mit allen Mitteln herlocken.«

Rosella stöhnt auf. »Dann mache ich es. Wer hat ein Telefon für mich?«

Marc zieht sein Handy aus der Jackentasche und reicht es ihr.

»Und du meinst, dir wird er glauben?«, fragt Sam skeptisch.

»Ich denke schon. Wir kommen gut miteinander aus.«

»Ihr kommt gut miteinander aus?« Marcs Augenbrauen wandern aufwärts. Was hat er nun wieder verpasst?

Ein leichter Rotton überzieht Rosellas Wangen. »Wir haben uns nach Josefines Tod einige Male getroffen und uns unterhalten. Ich ... ich mag ihn und kann nicht glauben, dass er so kaltschnäuzig sein soll.«

»Hast du Norman denn darauf angesprochen, nachdem ich dir den Brief gezeigt hatte, in dem er seine Schwester derart von sich stößt?«, will Sam wissen.

»Natürlich nicht! Was man mir anvertraut, tratsche ich nicht weiter.«

»Hast du ihn seitdem wiedergesehen?«

»Nein. Ehrlich gesagt bin ich einem weiteren Treffen danach aus dem Weg gegangen. Ich war unsicher, wie ich damit umgehen soll.«

Sam senkt den Kopf. »Es tut mir leid, dass ich dich so in die Bredouille gebracht habe. Das wollte ich wirklich nicht.«

»Ich weiß, mein Kind. Aber jetzt sollten wir die Sache wieder geradebiegen. Wäre doch gelacht, wenn wir das nicht klären könnten.« Mit diesen Worten und Marcs Smartphone in der Hand verlässt sie den Raum.

Selten ist Norman die Kulisse auf dem Weg zum Flughafen trostloser vorgekommen als an diesem Nachmittag. Er lehnt seinen Kopf gegen das kühle Fenster auf der Beifahrerseite des Taxis, doch dem Pochen in seinen Schläfen bringt es keine Linderung. Gerne hätte er sich angesehen, was Sam aus der Ladenfläche im Haus seiner Mutter gemacht hat. Einige Male ist er schon an ihrem Café vorbeigefahren und hat aus der Sicherheit seines Autos einen Blick riskiert. Aber mit jeder Fahrt ist die Hemmschwelle, sich einen Schritt weiter zu wagen, größer geworden. Genauso ist es ihm damals bei Ria ergangen. Mit jedem Tag, der ungenutzt verstrich, wurde eine Versöhnung unwahrscheinlicher. Wäre er in solchen Dingen nur ein klein wenig mutiger, würde das vieles erleichtern.

Als sein Mobiltelefon klingelt, schreckt Norman hoch. Umständlich fischt er es aus der Manteltasche und schaut aufs Display. Marc! Sicher will er ihn überreden, umzukehren. Kurzentschlossen drückt er den Anruf weg und leitet ihn damit auf seine Mailbox um. Mit geschlossenen Augen lehnt Norman sich im Sitz zurück. Kurz darauf zeigt ein Vibrieren das Ende der Bandaufnahme an. Er tippt den Befehl ein, die eben aufgenommene Nachricht abzuspielen. Als Rosellas Stimme ertönt, richtet er sich auf.

»Hallo Norman, hier ist Rose. Bitte geh ran, wir müssen reden. Es ist wirklich wichtig.« Nach einer Pause fährt sie seufzend fort. »Also gut, ich sag es jetzt einfach, wie es ist: Sam ist vor einiger Zeit zu mir gekommen und hat mir einen Brief gezeigt, den du angeblich an Ria geschrieben hast. Die harten Worte und Vorwürfe darin haben mich ziemlich schockiert. Gerade hat Marc uns von einem ähnlichen Schreiben erzählt, das Ria *dir* geschickt haben soll. Sie sind beide auf der Maschine getippt. Ria sagt, sie hätte tatsächlich einen Brief an dich geschrieben, aber nur, um den Streit beizulegen und alles aufzuklären. Daraufhin hättest du dich nicht mehr gemeldet und sogar deine Telefonnummer geändert, um Ruhe vor ihr zu haben. Was ist da passiert, Norman? Weder ich, noch Sam und Marc werden daraus schlau. Es tut mir leid, ich hätte dir das früher sagen müssen. Lass uns drüber reden. Komm doch einfach vorbei, ich würde dich nämlich auch gern wiedersehen ... Mamma mia, was rede ich da, das ist ein völlig anderes Thema. Also, ich hoffe, du hörst das ab und rufst mich zurück.«

Norman lässt das Telefon sinken. Die Freude über Rosellas offensichtliche Zuneigung mischt sich mit einem unguten Gefühl. Langsam setzt sich vor seinem inneren Auge ein Bild zusammen, das er nicht wahrhaben will. Damals hat er sich nie gefragt, warum Juliana ihm plötzlich bei der Bearbeitung seiner Post helfen wollte. Er hielt es für eine nette Geste und freute sich über ihr Interesse an der Firma. Für die Unterstützung war er dankbar. Ebenso wie für ihr Bemühen, ihm eine neue Telefonanlage installieren zu lassen, die seinen geschäftlichen Bedürfnissen entsprach – auch wenn das einen Wechsel der Rufnummern zur Folge hatte. Juliana! Seine Ex-Frau und die Mutter seiner Söhne. Fing sie die echten Briefe tatsächlich ab und nutzte den Streit zwischen ihm und seiner Schwester aus, um sie auseinanderzubringen? Setzte Juliana diese beiden Schreiben auf, um einen Keil zwischen sie zu treiben? Das wäre eine andere Erklärung dafür, warum sie mit der Maschine getippt wurden. Eine Unterschrift kann man nachahmen, bei einem umfangreichen Text wird das schwierig. Norman war sich immer bewusst, dass Juliana die Aufmerksamkeit nur ungern mit jemandem teilte, und Ria bekam für ihren Geschmack immer zu viel davon ab. Selbst Marc und Alexander gestand sie nur den »Pflichtanteil« an Liebe zu. Doch hatte sie unbestritten auch ihre guten Seiten. *Dieser* Grad an

Missgunst hat hingegen eine Dimension, die Norman völlig fremd ist und die er ihr niemals zugetraut hätte.

»Drehen Sie bitte um«, ruft er dem Taxifahrer zu.

»Aber Sie wollten doch zum Flughafen.«

»Ich habe es mir anders überlegt. Wir fahren in die Valentinstraße. Da hat letzte Woche ein neues Buchcafé aufgemacht, haben Sie das schon gewusst?«

Norman drückt dem Fahrer einen Geldschein in die Hand und steigt aus dem Taxi. Warmes Licht schimmert durch das Frontfenster von »Sam's coffee tales«. Die entspannte Atmosphäre lockt zahlreiche Gäste aus der Kälte und Dunkelheit des Abends – hinein in eine wunderbare Bücherwelt. Die Tannenzweige mit ihren blassgelben Lichterketten und die flackernden Kerzen auf den Tischen zeugen von Geschmack. Sie unterstreichen die Einrichtung auf stilvolle Weise, ohne überladen zu wirken. Langsam geht Norman ein Stück näher an die Scheibe heran. Das Café ist gut besucht. Zusätzlich zu der Sitzgruppe mit den Ledersesseln und der in den Erker eingelassenen Bank sind Stühle im Halbkreis um eine Säule herum platziert. Davor steht eine Holztruhe mit Auflage, die wohl für die Autorin gedacht ist, von der Marc ihm erzählt hat und die später aus ihrem Weihnachtsroman vorlesen wird. Einige Leute haben sich bereits in die erste Reihe gesetzt, andere stehen vor den Regalen und durchstöbern Sams Bücherfundus. Normans Blick gleitet über die Menge. Wird er Ria überhaupt erkennen? Ob sie sich sehr verändert hat? Zuerst entdeckt er Rosella hinter dem Tresen. Schmunzelnd beobachtet er, wie sie einem Kunden einen Teller ihrer köstlichen Häppchen anpreist. So schwer es ihm auch fällt, derartige Gefühle zuzulassen – er mag diese Frau sehr.

Plötzlich tritt ein Mann mittleren Alters beiseite, um seinen Cappuccino entgegenzunehmen, und gibt damit den Blick auf Ria frei. Normans Herzschlag gerät aus dem Takt. Dort sitzt sie! Seine Schwester! Die junge Frau zu ihrer Rechten beugt sich vor und streicht ihr liebevoll über den Arm. Dann sagt sie etwas, woraufhin sich ein Lächeln auf Rias Lippen legt, das ihre Augen aber nicht erreicht. Trotz des unbeschwerten Treibens um sie herum wirkt sie bedrückt. Ihr gegenüber sitzt ein sportlich aussehender Mann, der sich in eine der zahlreichen Lektüren vertieft hat. Sein Pony hängt ihm in Fransen in die Stirn und die Farbe seiner Haare ist der von Sam zum Verwechseln ähnlich. Nun gesellen sich auch Marc, Alexander und Sam dazu. Norman schluckt. In seinem Hals wird es eng. Wie sehr hat er diesen Moment herbeigesehnt. Und nun steht er hier im Dunkeln auf dem Bürgersteig und traut sich weder vor noch zurück. Seine Hände tasten nach Julianas Brief. Er holt ihn aus der Manteltasche, streicht ihn glatt und schaut von den leicht verblichenen Buchstaben auf dem Blatt zu seiner Familie hinter dem Fenster. Dann gibt er sich einen Ruck und geht die drei Stufen hinauf, die zur Eingangstür führen.

Sam atmet tief ein. Köstlicher Kaffeegeruch vermischt sich mit dem Aroma von Zimt, Tee und frisch gebackenem Lebkuchen. »Was ich dich schon längst fragen wollte«, sagt sie zu ihrer Mutter. »Warum hattest du mich eigentlich gebeten, an deiner Stelle zu der Testamentseröffnung zu fahren? Es war nicht aus Sorge um die Pension, oder?«

Ria schüttelt den Kopf und drückt ihrer Tochter einen Kuss auf die Wange. »Nein, Sammy. Josefine hat mir von deinen Plänen für das Buchcafé erzählt. Warum hast du mir nie gesagt, wie wichtig das für dich ist?«

»Ich wollte dich nicht in die Zwickmühle bringen, Mum. Du brauchtest mich in der Pension. Ich weiß, du hättest mich trotzdem ziehen lassen, aber vielleicht war ich zu dem Zeitpunkt einfach selbst noch nicht so weit. Du hast mich also nach Köln zitiert, damit mir klar wird, dass mein Traum kein Traum bleiben muss?«

Ria nickt. »Ja, das war die Idee.«

»Ich denke, Granny wollte dich und deinen Bruder auf der Testamentseröffnung zusammenbringen – da hast du ihr einen schönen Strich durch die Rechnung gemacht, indem du mich geschickt hast.«

Marc drückt Sam an sich. »Gut, dass mein Vater den gleichen Gedanken hatte. Sonst wären wir zwei uns womöglich nie begegnet.«

»Ihr habt Josefine keinen Strich durch die Rechnung gemacht«, meldet Rosella sich zu Wort. Sie stellt ein Tablett mit kleinen Leckereien in ihrer Mitte ab und lehnt sich mit dem Rücken gegen die Säule. »Sie war auf euer Verhalten bestens vorbereitet.«

Argwöhnisch mustert Sam die ältere Freundin. »Redest du von ihren Briefen, die Marc und mich immer wieder zusammengeführt haben? Wenn ich drüber nachdenke, sind sie immer im richtigen Moment aufgetaucht.«

»Oh, tatsächlich?« Rosella schürzt die Lippen. »So ein Zufall.«

»Granny hat sie geschrieben und dir gegeben, stimmt's?«

»In verschiedenen Versionen, damit die wahrscheinlichsten Situationen abgedeckt waren. Ich musste ganz schön aufpassen, dass ich damit nicht durcheinandergerate.« Rosella senkt die Stimme. »Josefine konnte nicht gehen, ohne alles dafür getan zu haben, die Familie wieder zu vereinen. Dass sie damit bei dir und Marc Amor spielen würde, hat sie allerdings nicht vorausgesehen. Sie war sicher, dass ihr euch gut verstehen würdet, und hat gehofft, darüber die Verbindung zwischen Ria und Norman wiederherzustellen.«

»Das hat leider nicht ganz geklappt«, murmelt Ria.

Marc stupst Sam an und zeigt nach draußen. Vor dem Fenster tanzen Schneeflocken. Erst nur vereinzelte, dann immer mehr. Dicht an dicht schweben die kleinen Kristalle vom Himmel auf die Erde herab. Ein Luftzug weht durch den Raum, als die Eingangstür sich öffnet und ein Mann das Café betritt. Er bleibt stehen, seine Finger umklammern ein Blatt Papier.

Ria schlägt sich die Hand vor den Mund, Tränen treten ihr in die Augen. »Norman«, haucht sie.

Langsam geht Norman auf seine Schwester zu. Seine Unterlippe zittert verdächtig. »Begleitest du mich auf einen Spaziergang?«, fragt er und bietet Ria seinen Arm zum Unterhaken.

»Sehr gerne«, antwortet sie und blinzelt ihre Tränen weg. »Ich wüsste gerade nichts, was ich lieber täte.«

Noch ist die Schneeschicht auf dem Gehweg so dünn, dass die Fugen zwischen den Pflastersteinen darunter deutlich sichtbar sind. Trotzdem hinterlassen Ria und Norman Schuhabdrücke bei jedem ihrer Schritte. Gemächlich schlendern sie den Bürgersteig entlang, näher beieinander als nötig, um ja kein Wort des jeweils anderen zu verpassen. Marc und Sam schauen ihnen nach, bis sie um die Ecke gebogen sind. Lautlos rieselnde Flocken füllen ihre Spuren auf und kurz darauf liefert eine nahezu intakte Schneefläche kaum mehr einen Hinweis darauf, dass dort vor Kurzem jemand entlanggegangen ist.

»Meinst du, sie finden nach all den Jahren wieder zusammen?«, fragt Marc nach einer Weile. Er zupft Sam eine Tannennadel aus dem Haar, die sich bei den Dekorationsarbeiten in ihren Locken verfangen hat.

»Bestimmt«, antwortet Sam. Sie nimmt Marcs Hand und schaut durch das Schneegestöber hindurch nach oben. »Granny hatte nämlich recht: Der erste Schnee des Jahres bringt wirklich einen ganz besonderen Zauber mit sich.«

Danke

Die Grundidee für dieses Buch ist während eines Sommerurlaubs mit meiner Familie auf einem Bauernhof in Ostfriesland entstanden. In vielen Romanen werden überzeugte Großstädterinnen mit dem Landleben konfrontiert – warum nicht einfach mal andersherum? Immer wieder aufs Neue war ich während des Schreibprozesses überrascht, in welche Richtung sich diese Geschichte entwickelte. Von der Landpomeranze, die mir anfangs vorschwebte, hat meine Protagonistin Sam McKay nicht viel übrig gelassen. Auch überzeugte sie mich sehr schnell davon, dass ihre Pläne zur Eröffnung eines Buchcafés viel besser in die Winter- als in die Sommerzeit passen – und ihren Wunsch nach einem Partner habe ich ihr ebenfalls sehr gerne erfüllt.

Ein dickes Dankeschön geht wie immer an meine Lektorin Claudia, die auch bei diesem Werk so einige Nachtschichten eingelegt und trotzdem keine Spur ihres unermüdlichen Elans verloren hat. Die Unterstützung meiner beiden Korrektoren Martin und Maren hat mir ebenfalls wieder sehr weitergeholfen. Ganz besonders glücklich macht mich aber natürlich die Treue meiner lieben Leserinnen und Leser.

Nicht zuletzt gilt mein Dank auch der Dame, die vor Jahren im Flugzeug neben mir gesessen hat, und die mich (abgesehen von ihren fundierten Kenntnissen über Rauch- und Wärmeabzugsanlagen) auch mit ihrer ausgeprägten Flugangst nachhaltig beeindruckte. Hätte ich damals schon all die Details zur Beschaffenheit der Flugzeugfenster gewusst, hätte ich die Dame sicher erfolgreicher beruhigen können, als mir das in Wirklichkeit geglückt ist.

Eine geruhsame Winterzeit wünscht Ihnen

Tara Riedman

Schnee sei Dank

Winterroman von Tara Riedman

Begleiten Sie Mick und Nelly auf den Brandler-Hof: in das verschneite *Winter-Wunder-Weihnachtsdorf* im Herzen von Weidershausen!

Wer will schon freiwillig in einem einsamen Dorf festsitzen – und das kurz vor Weihnachten! Es sind nur noch vier Tage bis Heiligabend, als Nelly mit dem Zug ungewollt in einem kleinen Ort bei Stuttgart strandet. Der wortkarge Bauer Mick ist alles andere als begeistert von dem unerwarteten Besuch der karrierebewussten jungen Ärztin, und auch Nelly kann sich kaum mit der launischen Art des Landwirts anfreunden. Zumal er ihr nicht nur schwer auf die Nerven, sondern Stück für Stück mitten ins Herz geht.

Das Lieblingsgetränk in der Hand, leckere Plätzchen auf dem Teller und ab in die Kuschelecke – ein Roman für gemütliche Winterabende.

10 STORIES of life
»Glücklichsein«

von Tara Riedman

Inspirierende Nachdenk-Geschichten
über die Fragen des Lebens.

Ben ist Ballonfahrer aus Leidenschaft und ein echter Storyteller. Wer gemeinsam mit ihm aufsteigt, sieht mehr als die Schönheit der Natur, denn die Fahrt in einem Heißluftballon verändert den Blick auf die Welt. Lehnen Sie sich zurück und begleiten Sie ihn auf seiner Mission in luftiger Höhe: Mit zehn weisen Erzählungen setzt Ben frische Impulse und schenkt seinen Gästen Stella und Marius eine unvergessliche Reise zu sich selbst.

»Nutzen wir den Moment – denn niemand weiß heute,
wohin der Wind uns morgen weht.«
Benjamin Wisely, Experte für entschleunigte Luftfahrt

Gewinn der Achtsamkeit • Werte empfinden • Umgang mit Veränderung • Frieden in der Akzeptanz • Folgen des Vergleichs • Klarheit in der Fokussierung • Eine Frage des Blickwinkels • Perfektes Leben • Welt des Materialismus • Glück der Dankbarkeit

Zweites Leben, zweites Glück

Jugendroman von Tara Riedman

Ob im Winter auf dem Sofa oder bei 30 Grad am Strand: Lena und Maik rocken!

Geld weg, Haus weg, Zukunft weg – von einem Tag auf den anderen steht die 15-jährige Lena vor dem Nichts. Als wäre das nicht genug, taucht ausgerechnet jetzt der neue Mitschüler Maik auf und stürzt ihr Herz endgültig ins Chaos. Da ist es gut, eine tiefenentspannte Freundin wie Natti an der Seite zu haben, und auch das flippige Zirkusmädchen Jo wird in Lenas Leben eine größere Rolle spielen, als sie anfangs vermutet.

Mit Lina und Leo durch den Advent

24 Adventsabenteuer von Tara Riedman
mit Illustrationen von Inge Reulecke

Manchmal schreiben die kleinen Wunder des Alltags die schönsten Geschichten.

Am 30. November ist es endlich so weit: Lina und Leo holen ihre Adventskalender aus der Weihnachtstruhe. Doch in diesem Jahr ist alles anders, denn in den glitzernden Säckchen verbergen sich Adventsaufgaben, die ihnen am Weihnachtsabend ein ganz besonderes Geschenk bescheren werden. Eine aufregende, aber auch besinnliche Zeit beginnt, die jeden neuen Tag zu einem einmaligen Erlebnis macht.

tarariedman.de
instagram.com/tarariedman
twitter.com/tarariedman
facebook.com/mission2yourself
pinterest.de/mission2yourself

Bücher, Musik und Karamellbonbons – mehr braucht die Bloggerin Sam nicht zum Glücklichsein. Doch als ihr Traum von einem eigenen Buchcafé plötzlich in greifbare Nähe rückt, wagt sie den Sprung vom schottischen Dorf ins Kölner Stadtleben. Dort stellt sie nicht nur die Umsetzung ihrer Pläne vor unerwartete Herausforderungen, sondern auch ein bis dahin gut gehütetes Familiengeheimnis. Was hat es mit den Briefen auf sich, über die niemand sprechen will? Und wie soll sie bloß die Gefühle für ihren Cousin Marc in den Griff bekommen? Es wird höchste Zeit für ein Weihnachtswunder – und Sam hofft auf den ersten Schnee des Jahres, denn der bringt einen ganz besonderen Zauber mit sich.

tarariedman.de

10,90 €